Susanne Jansson

Susanne Jansson est journaliste et photographe freelance. *Les Âmes englouties*, son premier roman, best-seller dans les pays scandinaves, est en cours de traduction dans une vingtaine de pays.

LES ÂMES ENGLOUTIES

SUSANNE JANSSON

LES ÂMES ENGLOUTIES

Traduit du suédois
par Marianne Ségol-Samoy

PRESSES DE LA CITÉ

Titre original :
OFFERMOSSEN

Ce livre est une œuvre de fiction. Les noms, les personnages, les lieux et les événements sont le fruit de l'imagination de l'auteur ou sont utilisés fictivement. Toute ressemblance avec des personnes réelles, vivantes ou mortes, serait pure coïncidence.

MIXTE
Papier issu de sources responsables
FSC® C003309

Pocket, une marque d'Univers Poche, est un éditeur qui s'engage pour la préservation de l'environnement et qui utilise du papier fabriqué à partir de bois provenant de forêts gérées de manière responsable

L'édition originale de cet ouvrage a paru chez Wahlström & Widstrand, Stockholm, Suède, en 2017.

ISBN 978-2-266-29975-6
Dépôt légal : février 2020

« On compte dix morts pour chaque être humain.
Le poids tape sur les nerfs »
GÖRAN DAHLBERG,
Att umgås med spöken (« Fréquenter les fantômes »)

« Ce qui n'existe pas
S'immisce dans tout
Et lui prend sa place »
ANN JÄDERLUND,
Djupa kärlek ingen (« Amour profond aucun »)

À Alma et Edvard

Ce serait une erreur de prétendre que personne n'entendit ni ne vit rien. Cette nuit-là, de nombreux témoins perçurent l'écho des balles et virent une silhouette s'enfuir de la maison pour s'engouffrer dans la voiture qui l'attendait.

Les témoins retournèrent ensuite à leurs occupations ou peut-être restèrent-ils dans les environs pour assister à l'épilogue, lorsque la police arriva et que les corps furent emportés. Mais ils ne parlèrent pas. Ils se faufilèrent parmi les buissons, se perchèrent sur la branche d'un arbre, glissèrent sur le sol. Ils ne faisaient qu'un avec la nature, souvent invisibles aux yeux des humains. Peut-être étaient-ils tous des animaux. Petits ou grands. Rapides ou lents. Aux yeux perçants ou presque aveugles.

Quoi qu'il en soit, la vérité sur ce qui s'était réellement passé dans cette maison se dissipa progressivement pour finir par disparaître totalement.

Exactement comme le font si souvent tant d'autres choses.

Prologue

À la tombée de la nuit, le vent se leva d'un coup. Il commença par caresser doucement la cime des arbres avant de forcir. Il finit par agripper violemment tout ce qui se trouvait sur son passage. L'obscurité n'était alors là que depuis une demi-heure.

En arrivant sur le petit parking devant le manoir, Johannes descendit de son vélo, l'appuya contre un réverbère puis rassembla ses cheveux noirs en un nœud sur sa nuque. Il faisait un temps de chien. Aucun être normalement constitué ne sortirait de chez lui un jour pareil pour aller courir.

Ça signifiait donc qu'il n'était pas normal.

Tout en verrouillant le cadenas de son vélo, il jeta un œil en direction de la maison de Nathalie. La lampe à pétrole à la fenêtre répandait une lumière vacillante. Il devina sa silhouette dans la pièce. Il vit des ombres danser sur les murs. Énigmatiques et fuyantes.

Comme elle.

Elle avait dormi chez lui. Mais, lorsqu'il s'était réveillé le matin, elle n'était plus là. Le lit était vide.

C'est vrai qu'elle l'avait prévenu de son départ matinal mais il avait quand même été déçu. Ils avaient passé une si belle soirée. Et elle était partie sans un mot. Sans même laisser de message.

Il s'agissait sans doute de cette habituelle peur de l'intimité, se dit-il en s'échauffant. Elle s'était sentie vulnérable et avait préféré fuir. Une explication plausible dans le genre psychologie de bazar.

La pluie s'était intensifiée et l'idée de renoncer à son footing se fit de plus en plus forte. Il ne portait pas les vêtements adéquats, il le savait, mais en même temps ça lui arrivait souvent. Il n'était pas du style à étudier le bulletin météo avant de sortir, ce qui était sans doute une réaction au fait que sa mère fonctionnait exactement à l'opposé. Un vêtement pour chaque degré différent sur le thermomètre. Et pour chaque événement. Son enfance n'avait été qu'une longue séance d'habillage afin d'éviter que la moindre goutte de pluie ou le moindre coup de vent glacial ne se glisse entre les différentes couches.

Adulte, la joie l'envahissait parfois lorsqu'il était mouillé ou qu'il avait froid.

Il commença à courir le long du chemin et prit ensuite à droite, s'éloignant de la maison de Nathalie. D'un côté se dressait la forêt, de l'autre s'ouvrait la tourbière, ce paysage auquel il s'était tellement attaché ; sa vaste étendue désolée, sa végétation grise et rabougrie, encore plus résistante et étrange maintenant qu'il pleuvait et que le vent soufflait.

Il se souvenait du givre sur la sphaigne l'hiver dernier. Une vision surnaturelle. La mousse blanche fragile en apparence et attirante à la fois. Il n'avait jamais vu quelque chose de si émouvant.

Un jour, un grand élan avait surgi de nulle part. Il tanguait sur la surface gelée qui cliquetait sous ses sabots comme un carillon triste. Aujourd'hui Johannes entendait le bruit monotone de ses propres pas sur le sentier. Comme des battements réguliers. Des coups obstinés et mécaniques qui le faisaient avancer.

La première partie sinueuse laissa bientôt place à une longue ligne droite qui longeait la vieille tourbière. À travers la brume, il entrevoyait le chemin caillouteux qui menait au petit parking. Celui-ci était désert. Il croisait rarement des gens là-bas, et ce soir, avec la pluie lui fouettant le visage, tout lui semblait encore plus vide.

Ici et là émergeaient les caillebotis, assemblage de rondins de bois qui traversait la tourbière. L'espace d'un instant, il réfléchit à couper par là mais la surface était bien trop glissante. C'était beaucoup trop dangereux. Il suffisait de perdre l'équilibre pour…

Son pied heurta une pierre et il trébucha.

— Aïe.

Pourtant il connaissait cet endroit par cœur pour y avoir couru tant de fois. Il savait où se trouvait chaque racine, chaque imperfection du sol. Une douleur vive se propagea dans sa cheville. Elle s'évanouit rapidement mais seulement pour revenir avec plus d'intensité encore.

— Merde !

Il fit quelques mètres en sautillant sur une jambe afin de trouver quelque chose à quoi se tenir avant de s'écrouler sur le sentier.

Le vent et la pluie continuaient à lui cingler le visage. Il essaya de se relever mais il avait vraiment mal. Après plusieurs tentatives, il dut se rendre à l'évidence. Il ne pouvait tout simplement pas poser son pied par terre.

Il attendit un moment pour voir si la douleur n'allait pas finir par s'estomper tout en se maudissant d'avoir oublié son portable chez lui. Comment allait-il faire pour rejoindre le manoir sur une seule jambe ?

Le long du sentier poussaient une multitude de petits arbres et il eut l'idée de casser quelques branches pour se fabriquer des béquilles de fortune. Il abandonna cependant rapidement, les branches étant bien trop souples.

Après avoir tour à tour sauté et s'être traîné sur le sentier, il fit une pause et jeta un œil sur la tourbière. C'est alors qu'il réalisa qu'il ne pleuvait plus. Et que le vent était tombé. Tout était calme et paisible.

C'était si étrange.

La lune apparut derrière les nuages dans le ciel sombre. La brume prit forme et se déroula lentement sur le sol humide.

Il eut l'impression d'entendre un bruit. Était-ce le vent ? Ou un animal ? On aurait presque dit des gémissements. Ou des cris lointains.

Il perçut un rai de lumière un peu plus loin sur le sentier.

Une lampe de poche. Quelqu'un !

— Hé ho ! cria-t-il.

Aucune réponse.

— J'ai besoin d'aide. Je me suis fait mal…

Le faisceau lumineux s'approcha jusqu'à l'éblouir. Il fut obligé de mettre sa main en visière pour se protéger les yeux.

— Hé !

La lumière pointa dans une autre direction et, l'espace d'un instant, il put à nouveau voir.

Qu'est-ce qui se passe ? eut-il le temps de penser.

Puis tout devint noir.

1

Trois semaines plus tôt

Toc, toc, toc.

Nathalie se réveilla. Elle pressa ses doigts contre ses tempes pour faire cesser les cognements dans sa tête.

Toc, toc, toc.

Toc, toc, toc.

Un regard rapide au réveil lui confirma qu'il restait encore deux heures avant qu'il ne sonne. Comme d'habitude, à dire vrai. Pas la peine d'essayer de se rendormir.

Ce n'était jamais la peine.

Elle s'assit au bord du lit et réfléchit à ce qui lui restait à faire. L'appartement était nettoyé et rangé, et la plupart de ses affaires mises de côté. Les sacs qui ne se trouvaient pas déjà dans le coffre de la voiture attendaient dans l'entrée. Tout était prêt.

Elle alla dans la salle de bains se doucher et prit son petit déjeuner dans la foulée, s'efforçant de laisser le moins de traces possible. Puis elle écrivit un mot à la personne qui allait habiter dans son appartement pendant son absence et elle le déposa sur la table de la cuisine.

J'ai laissé des choses dans le frigo, peut-être en aurez-vous l'utilité. Vous trouverez le numéro de compte pour le loyer dans le mail que je vous ai envoyé hier.
J'espère que vous vous plairez ici.
Cordialement
Nathalie

La rue était déserte et silencieuse, digne d'un dimanche. Elle fourra les derniers sacs dans le coffre, s'installa au volant et démarra.

Elle prit la nationale en direction du nord et quitta Göteborg avant que la ville n'ait eu le temps de se réveiller. Elle avait l'impression de fuir quelque chose, une obligation.

Au bout d'une dizaine de kilomètres, elle s'arrêta à une station-service pour prendre de l'essence, s'acheter un café et faire quelques courses afin de pouvoir se débrouiller les premiers jours. Puis elle se remit en route. Bientôt le paysage changea. Devint plus sombre. Plus profond.

Dire qu'il suffisait de quelques heures de route pour retourner autant d'années en arrière. Vers ce pays de lacs et de forêts. Vers cette terre à laquelle elle appartenait.

Elle s'était toujours sentie étrangère à Göteborg. Cette grande ville au bord de l'eau. La mer y était joyeuse, inquiétante et peu fiable. Nathalie détonnait parmi les gens qui passaient leur temps à faire de la voile. Ils aimaient les rochers nus et l'horizon. Ils adoraient le soleil et ne souhaitaient rien d'autre que sa chaleur et sa constance. C'était comme s'ils s'attendaient à la même chose de sa part. Une sorte d'élan intérieur auquel elle n'avait jamais eu accès mais qu'elle avait dans une certaine mesure appris à imiter.

Chaque été, lorsqu'elle posait ses pieds sur le granit chaud du Bohuslän et qu'elle descendait se baigner, elle avait la sensation que la mer ne voulait pas d'elle, qu'elle la repoussait. À croire que cette vaste étendue d'eau savait qu'elle n'appartenait pas à ce monde.

Un crachin de septembre embuait les vitres de la voiture. Maladroit et silencieux. Comme si l'automne faisait son entrée sur la pointe des pieds pour ne pas déranger ou choquer.

Viens, pensa-t-elle. N'aie pas peur.

Tombe.

Faisons ça ensemble.

Elle dépassa Åmål et prit la sortie vers Fengerskog. Elle fut soudain parcourue d'un frisson d'irréalité, aussi saisissante qu'imposante. Que s'apprêtait-elle à faire ? Qu'était-elle en train de mettre en mouvement ? Au même moment, elle réalisa qu'elle était bientôt arrivée et qu'il était trop tard pour faire demi-tour.

Elle ralentit une fois arrivée au niveau de l'école d'art et de l'ancienne usine qui, à présent, hébergeaient des ateliers et des galeries. Au croisement, où autrefois il n'y avait qu'une supérette, se trouvaient aujourd'hui une boulangerie et un café où des trentenaires à tote bags étaient en train de boire un latte dans de grands verres. Les habitations se firent bientôt plus rares pour laisser place à la forêt. La route devint plus étroite. Nathalie bifurqua dans une allée de bouleaux qui menait au manoir.

Devant l'entrée étaient garées quelques voitures. Elle trouva une place et commença à marcher sur le gravier en direction de la grande demeure, laissant ses valises dans le coffre.

C'était une bâtisse imposante avec ses quatre tours, une façade blanche, un toit en tôle vert tilleul et de vastes fenêtres qui donnaient sur le domaine. Elle était construite sur une hauteur, comme le sont souvent les manoirs. En général, dominant un splendide paysage ; un beau lac ou des collines ondoyantes.

Mais ce manoir-ci était différent. Il surplombait des terres simples, dénuées de toute prétention. Un paysage composé d'étendues brumeuses, de pins rabougris et de terres pentues. Un paysage que la lumière du soleil ne semblait pas pouvoir atteindre, un paysage qui ne séchait jamais, qui était constamment gorgé d'eau.

Et c'est ici qu'elle était volontairement revenue.

— C'est vous qui allez louer la petite maison ?

La femme qui l'accueillit s'appelait Agneta et était la directrice du manoir. Elle était vêtue d'une robe beige genre caftan avec de larges broderies sur les épaules qui accentuaient sa grande taille et lui donnait l'allure d'une colonne. Elle avait une frange et ses cheveux blond foncé lui tombaient sur les épaules en longues mèches raides.

— Oui, c'est bien moi.

Son mari apparut juste derrière elle. Il portait un costume sombre et faisait une tête de moins qu'elle. Il étudia Nathalie d'un œil attentif.

Gustav, pensa Nathalie. Comme un garde du corps. Ils sont exactement comme dans mes souvenirs.

— Je vous souhaite la bienvenue au Manoir de la Tourbière. J'espère que vous avez conscience que la maison dans laquelle vous allez habiter est très simple. Elle sert surtout en été.

— Oui, je suis au courant. Il y a quand même du chauffage, n'est-ce pas ?

— La maison possède deux cheminées et un frigo à gaz. Mais c'est tout. L'eau est à récupérer avec des bidons à la cave et, concernant votre portable et votre ordinateur, vous pouvez les recharger dans notre bureau. La douche et les toilettes se trouvent dans le manoir au premier étage. Il y a aussi des toilettes extérieures, derrière la maison. Quoi d'autre... ? Ah oui, le vélo. Il y a un vieux vélo que vous pouvez utiliser. Au fait, d'où venez-vous ?

— J'habite à Göteborg.

Aux murs de l'entrée était suspendue une rangée de vieux tableaux représentant d'élégantes dames vêtues de grandes robes et des hommes fiers en uniforme militaire. Lorsque Nathalie était enfant, ces portraits la fascinaient. Surtout un. Celui représentant Sofia Hansdotter, l'épouse d'un propriétaire terrien qui avait vécu dans le manoir à la fin du XIXe siècle. Elle se souvenait de la robe vert clair de Sofia et de son regard mélancolique.

La rumeur disait qu'elle avait perdu sept de ses huit enfants et qu'elle était folle. Qu'elle les étouffait et demandait ensuite à son mari qu'ils soient enterrés dans la tourbière devant le manoir. Afin qu'ils reposent auprès d'elle, disait-elle. Son mari s'était plié à ses volontés pour ne pas causer encore plus de dégâts à son cœur déjà bien abîmé. Jusqu'au jour où, dans un accès de lucidité, à la naissance de son huitième enfant, il avait compris la raison pour laquelle ils mouraient l'un après l'autre. Il avait alors décidé d'enlever le nourrisson à sa mère. Sofia était descendue à l'endroit où ses enfants étaient enterrés, elle avait sauté dans la tourbière et avait disparu.

Personne n'avait rien fait pour la sauver.

Le huitième enfant avait grandi et était devenu un homme fort et bien portant qui avait repris le manoir après la mort de son père. C'était l'arrière-grand-père de Gustav, l'actuel propriétaire.

— Gustav et moi gérons cet endroit comme pension de famille depuis plus de trente-cinq ans. Et avant cela, c'étaient ses parents, poursuivit Agneta avec l'assurance de quelqu'un qui avait l'habitude de faire le récit de l'histoire du manoir.

Puis elle s'avança vers les portraits et fit un grand geste.

— La propriété appartient à la famille de Gustav depuis le XVIIe siècle. Tous ses ancêtres sont représentés sur ces tableaux.

Au même moment, une femme descendit l'escalier.

— Voici notre cuisinière, Jelena, qui fait le meilleur lavaret fumé de ce côté-ci du lac Vänern. Au cas où vous voudriez un jour vous joindre à nous pour un repas.

Jelena était pâle et toute fine. Bien loin du cliché de la cuisinière dodue.

— Et voici Alex, qui est l'homme à tout faire de la pension, continua Agneta lorsqu'un homme grand et musclé apparut sur le seuil de la porte.

— N'hésitez pas à le solliciter si vous avez quelque chose à réparer.

Alex s'immobilisa et leur adressa un signe bref de la tête tout en fixant le lustre du regard. Puis il poursuivit son chemin et disparut dans la pièce du fond.

— Si vous avez des questions, Gustav et moi sommes disponibles tous les jours de la semaine entre neuf heures et seize heures. Le plus souvent, nous sommes dans notre bureau. Sinon, vous pouvez nous trouver en haut d'une échelle en train de repeindre la porte d'une étable ou occupés à réparer un tracteur. Le reste du temps, nous sommes dans l'aile est où nous logeons. Il est possible de nous contacter également en dehors des heures de bureau.

Elle fit une courte pause puis reprit :

— Voilà, vous savez presque tout. En ce moment c'est la basse saison, la région est donc très calme. Si je peux me permettre, vous êtes ici pour quelque chose en particulier ?

— Oui, je fais une thèse de doctorat qui a pour sujet l'influence du réchauffement climatique planétaire sur le processus de décomposition dans les tourbières. Je suis biologiste.

— Je comprends, sourit Agneta avec un geste de la main vers la fenêtre. C'est pour ça que vous êtes venue ici. Intéressant.

— Oui, j'ai l'intention de faire mes dernières expériences sur le terrain.

— Elle est très spéciale, cette tourbière, poursuivit Agneta. On dit que, dans le temps, des sacrifices y étaient pratiqués. On l'appelait la Tourbière des Sacrifices.

— Ah.

— Vous en avez peut-être entendu parler ? À l'âge du fer, on y faisait des offrandes aux dieux. On aurait même sacrifié des hommes. Nous avons des brochures là-dessus au bureau. C'est autour du changement de millénaire qu'on a retrouvé un cadavre datant de trois cents ans avant Jésus-Christ. Aujourd'hui il est exposé au musée d'Histoire culturelle de Karlstad.

— Oui, j'en ai entendu parler, confirma Nathalie en hochant la tête.

— La Fille aux airelles, dit Agneta.

— Oui.

— C'est comme ça qu'ils l'ont appelée. À propos de la tourbière, j'espère que vous serez prudente. À certains endroits, c'est très marécageux et les sentiers sont extrêmement glissants à cette époque de l'année. Mais j'imagine que vous devez être habituée.

*

La petite maison en bas du manoir se composait d'une pièce et d'une cuisine. La cuisine contenait un plan de travail et une pierre à évier sans robinetterie, une grande cuisinière à bois et un coin-repas avec une banquette et deux chaises. La pièce à vivre, elle, était meublée d'un sommier sur pieds, d'une penderie, d'un petit bureau ainsi que de deux vieux fauteuils et d'une table basse placés devant un poêle de faïence.

La fraîcheur de l'automne pénétrait par les interstices des murs en bois. L'intérieur était humide mais ne sentait pas le moisi.

Dans un coin, un miroir était posé contre le mur. Nathalie s'accroupit et contempla son visage. Elle était toujours aussi étonnée d'avoir l'air plus en forme qu'elle ne l'était en réalité. Ses cheveux couleur sable tombaient parfaitement sur sa nuque. Elle avait la même coupe depuis huit ans, l'année où elle avait fait du mannequinat et où un coiffeur de stars la lui avait proposée pour un shooting. Un carré mi-long simple, facile à entretenir.

À l'âge de dix-huit ans, elle avait été « repérée » devant un cinéma et on lui avait proposé un contrat de mannequin bien qu'elle fût en réalité trop petite, une exception dont elle devait apparemment être très reconnaissante.

Elle venait de passer son bac et était contente de pouvoir gagner un peu d'argent, mais elle n'avait pas supporté la superficialité de ce milieu. La laque qui lui piquait le nez, les pinceaux pleins de poudre qui lui chatouillaient le visage, les instructions incessantes devant l'objectif. Des ordres virulents dont l'unique intention était de la faire se révéler. À quoi ? Elle n'avait jamais compris. Au bout de deux mois, elle en avait eu assez et avait arrêté.

Sa coupe fut la seule chose qu'elle garda de cette parenthèse dans sa vie. Avec le minimum d'effort, celle-ci contribuait à lui donner une apparence avantageuse qu'elle ne conservait que pour des raisons purement pratiques : l'entourage restait attaché à son physique, ce qui l'arrangeait bien.

Dans le vestibule étaient rangés deux bidons d'eau et un grand panier rempli de bois. Elle fit du feu aussi bien dans la cuisinière que dans le poêle de faïence puis sortit les courses qu'elle avait faites et rangea ses vêtements dans la penderie. Pour finir, elle enfila ses chaussons ainsi qu'un gros pull et déroula une grande carte de la région qu'elle punaisa au mur au-dessus du bureau.

Elle fit de nouveau le tour des deux pièces pour un examen plus approfondi. Le feu crépitait violemment dans la cuisinière et une fumée abondante s'en échappait. Elle dut ouvrir une fenêtre pour l'évacuer.

Au bout d'un moment, tout sembla fonctionner. Elle se fit alors réchauffer une boîte de tortellini qu'elle avait achetée à la station-service et se prépara une tartine au fromage.

À l'arrière de la maison, il y avait un petit jardin encadré d'églantiers sauvages, et, à l'avant, deux vieux transats. Un parcours sportif avait été tracé autour de la tourbière située à quelques mètres plus loin.

Elle enfila son manteau et s'installa dans un des transats pour contempler le paysage. Rien n'avait changé. Tout était exactement comme dans ses souvenirs. Comme il y a quinze ans. Ou plutôt comme il y a cent ans. Comme depuis la nuit des temps. Les pins gris noueux. Les petites mares, tels des yeux remplis d'eau, entre les touffes d'herbes humides. Une désolation élaborée dans une palette de couleurs sourdes, des linaigrettes chatoyantes sur des tiges automnales couleur rouille.

Le chant caractéristique des courlis cendrés dont elle entendait encore l'écho bien que les oiseaux aient quitté les lieux pour migrer depuis déjà longtemps et bien que cela fasse des années qu'elle n'était pas revenue ici. Elle percevait leur chant si particulier, ce chant qu'elle avait tant aimé avant que tout ne change, avant que celui-ci ne se transforme dans sa mémoire en un ricanement moqueur, un signal d'alarme menaçant, annonciateur de ce qui allait se passer.

En pensant à ce qu'elle allait entreprendre, elle se sentit audacieuse, presque téméraire. C'était comme si elle avait été contrainte de franchir une frontière sans pour autant s'y être vraiment préparée.

Si elle regardait vers l'ouest, elle parvenait à distinguer les poteaux électriques qui se dressaient au-dessus de la végétation. Les mêmes poteaux que ceux devant la fenêtre de sa chambre d'enfant. Ceux qui avaient été son point de repère, son salut chaque fois qu'elle s'était perdue dans la tourbière. Une pensée folle lui traversa l'esprit. Si elle suivait ces poteaux, elle finirait par arriver chez elle. À l'endroit où tout avait commencé. Et où tout s'était terminé.

Il faisait encore nuit quand elle ouvrit les yeux. L'obscurité était un des rares signes de l'automne qu'elle n'appréciait pas. Les matinées et les soirées sombres, les journées qui perdaient toujours plus de clarté. De ce point de vue, l'été était plus agréable. Lorsque les cognements dans sa tête la réveillaient à quatre heures du matin, il faisait déjà jour. La lumière évacuait aussitôt la lourdeur du réveil. La sensation indicible que quelque chose n'allait pas en même temps que le cerveau s'efforçait d'en chercher la cause. L'obscurité de l'automne avait l'effet inverse. Elle semblait justement vouloir couver cette lourdeur.

Elle alluma la lampe à pétrole à côté du lit puis se rapprocha du poêle de faïence encore tiède. Elle l'enlaça comme un vieil ami qui lui avait manqué. Posa sa joue contre sa paroi et ferma les yeux. Une douce chaleur se propagea dans son corps. Le mot *prière* lui vint à l'esprit. *Était-ce ça qu'on ressentait en priant ?*

Elle entendit soudain un bruit. Comme un grattement à la vitre.

D'un pas lent elle s'approcha de la fenêtre et regarda dehors. *Des pies ?*

Elle ne voyait rien. Seulement l'éclairage extérieur du manoir à une centaine de mètres. Deux globes suspendus dans l'obscurité.

Il faisait tellement noir dehors que la faible lumière que diffusait la lampe à pétrole la rendait vulnérable. Il n'y avait pas de rideaux à fermer mais elle vit un clou de chaque côté de la fenêtre. Elle attacha deux gros pulls par les manches, monta sur une chaise et les pendit aux clous afin de voiler au moins la fenêtre la plus proche du lit et de la rendre, elle, moins visible. Le résultat n'était pas concluant. Il fallait qu'elle pense à trouver une couverture. Ou une couette. Pareil pour les autres fenêtres.

Elle sortit de sa valise le journal de la veille et se glissa de nouveau dans son lit. Elle essaya de lire un article sur la politique énergétique sans parvenir à se concentrer. Les fenêtres la regardaient. L'obscurité la dévisageait.

Merde. Comment faire ?

Elle n'avait pas prévu qu'elle se sentirait si exposée. Ça ne faisait pas partie du plan. Non. Il fallait absolument qu'elle réussisse à évacuer toutes ces mauvaises pensées. Elle devait se concentrer sur deux choses : son travail et sa mission sous-jacente, celle qui avait pour sujet « elle-même ».

Personne ne savait qu'elle se trouvait ici, près de la tourbière. Personne excepté son directeur de thèse qui était lui aussi en déplacement.

Nathalie aimait l'idée du voyage. Il y avait quelque chose d'émancipateur dans le fait de se soustraire à son environnement quotidien. Comme si c'était la liberté ultime.

Quatorze ans auparavant, elle avait quitté cette région sans un mot. Maintenant qu'elle était de retour, c'était comme retourner le miroir. Manipuler tous les fils qui la mèneraient au point de départ. Défaire les nœuds pour tout recommencer.

La plupart de ses amis remarqueraient à peine son absence. Tous étaient chercheurs comme elle, dispersés sur le globe.

Les seuls qui pourraient éventuellement se poser des questions étaient ses parents adoptifs.

Ces dernières années, Nathalie n'avait pas eu la force de maintenir de bonnes relations avec eux, et lorsque les visites s'étaient faites plus rares les reproches avaient commencé. Avant tout de la part de Harriet, sa mère adoptive.

« C'est comme ça que tu nous remercies pour tout ce qu'on a fait pour toi ? » avait dit Harriet lors de leur dernière discussion. Enfin, si on pouvait appeler ça une discussion. Ils étaient venus chez Nathalie lui offrir des fleurs pour son anniversaire et Harriet n'avait pas réussi à camoufler ses sentiments. Son visage rond était devenu écarlate et elle avait lutté pour ne pas fondre en larmes.

Le père adoptif de Nathalie, Lars, était resté assis sur une chaise tout du long sans même enlever son manteau. Il avait passé son temps à caresser sa moustache et à fixer le sol.

« On s'en va, avait-il dit finalement. On laisse tomber. Elle ne veut pas. »

Nathalie avait éprouvé une certaine solidarité avec Lars et son triste constat. À part ça, elle n'avait rien senti d'autre. Et c'était bien ce que Harriet avait compris.

Avant de partir, Harriet l'avait longuement regardée. Avec une absence totale de compassion dans les yeux, elle lui avait dit d'une voix chevrotante : « Tu es horrible, tu sais ? J'ai toujours pensé que ton comportement était dû à ce que tu as vécu, mais aujourd'hui je n'en suis plus aussi sûre. Tu es peut-être comme ça : superficielle, sans cœur et ingrate. »

Le peignoir bien serré autour de la taille, Nathalie s'installa au milieu de la pièce pour tenter de prendre le contrôle de la situation et défier ce sentiment de vulnérabilité qui était le sien. Elle posa une pile de documents sur la table. Les résultats des mesures qu'elle avait prises en Allemagne, aux Pays-Bas, en Pologne et au Danemark.

Le silence, pensa-t-elle en regardant autour d'elle. La maison est si silencieuse. Si exigeante. Il faut peut-être juste s'habituer.

Elle chercha à identifier les quelques bruits qui accentuaient ce silence : une mouche mollassonne qui bourdonnait à la fenêtre et qui n'en avait sans doute plus pour très longtemps. Le chant discordant d'un corbeau au loin. Elle se concentra ensuite sur les odeurs. C'était plus difficile : le feu de bois, le savon, la cendre.

Elle étala des diagrammes des fractions d'azote et réfléchit aux divergences. Pourquoi les valeurs étaient-elles par exemple plus élevées en Allemagne qu'en Pologne ? Y avait-il un lien avec la période de l'année ? Était-ce dû à la nature de l'environnement ? Ou était-ce lié au réchauffement planétaire ?

Ceux parmi ses collègues du monde entier qui travaillaient sur des questions semblables avaient surtout réalisé des études dans les régions polaires. D'immenses superficies toujours gelées. Maintenant que le réchauffement climatique avait pour conséquence le dégel de ces régions, des processus s'amorçaient dans les sols qui dégageaient encore plus de gaz à effet de serre. La question était de savoir de combien serait l'apport et comment il influencerait le réchauffement en général.

Quelques années auparavant, Nathalie avait fait partie de l'équipe de recherche nordique qui avait étudié le même phénomène dans les montagnes suédoises. Lorsque l'occasion s'était présentée à elle de se concentrer plus spécifiquement sur les tourbières de l'Europe centrale et du Nord, elle l'avait tout de suite saisie et avait obtenu le poste.

Son travail serait une contribution significative dans la recherche en climatologie, aujourd'hui si importante pour les décisions des politiques. Elle le savait. Mais ce n'est qu'après avoir réservé son vol et organisé son séjour à proximité de la tourbière qu'elle avait réalisé que le fait de venir ici n'était pas que professionnel. Son choix ne se fondait pas uniquement sur ce qu'elle avait d'abord cru. Il était avant tout question de raisons personnelles.

Soudain, elle avait été submergée par cette pensée. C'était d'une évidence criante. Son passé l'avait plaquée contre le mur et, avant de la relâcher, il s'était assuré qu'elle l'écouterait, pour une fois. Et, même si Nathalie n'avait pas encore osé se livrer à une introspection, elle ne s'était en tout cas pas esquivée.

Elle était donc venue ici. Dans cet endroit désolé. Les tourbières entre le Dalsland et le Värmland.

Et c'était peut-être ça le plus important.

*

Elle ne sortait que pour prendre sa douche, chercher de l'eau et recharger son portable et son ordinateur. Elle avait besoin de s'ancrer dans la maison, de trouver un point de départ solide avant de pouvoir s'engager dans les milieux humides.

Sur la grande carte punaisée au mur, elle nota les endroits éventuels pour les différents prélèvements. En deux jours, elle allait analyser douze points différents de la tourbière, afin d'obtenir une valeur de mesure significative. Puis elle ferait la même chose en novembre une fois le sol refroidi.

Durant les premiers jours, elle ne parla à personne. Mais chaque après-midi, environ à la même heure, elle voyait un homme d'à peu près son âge passer devant sa fenêtre. Il faisait un jogging sur le parcours sportif en face de chez elle. Et, chaque fois, il lorgnait la maison avec curiosité.

Un jour qu'elle sortait des toilettes extérieures, il passa justement devant chez elle. Il s'arrêta et se pencha en avant, les mains sur les cuisses, pour reprendre haleine. Ils firent d'abord semblant de ne pas se voir puis il la salua d'un signe discret de la tête.

— Bonjour, dit-il le souffle court. C'est toi qui habites ici ?

Elle eut aussitôt le sentiment d'être piégée. Elle n'avait pas pensé tomber sur quelqu'un juste devant chez elle. Elle s'était au contraire réjouie à l'avance d'être dispensée de tout contact avec le reste du monde.

— Oui, on peut dire ça, répondit-elle. Temporairement. Je suis locataire.

Elle s'apprêta à tourner les talons pour rentrer chez elle.

— Bel endroit. Je m'appelle Johannes, ajouta l'homme en lui tendant la main. Est-ce que je pourrais te demander un verre d'eau ? J'ai oublié de prendre une bouteille et je suis mort de soif.

— Bien sûr.

Elle entra lui chercher un verre qu'elle lui tendit.

— Merci, dit-il avant de le vider d'une traite.

Il essuya la sueur sur son visage avec le bas de son tee-shirt, s'étira le dos et passa une main dans ses cheveux sombres.

Noir corbeau, se dit-elle. Très beau.

— C'est agréable de courir ici ? demanda-t-elle pour dire quelque chose.

— C'est génial. Cet endroit est…, dit-il en secouant la tête comme s'il n'arrivait pas à trouver les mots justes. Je suis étudiant à l'école d'art de Fengerskog. Parmi tous les gens avec qui j'ai parlé, personne ne semble connaître cet endroit. C'est incompréhensible. C'est tellement beau ici. Mais tant mieux, comme ça j'ai l'endroit pour moi tout seul, lui sourit-il. Et toi ? Qu'est-ce que tu fais ici ?

Elle hésita. Les mots résistaient. Ils se cachaient et refusaient de sortir. Elle en avait assez de faire semblant d'être sociable. Mais en même temps quelque chose chez cet homme l'attirait.

De plus, elle ne pouvait pas nier qu'en le voyant de plus près, sa couleur de peau la fascinait. Olive, disait-on, non ? Elle aurait pu la regarder pendant des heures et réfléchir aux gènes et aux acides qui conféraient autant d'atouts aux cellules d'une peau.

— Je mesure les émissions de gaz à effet de serre des tourbières, expliqua-t-elle en repoussant une mèche de cheveux derrière son oreille. Entre autres. Ou plutôt, je vais le faire. Je n'ai pas encore commencé.

— Des gaz à effet de serre ? répéta-t-il. C'est pour une entreprise ?

— Non… Je fais une thèse. Je suis biologiste.

Quelque chose dans son regard s'aiguisa.

— Ah bon ? C'est intéressant. Ç'aurait été amusant d'en savoir plus…

Il fit une courte pause avant de reprendre :

— … mais je ne vais pas te déranger plus longtemps. On se recroisera sans doute. Je cours ici presque tous les jours.

Il lui fit un signe de la main avant de se remettre en route.

Lorsqu'il s'éloigna en direction du parking, Nathalie observa les muscles de ses jambes. Longues et souples, se dit-elle. Endurantes.

Les jours suivants, elle resta chez elle aux heures où Johannes faisait son jogging. À une certaine distance de la fenêtre mais néanmoins suffisamment près pour pouvoir le regarder sans être vue.

Un après-midi, sur une impulsion, elle prépara du thé puis elle s'installa sur une chaise devant la maison avec la théière et une tasse à attendre qu'il passe.

— Je peux te proposer un thé ? lui cria-t-elle lorsqu'il apparut sur le parcours.

Il s'arrêta, passa une main dans ses cheveux et haussa les sourcils en la regardant avec des yeux surpris. Elle ne réussit d'abord pas à juger s'il était simplement étonné ou s'il trouvait son invitation étrange. Elle regretta aussitôt son geste. Mais il lui répondit que ça lui ferait plaisir et s'approcha d'elle.

Lorsqu'elle entra chercher du sucre et une tasse supplémentaire, elle sentit une vague de joie mêlée à de la nervosité l'envahir.

Johannes s'installa. Ses mouvements étaient lents et harmonieux. Il n'occupait pas plus d'espace que nécessaire, mais pas moins non plus. Ouvert et disponible. Et qui n'a rien à cacher, se dit-elle. Un frisson passa le long de sa colonne vertébrale. *Tout le contraire de moi.*

Il mit plusieurs cuillères de sucre dans sa tasse. Devant son sourire sceptique il éclata de rire.

— Je sais. Mon père était marocain. J'ai le sucre dans le sang.

Le soleil de fin de journée déclinait et ils étaient confortablement assis sur les transats.

— Alors, c'est comment de faire ses études ici ? demanda-t-elle.

— Pas mal. Les profs sont bons et les élèves sympas. La ville est tranquille, on a vraiment le temps de travailler.

— Mais on ne se sent pas un peu isolé ? Si jamais on en a marre de travailler ?

— Peut-être un peu. Mais si on veut avoir une vie sociale c'est aussi possible. Il y a quand même des concerts, des fêtes et tout, dit-il en se tournant vers elle. Et toi ? Comment tu vas procéder pour ton étude ? Tu mesures donc les gaz à effet de serre. Comment ça se passe ?

Elle lui expliqua les tests qu'elle allait pratiquer durant le week-end. Il l'écouta avec intérêt.

— Tu accepterais d'avoir de la compagnie ? lui proposa-t-il. Ce que tu fais a l'air passionnant. J'aimerais beaucoup voir comment tu procèdes. Je pourrais t'aider à… à porter tes sacs par exemple ?

Elle resta silencieuse un moment. Une boule se forma dans son ventre. Un sentiment étrange d'attirance et de danger. Et à la surface de tout ça : l'avantage d'avoir deux mains de plus à sa disposition.

— Ça t'intéresserait ?

Il la regarda droit dans les yeux.

— Oui, pourquoi pas. Ça pourrait aussi te faciliter la tâche, non ?

*

Il fallait d'abord qu'elle se rende à la tourbière sans Johannes. Elle avait besoin de s'exposer seule à cet environnement, sans la présence d'un tiers. De plus, elle devait préparer les stations de mesure. Enfoncer des tuyaux dans le sol, à douze endroits différents, sur lesquels elle fixerait des clapets pour y glisser des canules afin de faire remonter les gaz.

Le matin suivant, elle se réveilla exceptionnellement tard. Les cognements dans sa tête lui parurent plus légers que d'habitude. En revanche, son inquiétude était palpable. Elle la sentait se déplacer de sa poitrine jusqu'à sa tête en passant par son ventre pour finalement occuper la totalité de son corps. Elle avait l'impression d'être une toxicomane en manque, la drogue ayant été un refouloir jusqu'à aujourd'hui. *À quoi tout cela va-t-il servir ?* lui demandait le diable perché sur son épaule droite. *Qu'est-ce que tu viens faire ici ? Rentre chez toi.* Le problème c'est que sur son épaule gauche il n'y avait pas d'ange mais seulement le vide. Ses yeux se mirent à lui piquer quand elle s'entendit penser : *Je fais ça pour moi.*

Elle s'attarda longuement devant son petit déjeuner, la porte ouverte afin de profiter de la belle journée d'automne qui s'annonçait. Elle fit plusieurs allers-retours entre sa chambre et la cuisine, dressa une liste des choses à ne pas oublier quand ils partiraient faire les mesures.

Un peu plus bas se trouvait le sentier menant à la tourbière. Elle n'avait qu'à marcher. À mettre un pied devant l'autre. Ce n'était pas plus difficile que ça. En tout cas, il ne fallait pas que ça le soit.

Et pour finir elle se lança. Sans réfléchir. Comme quand on va se baigner bien qu'il fasse froid, parce qu'on sait qu'il faut le faire et parce que c'est toujours agréable après.

Ses pieds sur le sentier. Sa présence sur cette terre. De nouveau. Le temps qui s'était écoulé entre le passé et le présent. Comprimé en quelques battements d'ailes de papillon.

Elle avançait sur le sentier. À un moment, elle le quitta pour bifurquer vers la tourbière à travers laquelle cinq vieilles planches dessinaient une longue ligne droite. La passerelle était dans un sale état, aucun travail de rénovation ne semblait avoir été fait depuis longtemps.

C'est vrai que quinze années s'étaient écoulées.

La lumière était faible, l'air glacial. Des terres gorgées d'eau à perte de vue. Une vaste étendue gris-jaune. Les arbres qui lui avaient toujours paru rabougris et tortueux se dressaient aujourd'hui avec dignité dans ce paysage désolé. Ils se courbaient et lui faisaient la révérence. Comme pour lui souhaiter la bienvenue.

Elle leur fit un signe de tête en retour. Petit à petit elle se détendait, elle s'ouvrait lentement à la nature qui l'entourait. Elle se laissait porter. Le temps lâcha enfin son emprise et prit son envol. Elle ne faisait plus qu'un avec la nature. C'était comme si elle se déplaçait dans une mosaïque dont les morceaux se mêlaient à ceux des alentours.

Elle se promena longtemps dans ce décor si familier. Au bout d'un moment, elle profita de quelques grosses touffes d'herbes pour sauter jusqu'à un pin.

Adossée à son tronc, elle resta un long moment à écouter le rythme de sa respiration et à contempler la nature. Une pluie fine se mit à tomber. Le bruit des gouttes sur son ciré rappelait celui sur la toile d'une tente. Ça sentait la forêt de résineux. Sur ses bottes trempées s'étaient collées des feuilles jaunissantes de myrica. C'était l'époque de l'année où les branches commençaient à se dénuder. Elle saisit quelques feuilles, les frotta entre ses doigts et huma leur parfum épicé tout en fermant les yeux.

Quelques minutes s'écoulèrent. Peut-être un quart d'heure. Puis le brouillard s'avança lentement vers elle, tel un animal curieux aux intentions confuses. Il se glissa sur la surface de la terre humide, atteignit ses pieds et l'enveloppa finalement comme une couverture.

Comme s'il disait : *Toi. C'est toi. Ça faisait longtemps.*

Elle resta immobile. Respirait à peine. Les yeux à moitié fermés à attendre que ça passe.

Sans qu'elle s'en aperçoive, quelques mots sortirent de sa bouche. Un chuchotement.

Je sais. J'ai mis un peu de temps. Mais je suis là maintenant.

À neuf heures pile le samedi matin, elle s'assit sur les marches devant la maison pour attendre Johannes. Elle était habillée d'un pantalon de travail, d'un coupe-vent et de grosses bottes. Dans son sac à dos se trouvaient le pique-nique, du café et son matériel de prélèvement.

Johannes parqua son vélo devant la maison et vint la retrouver. Il portait un jean, des baskets et un sweat-shirt à capuche sous une veste en jean. En voyant la manière dont elle le regardait, il recula d'un pas.

— Quoi ? Ça ne va pas ? demanda-t-il. Si, si, c'est parfait, viens, on y va, répondit-il à lui-même.

— C'est vraiment très humide là-bas, objecta-t-elle.

— Ce qui rendra le retour au chaud encore plus agréable, dit-il en riant.

Ils empruntèrent le même chemin qu'elle la veille. Elle s'orientait à l'aide de son GPS et au bout d'un moment ils arrivèrent au premier endroit où elle avait placé les tuyaux. Elle sortit six bouchons de son sac à dos, d'un diamètre de deux décimètres et recouverts d'une membrane en caoutchouc souple.

— Regarde, dit-elle en désignant le caoutchouc. Je vais enfoncer une canule ici afin de récupérer les gaz qui sortent de la tourbe. Je les transvaserai ensuite à l'aide de la seringue dans ces fioles.

Elle ouvrit un sac et en sortit un kit d'éprouvettes.

— À chaque endroit, on fera quatre mesures. Au bout de cinq, dix, quinze et vingt minutes. Tu me suis ?

— Je te suis.

— On va mesurer la quantité d'azote, de protoxyde d'azote et de méthane émise par la tourbière. Le protoxyde d'azote et le méthane sont des gaz à effet de serre bien plus puissants que le dioxyde de carbone. Ils ont une plus grande influence sur le climat.

— Un truc diabolique, en fait ?

— Non, parce que sans les gaz à effet de serre on ne pourrait pas vivre sur la Terre. Il ferait trop froid. Le problème, c'est que la hausse de la température moyenne fait que les processus dans le sol s'accélèrent, ce qui engendre une augmentation de l'émission de gaz à effet de serre et donc une augmentation du réchauffement global… La conséquence en est qu'encore plus de gaz se libère. Et ainsi de suite. C'est un cercle vicieux.

Elle s'approcha de l'endroit de mesurage.

— Je te montre la première fois. Et après tu pourras essayer.

Johannes hocha la tête, l'air amusé.

— OK. J'ai compris !

Elle fixa le premier bouchon, alla ensuite d'un pas rapide fixer le deuxième, puis retourna vite au premier pour enfoncer la canule dans le caoutchouc et fit la même chose avec l'autre. Après cela, elle enclencha le chronomètre.

— Dans cinq minutes, on prendra une nouvelle mesure, dit-elle en vidant le contenu de la seringue dans un des flacons. Tu t'occuperas de celui-ci et moi de celui-là.

— J'ai un peu le trac, dit Johannes, la mâchoire serrée.

— Je comprends. Tu pourrais saboter tout mon travail.

— Arrête.

— Je plaisante. Tout va bien. C'est super simple, tu y arriveras sans problème, le rassura-t-elle en lui tendant une seringue. Il faut juste que tu fasses attention à tes doigts. Surtout quand il fait froid et qu'on a les mains un peu engourdies.

Au bout de cinq minutes, chacun se tenait prêt devant son bouchon.

— C'est parti, dit-elle en enfonçant l'aiguille dans le caoutchouc en même temps qu'elle lorgnait Johannes.

Il l'imita, un sourire concentré aux lèvres.

— Parfait, dit-elle quand il eut terminé. Tu es plutôt doué.

Il joignit les mains et les leva en l'air dans un geste de victoire.

— Je le savais !

— Cinq minutes avant le prochain. Tu veux boire un café ?

Elle sortit la Thermos de son sac à dos et remplit deux tasses. Pendant qu'il buvait, elle l'observa du coin de l'œil. Ses baskets étaient déjà trempées.

— Comment définirais-tu une tourbière ? demanda-t-il en balayant des yeux le paysage.

— Bah, une tourbière c'est avant tout un type de marécage, expliqua-t-elle en lui tendant une chaise pliante et en s'asseyant sur son coupe-vent. Une tourbière c'est une zone humide dont le sol est saturé et en permanence recouvert d'une eau stagnante où l'absence d'oxygène empêche la vie de champignons et de bactéries. Il n'y a donc que le résultat de la décomposition de végétaux morts qui s'accumule dans le sol. Cette matière végétale morte agrégée est appelée « tourbe ». On a l'habitude de dire que la moitié de la végétation est hydrophile.

— Hydrophile ? répéta Johannes dans un rire.

— Qui a une affinité pour l'eau.

— Je viens d'apprendre un nouveau mot, dit-il en levant les sourcils. Ça fait un peu… salace.

— Ouais, c'est vrai, sourit-elle. Il y a différents types de tourbières. En gros, on peut différencier les tourbières ombrotrophes et les tourbières minérotrophes. Une tourbière ombrotrophe est alimentée exclusivement par les précipitations, le brouillard et la fonte des neiges puisqu'elle est isolée des eaux de la nappe phréatique. Ce qui fait que seules la faune et la flore n'ayant pas besoin de beaucoup de minéraux peuvent y vivre. On y trouve avant tout différentes sortes de sphaignes.

Elle le regarda.

— Je vais m'arrêter là. Tout ça ne doit pas être très intéressant pour toi.

— Si si, continue.

Elle lui sourit d'un air sceptique.

— Je suis sérieux, lui assura-t-il. Continue.

— OK. La sphaigne…, dit-elle en ramassant une poignée de mousse,… a de petites cavités dans ses feuilles où elle stocke l'eau. Ce qui fait qu'une sorte de réservoir se forme au-dessus du niveau des eaux souterraines. Au fur et à mesure que la sphaigne meurt, elle se transforme en tourbe qui s'accumule et qui élève lentement la tourbière au-dessus du niveau premier du sol.

Johannes l'écoutait avec intérêt.

— En fait, les tourbières sont un peu les reins de la nature, poursuivit-elle. Elles filtrent les nutriments excédentaires de l'eau, ralentissent le flux de la fonte des neiges par exemple ou des pluies violentes. C'est pour ça qu'il est dommage que beaucoup de marécages aient disparu.

— Et pourquoi ils ont disparu ?

— D'une part parce que le climat était plus humide autrefois et d'autre part à cause de l'industrialisation de l'agriculture qui a abouti au drainage et à l'assèchement de vastes zones… Merde, il est temps de faire les prélèvements, dit-elle en regardant son chronomètre.

Johannes montrait une curiosité insatiable pour ce qu'elle disait. C'en était presque suspect, se dit-elle quand ils se retrouvèrent le dimanche pour répéter la procédure sur la partie nord de la tourbière. Elle n'avait jamais vu quelqu'un en dehors de l'université lui poser autant de questions.

Ils oubliaient l'heure et furent à plusieurs reprises obligés de se précipiter sur les tuyaux pour faire les prélèvements à temps.

— Je me suis toujours demandé une chose, dit Johannes alors qu'elle croyait qu'il avait posé toutes les questions possibles sur la tourbière et les marécages. Ce qu'on appelle de la mousse, poursuivit-il, et dont on décore généralement les couronnes de l'avent ou les bougeoirs à Noël, ça n'a pas du tout cet aspect-là. Comment ça se fait ?

— Bonne remarque, répondit-elle. Ce qui est vendu en boutique au moment de Noël comme étant de la mousse est en fait du lichen. Dire que la mousse et le lichen sont la même chose équivaut à dire que les anémones et les éléphants sont la même chose.

— Comment ça ?

— Le lichen, c'est en fait deux organismes vivant en symbiose : une algue et un champignon. L'algue fournit de l'énergie sous forme d'hydrate de carbone grâce à la photosynthèse, le champignon contribue avec de l'eau et des nutriments qu'il récupère, entre autres, dans les montagnes. En revanche, la mousse est un organisme.

— Je le dirai à ma mère quand elle sortira les décos de Noël, fit Johannes. Elle se sentira trahie.

Le dimanche, lorsque le travail fut terminé, Nathalie invita Johannes à dîner. Elle cuisina le plat des grandes occasions. Le seul dont elle connaissait la recette par cœur : un ragoût d'agneau à la moutarde, aux poivrons et aux pommes de terre.

— Je n'ai jamais mangé de l'agneau préparé de cette façon. C'est excellent, la félicita Johannes.

Ils avaient ouvert une bouteille de vin rouge et ils discutaient du métier de Nathalie. Johannes voulait savoir comment elle en était venue à être biologiste.

— En fait, ça a commencé par une explosion, dit-elle.

Elle lui expliqua que pendant un cours de chimie au collège elle avait versé un peu d'acide chlorhydrique et du magnésium dans un tube à essai, qu'elle avait approché une allumette et que, pouf !, de l'hydrogène s'était formé.

— C'est la première fois que j'ai trouvé intéressant d'aller à l'école, sourit-elle.

Lorsqu'elle dut choisir une filière au lycée, elle se tourna tout naturellement vers les sciences naturelles. Elle appréciait d'être dans un laboratoire. Aimait les blouses blanches, l'ordre, la propreté, le matériel de chimie. Elle adorait peser, mesurer, compter les molécules, calculer le nombre de moles d'une matière, convertir les moles en grammes.

Aux premières chaleurs du printemps, quand d'autres avaient le visage tourné vers le soleil en sirotant un café, Nathalie, elle, avait carrément le nez dans sa tasse. Pas seulement pour regarder le café et le lait se mélanger et le sucre se dissoudre pour ensuite disparaître. Elle se souvenait de la joie qu'elle avait ressentie le jour où elle en avait compris la raison.

Elle passait son temps à faire des expériences, à creuser toujours plus loin les processus et les recherches. Ça ne l'excitait pas, ça la rendait simplement calme. Apaisée. Et de façon inexorable et sans qu'elle en soit consciente, toute cette structure scientifique devint lentement mais sûrement sa nouvelle maison. Un filet protecteur tissé d'axiomes fondamentaux qui captaient totalement son attention et l'empêchaient de ressasser toutes ces choses incompréhensibles qui avaient frappé sa vie durant son enfance et qui avaient fini par la faire basculer.

Mais ça, elle ne le raconta pas à Johannes.

Il lui parla de son père, à présent décédé, qui collectionnait des papillons et différents insectes et qui avait une pièce remplie de livres d'art et de dictionnaires de latin, exactement comme chez Nathalie. Il adorait s'y rendre quand il était petit.

— C'est peut-être pour ça que…, dit-il en faisant un geste vers elle,… je me sens attiré vers toi.

— Parce que je te fais penser à ton père ? dit-elle avec un sourire sceptique.

— Parce que avec toi je me sens chez moi.

Elle para ses mots en faisant mine de ne pas comprendre leur signification.

— Et toi ? demanda-t-elle. C'est quoi, ton histoire ? Pourquoi veux-tu être artiste ?

— Je te raconterai ça une autre fois. Il est tard, dit-il en se levant.

— Je vais dormir sur la banquette de la cuisine. Tu peux prendre le lit.

— Non, je vais rentrer à vélo.

— Je ne crois pas que ce soit une bonne idée, rit-elle.

— Ça va aller. On se voit peut-être demain.

Il la prit dans ses bras, la serra contre lui un moment, lui fit un baiser sur le front et s'en alla.

Le jour suivant, Nathalie se réveilla tôt et fit le ménage. Elle passa le balai, enleva la poussière, lessiva le sol et lava quelques vêtements avec le sentiment qu'elle avait besoin de se débarrasser de quelque chose. D'une agitation intérieure. D'une démangeaison. Sur les coups de midi, son portable bipa.

— *Envie de faire quelque chose cet après-midi ? Tu as bien travaillé ce week-end, tu pourrais peut-être t'accorder une pause ?*
Je t'embrasse
J.

Elle ne savait pas bien quoi répondre mais ses doigts ne prêtèrent pas attention à son hésitation et se précipitèrent sur les touches.

— *Avec plaisir. Mais tu ne dois pas aller en cours, toi ?*

— *Je peux me dégager du temps.*

— *OK. Une idée de ce qu'on pourrait faire ?*

— *Oui. Je viens te retrouver chez toi et je te dirai.*

Elle était assise sur les marches devant la maison quand il arriva sur sa bicyclette. C'était une belle journée de septembre. En voyant au loin sa silhouette dégingandée et sa chevelure noire, elle se sentit soudain plus légère.

— Salut. Quel temps incroyable ! dit-il en s'arrêtant à quelques mètres d'elle.

— Oui. Le temps idéal pour faire une pause. Je n'avais pas franchement envie de rester enfermée à étudier des diagrammes.

Il posa son vélo dans l'herbe, se pencha vers elle et l'enlaça puis s'assit à côté d'elle.

— C'est quoi, ton idée ? demanda-t-elle.

— J'ai entendu dire qu'il y a un joli petit lac dans la forêt. Je me disais qu'on pouvait peut-être s'y rendre à vélo ?

Le lac, pensa-t-elle.

Aussitôt surgit devant elle la vieille forêt dense avec ses grosses pierres et son lac à l'eau sombre et opaque. Ce lac dont il était impossible de voir le fond. Ce qu'elle avait toujours considéré comme totalement normal avant d'habiter sur la côte ouest et de comprendre que c'était ce qu'il y avait de pire pour les gens de la mer. De ne pas voir le fond.

— Au fait, tu as mangé ? demanda-t-elle. Il y a des restes.

— Je viens de déjeuner. Mais merci. Qu'est-ce que tu en penses ? Ça te branche ?

— Oui. On peut faire ça. On prend quelque chose à grignoter ?

— Pas la peine. À moins que tu aies une envie particulière, bien sûr.

— Je vais chercher des petits trucs. Je reviens.

Elle entra préparer une Thermos de café qu'elle fourra dans son sac à dos ainsi que de l'eau, des noisettes et ce qui lui restait du déjeuner au cas où leur promenade durerait. Elle ajouta un rouleau de papier toilette, un pull et une paire de chaussettes. L'endroit où ils se rendaient serait certainement très humide.

— Voilà ! dit-elle en revenant. Je suis prête.

Du coin de l'œil, elle aperçut soudain une silhouette disparaître à l'angle de la maison. *C'était quoi ? Une ombre qui était passée furtivement ?* Elle balaya le jardin et la haie du regard mais… rien.

Pourtant elle aurait pu jurer que…

— Qu'est-ce qui se passe ? lui demanda Johannes.

— Rien. Viens, on y va.

Ils roulaient côte à côte sur le sentier gravillonné. Les propriétés devant lesquelles ils passaient reprenaient vie dans les souvenirs de Nathalie et revêtaient la forme d'îles oubliées.

C'est par là qu'on se faufilait avec Julia pour ne pas être vues du fermier en colère. À cette époque, la ferme était un taudis alors qu'aujourd'hui c'est devenu une demeure de rêve pour la classe moyenne avec des fenêtres panoramiques et une grande véranda. Je me souviens d'avoir une fois vu un chat courir avec un gros rat dans la bouche. Je me trouvais dans notre Volvo noire, mon père était au volant, une cigarette à la main et la vitre baissée. « Regarde, Nati. Qu'il est gros, ce rat ! »

Nati. Ça faisait une éternité qu'elle n'avait pas pensé à son ancien surnom. Et encore moins à ses parents biologiques.

« Bonne nuit, Nati. » La porte de sa chambre à coucher qui se refermait. Les nœuds dans le plafond en pin. Des images qui se formaient quand elle n'arrivait pas à dormir et qu'elle le fixait. Des silhouettes tortueuses de femmes. Le Cri *de Munch dans les veines du bois. Un ciel rempli de bouches ouvertes et d'yeux ronds.*

— Il nous aurait fallu des VTT, dit Johannes en la regardant.

Elle empoigna plus fermement le guidon, lui fit un signe de la tête puis détourna le regard.

Ils prirent un chemin encore plus étroit et continuèrent à pédaler un moment en silence.

— Je crois qu'on sera bientôt sur le sentier qu'on cherche, dit Johannes.

— Il est là-bas, indiqua-t-elle sans réfléchir.

— Tu es déjà venue ici ? lui demanda-t-il en haussant les sourcils.

— Non, mais j'ai cru l'apercevoir un peu plus loin.

Ils laissèrent leurs vélos sur le bord du chemin et s'engagèrent à pied dans la forêt. Le soleil lançait des rayons rougeoyants sur la mousse. Le ciel était quadrillé d'arbres à différents stades de décomposition. Johannes s'arrêta pour regarder autour de lui et admirer la lumière qui se frayait un passage à travers les cimes.

— C'est comme entrer dans la Sagrada Família, dit-il. Tu y es déjà allée ? C'est à Barcelone.

— Je me suis juste arrêtée devant, répondit Nathalie, les yeux tournés vers le sol.

Ils empruntèrent un chemin en partie retourné à l'état sauvage et finirent par arriver devant le petit lac qui se trouvait dans une clairière protégée du vent par un mur d'arbres. Nathalie s'assit sur un rocher recouvert de mousse. Johannes s'installa à côté d'elle.

— C'est fou ce que c'est beau, dit-il en fermant les yeux et en se laissant aller sur le dos.

Ils restèrent silencieux un long moment. Nathalie fut d'abord un peu déroutée par le silence puis elle se détendit. Elle s'était tant de fois assise sur ce rocher. C'était dans ce lac qu'elles se baignaient quand elles partaient à l'aventure, Julia et elle. Ce qui était sans doute aussi le cas des autres enfants du coin. Elle se souvenait qu'elles passaient des heures à faire des plongeons, à s'amuser et à nager dans cette eau qui les enveloppait et leur caressait agréablement le corps.

Un oiseau de proie tournoyait au-dessus d'eux, les ailes largement déployées. Nathalie lorgna Johannes du coin de l'œil. Elle observa ses paupières baissées. Son nez droit. Sa bouche paisible. Une contraction à peine perceptible de sa lèvre supérieure. Sa barbe de deux jours. Sa peau si lisse. Un vrai paysage.

Soudain elle sentit une présence derrière elle et tourna la tête. Un chevreuil, à peine à quelques mètres, qui les regardait avec un tel calme qu'elle n'eut pas la moindre réaction de crainte. Elle ne l'avait pas entendu arriver. Il était si près qu'elle devinait son propre reflet dans ses grands yeux noirs. Ils se regardèrent un long moment. Subitement, elle sentit qu'un changement s'opérait en elle. On aurait dit qu'un voile se soulevait enfin, qu'une perspective se déplaçait. Une transformation. Tout devint d'un coup clair et simple.

D'une certaine manière, c'était comme si la réalité – ou ce qu'elle avait pris pour la réalité – s'ouvrait sous ses pieds. Elle tombait dans un espace intemporel qu'elle ne connaissait pas. Comme si une structure se brisait et qu'elle découvre qu'elle ne faisait qu'un avec l'instant. Qu'elle ne faisait qu'un avec la nature qui l'entourait. Qu'elle *était* l'instant.

Une pensée lui traversa l'esprit comme un vieux réflexe : *Qu'est-ce qui m'arrive ? Qu'est-ce que je suis en train de vivre ?*

Un nuage passa devant le soleil et assombrit la clairière.

— Capreolus capreolus, chuchota-t-elle.

Ses mots rompirent le silence.

Le chevreuil se mit en mouvement et s'éloigna.

— Pardon ? dit Johannes en ouvrant les yeux et en se redressant juste à temps pour voir l'animal disparaître dans la forêt.

— Un chevreuil, dit-elle d'une voix à peine perceptible. En latin.

*

Après son jogging quotidien sur le parcours sportif, Johannes s'arrêtait presque chaque fois chez Nathalie. Ils avaient pris l'habitude de s'installer dans la cuisine et de discuter un moment. Puis il s'en allait. Ils mettaient de plus en plus de temps à se séparer mais Nathalie s'écartait toujours suffisamment tôt avant que le baiser ne devienne inévitable.

À contrecœur elle réalisait qu'elle commençait à attendre les visites de Johannes. Qu'elle s'était mise dans une situation où elle risquait de s'attacher à un homme qui passait devant sa maison une fois par jour et qui allait vraisemblablement continuer à le faire quoi qu'il advienne entre eux. Il pourrait facilement devenir un élément perturbateur durant son séjour à la tourbière. Une menace à l'encontre de sa toute relative paix intérieure.

Il fallait à tout prix qu'elle se concentre sur la raison pour laquelle elle était là.

Johannes semblait tellement insouciant.

« En fait, j'ai plein de trucs à faire à l'école, lui avait-il dit un jour. Si tu as besoin d'être tranquille pour travailler, dis-le-moi. Je te promets de ne pas te déranger. Accroche juste un panneau sur ta porte pour me prévenir. »

Il lui avait ensuite adressé ce sourire craquant auquel elle ne pouvait pas résister et qui lui revenait souvent en mémoire quand elle travaillait et qu'elle n'avait pourtant aucune intention de penser à lui.

Elle avait besoin de rester concentrée.

Un soir, il lui proposa de l'accompagner dans son appartement d'étudiant situé à proximité de l'usine. Un deux-pièces cuisine. Dans le temps suffisamment grand pour une famille entière mais aujourd'hui à peine vivable pour un étudiant aux Beaux-Arts.

Sur les murs étaient accrochés un nombre impressionnant de dessins abstraits au fusain. Une multitude de traits épais et contrastés qui provoquaient chez elle une sensation étrange. Nathalie était à la fois déroutée et transportée.

L'appartement était sens dessus dessous. Au fur et à mesure de leur progression, Johannes opérait de petites tentatives de rangement. Il écartait des piles de feuilles d'une main tout en déplaçant un chevalet de l'autre et en poussant du pied quelques livres contre un mur.

— Si j'avais prévu de t'inviter, mon appartement n'aurait bien sûr pas ressemblé à ça, dit-il en passant une éponge sur sa table basse.

Il enleva des journaux posés sur le petit canapé années 70 afin qu'ils puissent s'asseoir.

— Au moins, c'est propre, s'excusa-t-il. Je suis bordélique mais le ménage ça me connaît. Ce n'est pas une blague.

— Tant mieux pour toi, rit-elle en haussant les épaules.

— Et peut-être aussi pour toi, chuchota-t-il en s'approchant un peu trop près d'elle.

— Ah bon ?... Qu'est-ce que tu veux dire ?

— Je ne sais pas, répondit-il en la sondant du regard.

Silence.

— Tu veux une bière ? Un truc plus fort ? proposa-t-il au bout d'un moment.

— Demain je me lève tôt. Je ne vais pas rester longtemps, fit-elle en croisant les bras.

— Très bien. En tout cas, je suis content que tu sois venue. J'espère ne pas te faire peur en te dévoilant mon vrai moi, dit-il d'une voix douce tout en faisant un geste vers la pièce.

Elle frissonna.

Mon vrai moi. Que veut-il dire par là ?

Mais elle se détendit en se rappelant qu'il ne savait pas d'où elle venait ni qui elle était réellement.

— En fait, j'ai un peu faim, lui confia-t-elle. Pas toi ? Tu aurais quelque chose à manger ?

Johannes disparut dans la cuisine.

— J'ai deux pizzas au congélo. Ça te va ?

Ils jouèrent au Yahtzee tout en mangeant et en écoutant Monica Zetterlund accompagnée par le Bill Evans Trio. *Come Rain or Come Shine* emplit la pièce.

— Un rameau d'airelles dans un verre à cocktail, dit Johannes en abattant un full avec trois faces de un et deux faces de deux.

— Bravo ! s'exclama-t-elle. Comment ça, un rameau d'airelles ?

— C'est comme ça qu'on décrivait Monica Zetterlund. Je crois que c'est Tage Danielsson qui disait ça.

— Ah oui, c'est vrai ! L'humoriste qui a fait ce monologue sur la probabilité.

Nathalie regarda les dés de Johannes.

— Tu vas garder ton full ou tu veux essayer de faire mieux ?

— Pourquoi ? Sept points, ça me va tout à fait. Et toi ?

— Quoi moi ?

— Tu serais quoi ? Si tu étais une plante dans une boisson ?

— Aucune idée. En tout cas, pas dans un verre à cocktail.

— Je me doute bien, rit Johannes. Dans une kuksa lapone. Avec un lacet en cuir pour la pendre autour du cou.

— Et la plante ?

Il réfléchit un moment.

— Une rose peut-être.

— Une rose ? Oh non, quel ennui.

Il la regarda d'un air grave.

— Je ne pense pas à sa beauté ni à son parfum.

— Ah…

— Je pense plutôt au fait qu'elle soit double ou même multiple et…, hésita-t-il, qu'elle soit… comment dire ? Piquante n'est pas le bon mot. Récalcitrante…

— « Récalcitrante » ? répéta-t-elle en se sentant rougir. Qu'est-ce que tu veux dire par là ?

— Pardon. Je suis un peu trop intrusif, là. On en reparlera une autre fois.

Nathalie prit une inspiration et lança les dés.

— Bon, il faut que j'y aille. Je suis à peu près sûre que tu as gagné. Malgré ton full médiocre.

Il se leva pour aller lui chercher ses vêtements dans l'entrée.

Tout en enfilant son manteau, elle se promena dans la pièce afin de contempler les dessins accrochés aux murs.

— Tu ne veux pas me parler un peu de ton art ? Tu fais quoi, en fait ?

Il se leva de sa chaise et enfonça ses mains dans les poches arrière de son jean.

— Ben, je sais pas trop. J'ai à l'intérieur de moi une sorte de joie pénible… qui doit sortir.

— Comment ça ? dit-elle en se tournant vers lui.

— Je sais… Ce n'est peut-être pas l'image qu'on se fait d'un artiste, rétorqua-t-il d'un air embarrassé.

— Une joie pénible ?

— Depuis que je suis né, j'ai le sentiment que la vie est une grande chance. Et que tout ce qui m'arrive la rend encore plus merveilleuse. Je ne peux pas garder toute cette joie en moi. Il faut qu'elle sorte.

— Allez ! Tu te fiches de moi.

— Non, c'est la vérité, poursuivit-il en secouant la tête. Je suis comme ça. C'est à prendre ou à laisser.

— Mon Dieu, dit-elle en enroulant son écharpe autour de son cou. Et tu sais à quoi c'est dû ?

— Ma théorie est qu'à deux minutes près je n'aurais pas été conçu. Et c'est donc pour ça que j'ai le sentiment que tout dans ma vie n'est que du bonus. Chaque seconde. Même ce qui est dur me rend heureux, d'une certaine manière. Parce que je le ressens.

Elle écarquilla les yeux.

— Pourquoi est-ce qu'à deux minutes près tu n'aurais pas été conçu ?

— Mon père est sorti acheter des clopes juste après que ma mère et lui avaient couché ensemble. Il a trébuché, s'est cogné la tête contre une pierre et il est mort. Le spermatozoïde qui a fécondé l'ovule et qui est ensuite devenu moi avait juste commencé sa course. Je te promets, là, on parle de quelques minutes. La division cellulaire n'avait même pas encore eu lieu. Ma mère affirme même que mon père avait tellement envie de fumer qu'elle a dû le convaincre de faire l'amour avant qu'il aille acheter son paquet et pas après. Donc… ma vie ne tient qu'à un fil, si on peut dire. Mais, en même temps, c'est pareil pour tout le monde. Admets que c'est invraisemblable que ce soit nous qui vivions. Nous et pas quelqu'un d'autre. Pour moi c'est devenu particulièrement clair.

Il haussa les épaules.

— Mais dans le fond, qu'est-ce que j'en sais ? C'est peut-être tout simplement génétique. La famille de mon père était apparemment assez joyeuse. Par contre, du côté de ma mère, il y a plein de schizophrénies et de dépressions.

Nathalie, consciente du tour que prenait la discussion, se sentit obligée d'y mettre un terme.

— C'est bien d'être quelqu'un de gai, conclut-elle en haussant les sourcils.

— Gai ? s'exclama-t-il en faisant une grimace. C'est pas hyper sexy.

Il but une gorgée de bière. Elle contempla sa main qui tenait la bouteille. Ses doigts longs et fins. Si elle se laissait aller, ils pourraient lui caresser la peau, les seins…

— Et toi ?

— Quoi ?

— Qu'est-ce que tu as comme défauts ? précisa-t-il en reposant la bouteille.

Elle continua à regarder les dessins sur les murs.

— En tout cas, je n'ai pas autant de joie en moi, répondit-elle.

S'ensuivit un silence. Seul le bruit de ses pas était perceptible.

— On s'en fout, dit-il finalement avant de s'approcher d'elle et de poser sa main dans son dos. J'en ai assez pour deux.

Elle se tourna vers lui et sentit soudain quelque chose s'ouvrir en elle.

Ils restèrent immobiles un long moment, les yeux dans les yeux. Elle ne détourna pas le regard, n'essaya pas de plaisanter, savoura tout simplement l'instant présent. Ce sentiment de pureté, de proximité, de contact.

La lumière se reflétait dans ses yeux marron. Au bout de quelques secondes, ou peut-être de quelques minutes, elle effleura son bras du bout des doigts, puis lui retira délicatement son pull. Ils se déshabillèrent lentement l'un l'autre. Laissèrent tomber les vêtements en tas autour d'eux. Comme un marronnier qui perd ses feuilles en automne. Leurs corps se touchèrent, se caressèrent. Puis ils se laissèrent glisser lentement par terre et ils firent l'amour. Après, ils allèrent main dans la main se coucher dans le lit et ils s'endormirent.

*

Le lendemain matin, Nathalie se réveilla tôt. À peine avait-elle ouvert les yeux qu'elle sentit un malaise l'envahir.

Qu'est-ce que j'ai fait ?

Johannes dormait, dos contre elle. Elle percevait sa respiration. Le plus silencieusement possible, elle se faufila hors du lit, enfila ses vêtements et sortit. Des images de la soirée se bousculaient dans sa tête et lui brouillaient la vue.

Pourquoi ? Pourquoi ?

Elle enfourcha son vélo et s'éloigna rapidement alors que la lumière du soleil commençait à blanchir l'horizon. Elle voulait rentrer au plus vite et laisser derrière elle ce qui venait de se passer.

Elle attrapa une serviette dans la salle de bains et partit prendre une douche au manoir. Elle resta longtemps sous le jet d'eau chaude afin de se débarrasser de toute trace de vulnérabilité. Puis elle se sécha et se sentit enfin un peu mieux.

En bas de l'escalier, elle aperçut Jelena et Alex. Elle leur fit un signe de la tête avant de se dépêcher de rentrer.

De retour chez elle, elle se prépara un grand bol de porridge et s'installa à la table de la cuisine avec ses textes et ses résultats d'analyses. Elle y travailla toute la matinée.

L'après-midi, exactement à l'heure où Johannes avait l'habitude de passer, elle se rendit à Åmål faire des courses. C'était peut-être aussi bien comme ça. Ces derniers temps, ils s'étaient vus tous les jours.

Une fois rentrée, elle se prépara des pâtes. Elle avait beau essayer d'évacuer Johannes de ses pensées, il s'immisçait en elle, se glissait sous sa peau, ne lui laissant aucun répit. Ce jour-là, elle ne lui téléphona pas et n'entra pas en contact avec lui par un autre moyen.

L'obscurité lui semblait de nouveau oppressante. Le froid ne la lâchait pas. Il lui venait de l'intérieur et s'agrippait à elle.

Vers minuit, lorsqu'elle alla enfin se coucher, elle jeta pour la première fois de la journée un œil à son portable.

Un message.

Merci pour hier. Je suis à toi quand tu veux. J.

Allongée dans son lit, elle écoutait la pluie tambouriner contre la fenêtre. Plusieurs minutes s'écoulèrent sans qu'elle pense aux tâches qui l'attendaient. Elle regardait le plafond et écoutait la pluie, rien de plus.

Avant son arrivée ici, elle ne faisait pas la différence entre le travail et le repos. Se reposer signifiait réfléchir aux projets en cours, à ce qui devait être fait pour l'étape suivante, à ce que les résultats révélaient. Des modèles de pensée qui circulaient continuellement en elle et qui la détendaient.

Mais là, elle se rendait bien compte que le repos s'était déplacé. Il s'était installé ailleurs, à un endroit que, pour l'instant, elle ne faisait que pressentir.

Elle décida de mettre en attente tout ce qu'elle avait prévu de faire dans la journée pour profiter de ce calme intérieur. Elle repensa à la fusion qui avait eu lieu entre Johannes et elle et fut obligée de s'avouer qu'elle espérait qu'il lui rendrait visite aujourd'hui.

Elle ne devait pas accorder trop d'importance à ce qui s'était passé, ou plutôt à son interprétation de ce qui s'était passé. Cette relation était peut-être une bonne chose. Ce n'était pas nécessairement dangereux de s'ouvrir comme elle l'avait fait. Mais cela avait-il réellement été le cas ? Elle l'ignorait. Peut-être que Johannes et elle étaient tout simplement *connectés*, pour utiliser un mot du vocabulaire de Harriet.

Tu n'as jamais été connectée avec nous, Nathalie. Je le vois bien. Mais nous devons pouvoir nous fréquenter. Nous sommes ta seule famille.

Après avoir passé une grande partie de la journée dans un fauteuil devant le poêle de faïence à essayer de lire un polar norvégien trouvé dans la bibliothèque du manoir, elle se rendit compte que le vent s'était levé. Il commença par effleurer la cime des arbres pour ensuite forcir et malmener tout ce qui se trouvait sur son passage.

L'obscurité fit progressivement son apparition, tout doucement, comme dans une tentative d'atténuer l'intensité des rafales. Sans succès. Il faisait un temps affreux. Particulièrement violent pour la saison. *Était-ce un signe ?* Nathalie sentit une vague d'inquiétude l'envahir. Une sensation désagréable et lointaine. Et pourtant si familière.

C'est à ce moment-là qu'elle vit Johannes passer devant la fenêtre. Son premier sentiment fut une immense joie. Une chaleur intense se propagea dans sa poitrine, prit de l'ampleur et se transforma en une brûlure vive.

Elle le vit descendre de son vélo devant le petit parking du manoir et le garer contre un réverbère. Il jeta un œil vers sa maison mais ne sembla pas la voir.

Il fit quelques exercices d'échauffement et elle se dit qu'il viendrait peut-être frapper à sa porte. S'il ne le faisait pas maintenant, il le ferait sans doute après son jogging. Elle réalisa de nouveau qu'elle avait très envie de le voir.

C'était une envie d'une autre nature que celle à laquelle elle était habituée. Une envie qui se transforma en désir. Et un désir qui devint de plus en plus intense, comme un feu d'herbes qui se propage sauvagement et de façon violente, hors de contrôle. Ce désir se déplaçait sur des terrains inconnus, l'affectait au plus profond de son être. Et il semblait vrai.

Autant être sincère, se dit-elle. Il fallait qu'elle arrête de se mentir. Mais c'était un sentiment inhabituellement dangereux. Un désir dévastateur qui menaçait son existence.

Elle ne s'était pas imaginé qu'une tempête de sentiments puisse éclater ici, au beau milieu de nulle part, dans ce pays perdu où elle aurait normalement dû se sentir en sécurité.

Elle ignorait si elle était prête à en subir les conséquences. Les larmes lui montèrent aux yeux. Toutes ces pensées tournoyaient en elle et lui donnaient le vertige.

Non !

Elle n'était pas prête. Point barre. Elle avait besoin de se concentrer. Sur elle-même. Sur son travail.

S'il frappait à la porte, elle n'ouvrirait pas. Elle ferait semblant de dormir. Leur relation ne pouvait pas continuer. En tout cas, pas de cette façon-là.

Elle reprit son polar et lut quelques pages avant de le reposer sur la table. Malgré le mauvais temps elle décida d'aller chercher de l'eau au manoir.

Elle prit un bidon dans chaque main, ouvrit la porte avec son genou et sortit. Une pensée s'agita soudain dans son esprit, mais il lui fallut quelques secondes pour réaliser ce qu'elle cherchait à lui dire.

Lorsqu'elle comprit, elle manqua de tomber à la renverse.

Il n'y a plus un brin de vent.

Depuis combien de temps est-ce ainsi ?

Elle lâcha les deux bidons et se précipita sur le chemin qu'avait emprunté Johannes.

Il y a un instant, le vent soufflait presque en tempête.

La phrase retentissait dans sa tête alors qu'elle courait sur le sentier. *Presque en tempête ! Il y a un instant !*

Il fallait qu'elle le retrouve avant qu'il ne soit trop tard.

2

L'inspecteur de police Leif Berggren avait la même tête que dans les souvenirs de Maya Linde, à l'époque où il l'avait contactée alors qu'elle habitait Brooklyn. C'était il y a quatre ans. À ce moment-là, elle ignorait qu'il comptait venir lui rendre visite avec sa femme. « On passait juste dans le coin, tu aurais un peu de temps pour qu'on se voie ? »

Lorsqu'il apparut sur le seuil de la porte de sa nouvelle maison à Fengerskog, elle le reconnut aussitôt. Il dégageait cette même vivacité d'esprit cachée derrière une nonchalance apparente. Les cheveux un peu plus clairsemés que la dernière fois, il était vêtu d'un jean foncé et d'un gros pull en laine avec une fermeture Éclair remontant dans le cou.

— Je sais que tu n'es pas censée bosser avant lundi, lui dit-il après leur longue accolade. En fait, il vient de se passer quelque chose… mais tu dois avoir beaucoup à faire. Tu as à peine eu le temps de défaire tes cartons, non ?

— Aucun problème, protesta Maya. Dis-moi.

— Un jeune gars a été agressé pas loin d'ici. Enfin, c'est ce qu'on pense. On a des photos, mais, pour être honnête, elles sont franchement mauvaises. Il y avait pas mal de brouillard au moment où elles ont été prises. Je me suis dit que, puisque je passais devant chez toi, tu pourrais peut-être m'accompagner là-bas. On a besoin d'une vraie photographe.

— C'est où ?

— À la tourbière.

— OK, répondit Maya. À la tourbière…

— Ça me fait plaisir de te voir, Leif, dit-elle quand ils furent installés dans la voiture. Je suis contente qu'on retravaille ensemble.

— Oui, en tout cas pendant quelque temps, répondit-il. Je compte prendre ma retraite à soixante-cinq ans, juste pour que tu saches. Dans deux ans donc.

— Ah. Ça veut dire que je travaillerai seule pendant les treize dernières années qui me resteront, c'est ça ?

Il rit.

— Les treize dernières années ? Ta génération ne pourra malheureusement jamais partir à la retraite. Il n'y aura plus d'argent dans les caisses.

— Il ne me restera donc plus qu'à me démener pour m'en sortir. Mais qu'est-ce que tu comptes faire une fois retraité ? demanda Maya. Écouter de la country et vendre tes mochetés à plein temps ?

Elle faisait allusion à son hobby qui consistait à importer des curiosités d'Asie et à les refourguer à des connaissances ou à des personnes que ça pouvait intéresser.

— Mes « mochetés » ? C'est bien la grande artiste Maya Linde qui me parle ?

C'est avec son exposition *Regn* à la Biennale de Venise quinze ans auparavant que Maya Linde avait fait sa percée en tant que photographe dans le milieu de l'art contemporain et qu'elle s'était ensuite installée à New York. Dans les articles qu'on écrivait sur elle, ses deux activités parallèles étaient souvent évoquées. Une combinaison généralement qualifiée d'étrange. Elle travaillait également comme photographe de police. Mais, pour elle, le monde de l'art et celui de la police étaient liés depuis sa plus tendre enfance. Ses deux parents étaient artistes et sa mère également policière.

Quand elle était enfant, Maya avait souvent accompagné sa mère au commissariat de Karlstad qui se trouvait à une heure de voiture d'Åmål. Lorsque au milieu des années 80 elle s'était inscrite à une formation de photographe, elle avait en même temps fait un boulot d'été sur le lieu de travail de sa mère. Une déviation provisoire puisque son plan était de devenir artiste. Ce job était un moyen de subvenir à ses besoins avant de se construire la vie dont elle rêvait. Mais son travail au sein de la police donna à sa création une dimension qu'elle n'avait pas imaginée, et elle n'hésita pas une seconde quand, ses études terminées, on lui proposa un poste à mi-temps en tant que photographe de police au commissariat de Karlstad.

Pouvoir à l'aide d'un appareil photo représenter un corps qui avait rendu son dernier soupir était profondément bouleversant. Comme photographier le lieu d'un crime.

Le fait qu'un endroit banal ou qu'un objet insignifiant acquièrent soudain une nouvelle signification et qu'on y attache une importance primordiale ne cessait de la fasciner.

Elle avait travaillé au commissariat de Karlstad pendant presque vingt ans. Lorsqu'à l'âge de trente-neuf ans elle déménagea à New York, elle réussit à obtenir un mi-temps au New York City Police Department de Manhattan East Village, ce qui lui donna la possibilité de continuer à travailler dans les deux domaines.

Aujourd'hui elle revenait travailler au commissariat de Karlstad bien que sur le plan financier elle n'en ait absolument pas besoin. Ils s'étaient mis d'accord sur deux jours de travail par semaine, pour remplacer un collègue en arrêt maladie.

— Mes « mochetés » ? rit de nouveau Leif avant de tourner la tête pour attraper un sac en plastique sur la banquette arrière. J'ai quelque chose pour toi. Tu préfères quelle couleur ? Bleu ? Rouge ?

Il lui montra une paire de lunettes dans un sachet en plastique.

— J'en ai déjà plusieurs paires, rétorqua-t-elle.

— Pas des comme ça.

Il ouvrit le sachet et lui donna des bleues. Les branches étaient reliées et formaient un bandeau.

— Comment on les met ?

— Tu ouvres ici, expliqua-t-il en pointant l'arc sur le nez. Il y a des aimants pour qu'on puisse les ouvrir par-devant.

Elle les enfila et les clipsa. Puis elle les rouvrit et les laissa glisser autour de son cou.

— Tu vois ? Plus de miettes sur les lunettes parce qu'elles pendent sur la poitrine. On peut se pencher sans risquer de les perdre et plus besoin de les chercher partout parce qu'on les a posées quelque part. Tu n'es pas d'accord ?

Maya fit plusieurs essais. Elle les ouvrit, les clipsa, les rouvrit et les laissa glisser autour de son cou.

— Je les prends. Combien t'en veux ?

— Normalement, cent couronnes. Disons quatre-vingts parce que c'est toi.

— Je t'en donne soixante.

— Soixante-dix.

— Marché conclu. Tu as l'appli Swish ?

— Bien sûr.

— Bien sûr, répéta-t-elle en sortant son portable.

Au bout de dix minutes de trajet avec de la country dans les enceintes, ils arrivèrent à destination. Ils venaient de quitter la région du Dalsland pour entrer dans le Värmland. La route de campagne devenait de plus en plus étroite jusqu'à n'être qu'un chemin cahoteux entouré de forêt. Ils aperçurent enfin un vieux panneau.

La Tourbière.

— C'est là, dit Leif.

La Tourbière était une destination d'excursion fréquemment choisie par les écoles du coin. Elle-même se rappelait y être souvent allée quand elle était petite. Mais il y a dix ans, un garçon avait disparu lors d'une journée de plein air avec sa classe. À cette époque-là, Maya vivait à New York. C'étaient ses parents qui le lui avaient appris. Après cet événement dramatique, toutes les activités similaires avaient été interdites. La tourbière était un endroit beaucoup trop dangereux. Il y avait trop de marécages sur une surface trop vaste.

Aujourd'hui, il s'agissait d'un jeune homme retrouvé inconscient sur le parcours sportif. L'examen médical avait montré qu'il avait une blessure sur le haut du crâne. L'hypothèse la plus vraisemblable était qu'il avait rencontré quelqu'un qui lui avait donné un coup sur la tête.

Leif se gara sur le petit parking. Maya sortit du coffre son sac où était rangé son matériel de photo puis s'avança vers le panneau d'information se trouvant au tout début de la zone.

La Tourbière, site protégé

La Tourbière est un terrain mixte constitué de plusieurs biotopes importants tels que de très anciennes forêts de pins et des marais. Mais elle se compose avant tout de la grande tourbière. Ici vivent des espèces menacées figurant sur la liste rouge de l'UICN, dont la Tortella tortuosa, le leptoge des terrains inondés ou encore des batraciens et des oiseaux tels que la petite grenouille verte d'Europe et le grand coq de bruyère.

La Tourbière est également intéressante du point de vue historique. Il y a des raisons de penser qu'à l'âge du fer elle était utilisée comme lieu de sacrifice. On jetait au fond de la tourbe des offrandes sous forme d'objets ou de nourriture. Mais également des êtres humains. Le milieu pauvre en oxygène et extrêmement acide possède d'excellentes conditions pour permettre une décomposition lente. Au début du XXIe siècle a été découvert dans la Tourbière un cadavre momifié datant de trois cents ans avant notre ère. Une jeune fille âgée de dix-sept ans ayant encore ses cheveux, ses vêtements et une amulette en or. Nommée « la Fille aux airelles », elle est aujourd'hui exposée au musée d'Histoire culturelle de Karlstad.

Autour de la Tourbière a été aménagé un parcours sportif d'environ huit kilomètres. Vous trouverez également un sentier en caillebotis qui vous permettra de traverser la partie avale de la Tourbière. La zone est à certains endroits très marécageuse et il est fortement déconseillé aux visiteurs d'emprunter les endroits interdits. Si vous y pénétrez, c'est à vos risques et périls.

— Tu te souviens quand ils ont retrouvé ce cadavre ? demanda Leif.

— Oui, dit Maya sur un ton hésitant. Mais je n'ai plus la date exacte en tête.

— Il y a eu une telle agitation autour de cette histoire. Mais ça s'est arrêté aussi vite que ça a commencé.

Ils pénétrèrent dans la forêt. Les rubans colorés de la police étaient visibles à une centaine de mètres devant eux.

Le paysage s'ouvrit soudain.

Maya s'arrêta net. Un espace vaste et immobile s'étendait devant elle. Des vaguelettes d'herbe jaunie et de mousse sous un ciel blanc. Par-ci par-là se dressaient des petits pins tels de maigres bras sortant de la mer.

Elle en eut le souffle coupé. C'était tout simplement envoûtant.

— Mon Dieu ce que c'est beau ! s'exclama-t-elle.

Leif la regarda d'un air surpris.

— Beau ? Oui, peut-être. À sa manière.

Ils discutèrent des photos qu'elle devait prendre. Il fallait d'une part photographier le lieu où le jeune homme s'était éloigné du parcours sportif et d'autre part l'endroit où il avait été retrouvé, une dizaine de mètres plus loin dans la tourbière. De plus il fallait une vue d'ensemble.

— Mais pas de photos artistiques, Maya. Que des photos documentaires.

— J'ignorais que tu étais capable de faire la différence, rétorqua-t-elle.

— Tu me vois comment ? Je suis allé à ta dernière expo. Au printemps.

— Ah bon ? Et qu'est-ce que tu en as pensé ?

— On en parlera plus tard. Au travail !

Elle décida de commencer par le sentier. Il n'y avait rien de notable sur le sol à cet endroit-là. Un nombre important d'empreintes de pas difficiles à discerner, comme on pouvait s'y attendre sur une piste de running. Elle sortit une règle de son sac et la posa à côté des empreintes pour donner l'échelle de mesure. En faisant la mise au point pour prendre une vue d'ensemble, elle vit dans le viseur quelque chose briller en arrière-plan.

— Il y a un truc là-bas, dit-elle en s'en approchant.

Elle s'agenouilla et découvrit deux pièces dorées de dix couronnes dans l'herbe à côté de la piste.

Leif la rejoignit. Il enfila des gants, ramassa les pièces et les observa. Leur surface était lisse et particulièrement brillante.

— Bien joué, Maya, dit-il en les glissant délicatement dans un sachet. C'est fou qu'ils aient raté ça, hier.

Cet endroit-là ne semblait pas être resté aussi intact que le précédent. Les empreintes de pas y étaient plus profondes et le sol tout autour plus endommagé. Des buissons et des arbres avaient été amochés et des branches de différentes tailles cassées et dispersées dans les broussailles. Ils observèrent les surfaces mises à nu qui semblaient assez récentes.

— Prends aussi des photos ici, dit Leif. Il n'est pas impossible que ce soit là que l'agression ait eu lieu.

Puis ce fut le moment de s'introduire dans la tourbière pour photographier l'endroit où le jeune homme avait été retrouvé.

Ils empruntèrent le caillebotis, qui semblait solide. Maya s'arrêta et regarda autour d'elle.

Quelques nuages cachèrent de nouveau le soleil, ce qui asssombrit aussitôt le lieu et le rendit moins hospitalier.

À certains endroits, il était possible de marcher sur le sol ou d'avancer en sautant de touffe d'herbe en touffe d'herbe. À d'autres, la végétation était plus compacte et à d'autres encore la nappe phréatique affleurait la couche de mousse.

De l'autre côté de la tourbière Maya devina une maison aux allures de petit château. Il devait s'agir du Manoir de la Tourbière, se dit-elle.

Elle s'éloigna du caillebotis et s'engagea prudemment sur le sol instable qui n'était pas très rassurant. Les touffes d'herbes sortaient hautes et dures du terrain spongieux. Soudain son pied glissa. Elle eut le temps de voir l'eau sombre enserrer sa cheville et sentit aussitôt son pied être aspiré et tiré vers le bas.

— Merde !

Elle vacilla, réussit à l'extirper de la vase et retourna rapidement sur le caillebotis.

— Fais attention, dit Leif.

— Ce n'est vraiment pas une partie de plaisir de s'aventurer là-dedans, répliqua-t-elle.

— C'est ici qu'on l'a trouvé, dit Leif en désignant un endroit un peu plus loin.

Maya s'en approcha.

— Là ?

Leif acquiesça d'un signe de tête.

Une cavité remplie d'eau s'était formée à l'endroit où le jeune homme avait été découvert.

— Je croyais que la terre était ferme ici, dit Maya.

— Ça tient plus du bourbier ! Le fond est recouvert de boue. Le sol a dû s'affaisser sous le poids de la victime. Et ensuite l'eau est remontée, je suppose.

Maya se mit à prendre des photos.

— Une situation sans issue, quoi.

— Comment ça ?

— En général, on utilise plutôt le mot bourbier de façon métaphorique. Une situation difficile dont on a du mal à se sortir. Dans laquelle on est empêtré. De nos jours, c'est souvent le cas.

— C'est vrai, soupira Leif.

— Bon, qu'est-ce qui lui est arrivé exactement ?

— Ce n'est pas clair. C'est une jeune fille du manoir qui l'a trouvé. Il présentait des blessures sur le crâne, vraisemblablement causées par une arme ou un outil. On n'en sait pas plus.

— Personne n'a rien vu dans les environs ?

Leif fit non de la tête.

— Aucun témoin, juste la fille qui l'a trouvé. Elle s'appelle Nathalie Ström.

— Comment elle l'a trouvé ? Elle aussi faisait un jogging sur le parcours ?

— Non, je ne crois pas. Elle est biologiste, si j'ai bien compris. Elle fait des analyses du sol. Elle se déplace beaucoup dans cette zone. Et elle connaît un peu le type. Apparemment, il est étudiant dans une des écoles d'art du coin.

— Ah bon ! s'exclama Maya en levant les yeux du viseur. Un étudiant en art ? Alors on le connaît peut-être. Comment il s'appelle ?

— Johannes. Johannes Ayeb.

— Jamais entendu parler, dit Maya en secouant la tête.

Lorsqu'ils eurent terminé, Maya prit quelques photos pour elle. Puisqu'elle était sur place, et l'environnement était si particulier.

— Tu me donnes une demi-heure avant qu'on s'en aille ? demanda-t-elle.

— Bien sûr, dit Leif. Fais juste attention aux endroits où tu poses les pieds.

— J'ai lu le panneau.

Elle s'engagea dans la tourbière. Elle avait déjà décidé d'y revenir avec son appareil argentique moyen format quand elle aurait un moment de libre.

L'endroit était silencieux et désertique. Un bruissement par-ci. Un craquement par là. Et, l'instant d'après, elle entendit le souffle des ailes d'une chouette au-dessus de sa tête.

Au bout d'un moment, Maya se dit qu'il ne fallait pas qu'elle tarde à faire demi-tour. Elle arriva sur une hauteur qui bénéficiait d'une vue incroyable. D'un côté elle voyait le manoir et de l'autre une énorme construction en bois. Peut-être la grange à tourbe dont elle avait entendu parler ? Un peu plus loin elle devinait des maisons éparpillées le long de la tourbière.

Elle aperçut un pin à la forme un peu spéciale. On aurait dit un bonsaï aux branches noueuses et au sommet plat. Il suffisait de s'approcher un peu pour pouvoir le photographier.

L'œil dans le viseur, elle posa prudemment un pied hors du caillebotis puis avança à tâtons sur le sol instable. Ici c'était plus sec et donc moins dangereux.

Mais soudain elle trébucha sur quelque chose, perdit l'équilibre et tomba à la renverse avec tout son équipement.

Non, non, non. Pourquoi je ne me suis pas contentée de prendre des photos depuis le caillebotis ? eut-elle le temps de penser avant de s'étaler de tout son long sur le sol détrempé.

Ce jour-là, plus aucune photo ne fut prise.

Toc, toc, toc.

Assise sur la chaise à côté du lit d'hôpital, Nathalie pressa ses tempes avec ses doigts. Johannes n'était toujours pas sorti de son coma.

Elle se redressa et effleura sa main. Plusieurs tuyaux partaient d'un appareil respiratoire pour s'enfoncer dans sa bouche. Un son monotone et mécanique emplissait la pièce.

Elle se fit la réflexion que ç'avait l'air grave.

Une infirmière était en train de lire un livre derrière un paravent. Elle avait expliqué à Nathalie qu'elle gardait un œil sur les appareils et sur Johannes, que les patients dans son état n'étaient jamais laissés seuls. « Mais ne faites pas attention à moi, lui avait-elle dit avec un clin d'œil. Faites comme si je n'existais pas. »

Au bout d'un moment, Nathalie descendit à la cafétéria s'acheter un journal et boire un café. Elle s'installa à côté de la fenêtre.

Lorsqu'elle revint dans la chambre, une femme se tenait devant le lit de Johannes. Ses mouvements étaient saccadés et elle ne semblait pas savoir quoi faire de ses bras.

Nathalie resta sur le seuil à la regarder.

— Bonjour, finit-elle par dire.

La femme leva la tête et se retourna.

— Bonjour, répondit-elle d'un air confus. C'est vous… Nathalie ?

— Oui, c'est moi.

— Maria, se présenta la femme en lui tendant la main. Je suis la mère de Johannes. On m'a parlé de vous.

Sa poignée de main était étonnamment ferme.

— Je n'ai appris ce qui lui est arrivé que ce matin.

— Ne vous inquiétez pas, il n'a pas été seul, lui dit Nathalie avec un sourire. J'ai passé toute la nuit à ses côtés. Et puis, il y a aussi…

Elle jeta un regard vers l'infirmière qui était en train de noter quelque chose sur une feuille et qui semblait ne leur prêter aucune attention.

— Il est tombé dans la tourbière, c'est ça ? continua sa mère. Il faisait un jogging ? Il court tout le temps. Mais comment a-t-il pu tomber dedans ? Un des policiers a dit que quelqu'un lui a peut-être donné un coup sur la tête. Vous savez quelque chose à ce sujet ?

Nathalie l'étudia. Ses cheveux sombres étaient rassemblés en une queue-de-cheval et elle portait des vêtements simples et bien coupés qui lui donnaient de l'allure.

— Je n'en sais pas plus que vous, répondit-elle.

— Vous connaissez bien Johannes ? Vous êtes dans la même école que lui ?

Nathalie baissa les yeux.

— On venait juste de faire connaissance, si on peut dire. J'habite à côté de la tourbière où… je l'ai trouvé. Un peu plus loin, en fait. Il avait perdu connaissance.

— Mais qu'est-ce qui a bien pu se passer ? Je ne comprends pas. Il a aussi la cheville enflée.

Ses yeux s'emplirent de larmes et son regard vacilla.

— On ne le saura sans doute pas avant qu'il se réveille et qu'il nous raconte, répondit Nathalie en posant une main sur le bras de Maria.

— Le médecin dit que les prochains jours seront décisifs pour savoir s'il faut l'opérer ou pas. Si le cerveau est trop comprimé, l'opération sera inévitable. Il faudra lui ouvrir le crâne. Apparemment, la lésion affecte une zone du cerveau qui règle l'état d'éveil et de sommeil. Même si son état ne s'aggrave pas, ça peut prendre du temps avant qu'il ne reprenne conscience. En tout cas, c'est ce que j'ai compris.

Elle détourna le regard.

Nathalie se sentit soudain incapable de parler. Elle avait l'impression d'être déconnectée, qu'un filtre s'était glissé entre elle et la réalité. Comme si elle n'avait, en fait, rien à voir avec toute cette histoire.

— Il n'y a donc plus qu'à attendre, dit-elle finalement en regardant tour à tour Johannes et sa mère. Je vais m'en aller. Je ne voulais pas le laisser seul, mais maintenant que vous êtes là…

Sa mère la prit dans ses bras et la serra fort.

— Merci. Merci beaucoup.

— Si vous voulez, je peux revenir pour vous remplacer, dit Nathalie. J'aimerais bien que vous me teniez au courant s'il se réveille. Ou plutôt *quand* il se réveillera. Les infirmières ont mon numéro de portable.

Elle se dirigea vers la porte mais se retourna une fois sur le seuil.

— Au fait, dit-elle d'une voix basse, la police s'est occupée de sa tenue de sport. Il avait aussi sur lui un sachet… avec plein de pièces de dix couronnes. Des pièces en or. Peut-être une centaine.

La mère de Johannes la regarda d'un air confus.

La maison que Maya Linde avait achetée à Fengerskog était un ancien atelier de mécanique. Dans les années 30 on y fabriquait des vélos et, lorsque la production avait cessé dans les années 80, les propriétaires successifs avaient essayé de diviser les locaux en habitations.

La maison ressemblait à une demeure typique du Dalsland mais en version plus spacieuse et plus haute de plafond. C'était une bâtisse rouge en bois à étage avec de grandes fenêtres. Sur la façade était toujours écrit *Atelier Mécanique C.W. Haraldson* en grandes lettres blanches.

Maya était encore étonnée de s'être installée ici. Jamais elle n'aurait cru qu'elle reviendrait un jour dans sa région natale. Elle avait grandi à Åmål, à quelques dizaines de kilomètres de là. Quand son père était tombé gravement malade, elle n'avait pas voulu laisser sa mère seule. De plus, une de ses amies proches avait déménagé à Fengerskog, comme beaucoup d'artistes depuis quelques années.

Alors que la population qui quittait la région était en constante augmentation, la petite ville de Fengerskog allait à contre-courant. Une école d'art et d'artisanat y était certes implantée depuis plusieurs dizaines d'années mais, ces derniers temps, des ailes supplémentaires avaient été construites, rendant le lieu bien plus vivant. Il y avait du monde tout au long de l'année. On pouvait même dire de jour comme de nuit. Une école plus progressiste, davantage tournée vers l'art libre, s'était ouverte deux ans auparavant. Elle comprenait aussi bien des logements étudiants que des ateliers-résidences, ce qui avait pour résultat que tous les six mois de nouveaux artistes arrivaient. Et pas seulement de Suède mais du monde entier.

L'école avait progressivement investi l'ancienne usine de papier adjacente et avait par conséquent récupéré de grands espaces pour en faire des salles d'exposition ainsi qu'un théâtre et des lieux de performances. C'est également là qu'on organisait les fêtes. Un café existait depuis déjà longtemps mais un bar avait vu le jour ainsi qu'un restaurant. De plus en plus d'élèves – et de profs – s'étaient installés dans la région. D'autres artistes qui, comme elle, avaient vécu dans les grandes villes revenaient aujourd'hui. Ils s'achetaient des maisons pour une bouchée de pain et fondaient une famille.

L'école attirait des visiteurs tout au long de l'année. Avant Noël il y avait le marché de l'artisanat, en été un festival de théâtre, à Pâques des installations itinérantes ainsi que de nombreux autres événements et expositions d'art. L'école était devenue la troisième plus grande attraction touristique de la commune.

La nuit était en train de tomber et il faisait une chaleur agréable dans la pièce. Les flammes des bougies et la flambée dans la cheminée répandaient une lumière douce sur les murs. Maya avait invité à dîner son amie Ellen, la directrice de la nouvelle école d'art, ainsi qu'Oskar, un artiste en résidence qui était là depuis quelques mois. Maya l'avait croisé plusieurs fois au bar de l'ancienne usine et l'origine de ce dîner était qu'Oskar s'était proposé de l'aider pour son emménagement.

Après avoir passé plusieurs heures à porter des cartons, ils s'accordaient une pause. Ellen et Oskar étaient assis dans des fauteuils tandis que Maya s'était allongée par terre sur son grand tapis d'Orient.

— Vous êtes allés vous promener du côté de la tourbière ? leur demanda Maya les yeux fixés au plafond.

Oskar et Ellen tournèrent la tête vers elle.

— Non, répondit Ellen. Tu penses à ce qui s'est passé il y a quelques jours ?

— J'y suis allée aujourd'hui. C'était la première fois depuis quarante ans.

— C'est un étudiant de l'école, non ? demanda Oskar.

— Oui, soupira Ellen. C'est affreux quand c'est quelqu'un d'aussi proche. Lundi, on va devoir faire une réunion. Tout un tas de rumeurs bizarres circulent. C'est pour ça que tu t'y es rendue ?

Maya acquiesça d'un signe de tête.

— Mais ce n'est pas à ça que je pensais. Là-bas, il y avait une atmosphère vraiment… magique. Non, ce n'est peut-être pas le bon mot. En tout cas, très forte. J'ai pris quelques photos. Pour moi.

— On peut les voir ? demanda Oskar.

— Ce sont des essais. Peut-être plus tard, dit Maya. Est-ce que des élèves se rendent là-bas pour peindre par exemple ?

— Pas que je sache. Mais c'est une bonne idée, dit Ellen. Il nous manque un sujet à l'automne pour les cours de peinture. Peut-être qu'on pourrait mettre en place un atelier ayant pour thème la nature.

Maya regretta immédiatement d'avoir parlé de la tourbière. La dernière chose qu'elle voulait, c'était y croiser un groupe d'étudiants en art.

Le vin était presque terminé et Ellen était en train de raconter à Oskar comment elle avait, par hasard, rencontré à New York l'homme qui serait son futur mais aujourd'hui ex-mari.

— Ou plus exactement, c'est la faute de Maya, précisa Ellen. Nous avons rendu visite à Maya la même semaine, mon ex et moi. Avant qu'on soit ensemble et avant même qu'on se connaisse, en fait. Non seulement Maya avait oublié qu'elle m'avait invitée, mais elle avait aussi oublié qu'elle l'avait invité lui. Et, pour couronner le tout, elle était débordée.

— Et comment ça s'est passé ? demanda Oskar.

— Vu qu'elle n'avait quasiment pas de temps à nous consacrer, c'était bien qu'on soit tous les deux, dit-elle en lançant un regard noir à Maya.

— Oui, c'était une chance ! souligna celle-ci.

— On a donc passé une semaine ensemble à se faire des musées et des galeries d'art, poursuivit Ellen. Et après ça, j'ai emménagé chez lui à Stockholm. Avec pour résultat un fils et dix ans de vie commune. Ça a pris fin il y a quatre mois lorsque je l'ai surpris avec un homme dans notre maison de vacances. J'aurais très bien pu lui pardonner s'il ne m'avait pas avoué qu'il était amoureux.

— Et maintenant ? demanda Oskar.

— Je vais peut-être finir par m'installer chez toi, Maya.

— Tu es la bienvenue. Pour réparer mon erreur. Tu pourras passer l'aspirateur et faire les vitres au lieu de payer un loyer. J'ai beaucoup de fenêtres.

— Je vais peut-être t'imiter, dit Oskar. Les logements pour les artistes en résidence sont minuscules.

— Blague à part, je préfère vivre seule, s'amusa Maya.

— Et Vanja ? fit Ellen. Où va-t-elle habiter ?

— Qui est Vanja ? demanda Oskar.

— Mon assistante de New York. On ne va pas habiter ensemble, elle s'est acheté une maison à un prix défiant toute concurrence tout près d'ici.

— Ah oui… Je crois en avoir entendu parler, dit Oskar.

— Elle arrive demain. Mais je vais sans doute avoir besoin d'un coup de main ces prochains jours, dit Maya en se tournant vers Ellen. Si jamais un de tes élèves est intéressé… C'est surtout pour mettre de l'ordre dans mes affaires. J'avais l'intention de punaiser un mot sur le tableau d'affichage de l'école.

— Ne fais pas ça, dit Oskar. Ne mets pas de mot. Je t'aiderai.

— Toi ? Mais ce n'est pas rétribué.

— Je m'en fiche.

Maya but une gorgée de vin et sourit. L'alcool commençait à faire son effet et elle se sentait somnolente.

— Il reste du fromage ? demanda-t-elle.

Oskar se leva pour aller vérifier dans la cuisine.

Quand Oskar et Ellen furent partis, elle prit une douche rapide, enfila sa chemise de nuit et se glissa sous ses draps. Elle parcourut quelques pages d'un magazine mais le mit rapidement de côté. Elle avait besoin de réfléchir.

Une idée avait commencé à germer dans sa tête. Une série de photos dans la tourbière. Des images simples de différents paysages. De vastes étendues. Peut-être de quelques maisons. Aussi épurées que possible. Afin que l'atmosphère qui se dégage de l'endroit soit palpable sur les photos.

Elle attrapa son ordinateur portable et cliqua sur un des clichés qu'elle avait pris dans la matinée. Celui-ci montrait le paysage ouvert et le ciel se rencontrant. Deux structures très différentes. Pour l'instant, telle qu'elle était, la photo n'avait aucune valeur artistique mais l'idée était là et Maya savait comment faire pour réaliser ses intentions. Du noir et blanc. Un format carré. Ce serait beau et suggestif.

Elle cliqua sur une deuxième photo puis sur une autre. Elle s'apprêtait à refermer son ordinateur quand quelque chose sur l'écran la fit réagir.

L'image avait été prise depuis le sentier. Une vue directe sur la tourbière. Quelques arbres étaient visibles sur la droite. Et au fond, en partie caché par des arbres et des buissons, se tenait ce qui semblait être un être humain.

Elle regarda d'autres photos de la même séquence. Sur les premières, la personne semblait s'avancer. Mais, sur les suivantes, elle s'était immobilisée et avait détourné la tête.

Son corps était penché en avant. Comme si elle essayait de se cacher. Ça pouvait tout aussi bien être une femme qu'un homme.

Sur les photos suivantes, la personne avait disparu.

Maya regarda de nouveau la série. C'était peut-être tout simplement quelqu'un qui se promenait dans la nature. Ou un sportif. Sinon, qui d'autre aurait eu une raison d'être là ?

— Désolée de vous déranger, dit Agneta. Je voulais juste prendre de vos nouvelles. Et savoir un peu ce qui s'est passé.

Elle se tenait devant la porte de la maison. Elle paraissait calme mais une sorte d'excitation se dégageait d'elle. Il était évident qu'elle mourait d'envie d'avoir de plus amples informations sur les événements qui avaient eu lieu dans la tourbière. Elle semblait fermement décidée à faire parler Nathalie.

— Je ne sais pas grand-chose, répondit Nathalie. Tout ce que je peux vous dire c'est qu'il est toujours dans le coma. Mais entrez. Vous voulez boire quelque chose ?

Nathalie venait de s'attabler à la cuisine pour manger quelques tartines accompagnées d'un œuf dur. Elle fit un geste vers le plan de travail où étaient posés la cafetière, le pain, le beurre et une bouteille de jus d'orange.

— J'ai l'impression de vous connaître, dit Agneta en entrant. C'est ce que j'ai pensé dès que je vous ai vue la première fois.

— On me le dit souvent. Vous voulez quelque chose ? répéta-t-elle.

— Non, merci. J'aimerais savoir ce qui s'est passé quand vous avez trouvé le jeune homme. Vous le connaissiez, n'est-ce pas ?

— Non, pas vraiment. Il avait l'habitude de courir devant mes fenêtres. On s'est juste parlé quelques fois.

— Mais vous êtes restée auprès de lui à l'hôpital ?

Oui, c'était bien le cas.

Elles s'installèrent autour de la table. Agneta était si insistante que Nathalie ne put pas faire autrement que de lui expliquer pourquoi elle s'était rendue à la tourbière. Et d'évoquer l'inquiétude soudaine qui l'avait poussée à partir à la recherche de Johannes.

— Si vous n'aviez pas réagi aussi vite, à cette heure-ci il serait sans doute mort, dit Agneta d'une voix grave. Vous lui avez sauvé la vie.

Nathalie détourna les yeux.

— Oui… Peut-être. Enfin, je parlerais plutôt de chance.

— Mais il y a une chose que je n'arrive pas à comprendre, reprit Agneta avec un regard scrutateur. Il n'était pas parti depuis suffisamment longtemps pour que ça puisse vous inquiéter. Vous avez eu un pressentiment, non ? L'impression que quelque chose s'était passé ?

Nathalie hésita avant de répondre.

— Je ne sais pas bien… Peut-être, oui. J'ai juste eu la sensation que quelque chose n'était pas normal. Et puis il y avait une telle tempête.

— En tout cas, on croise les doigts pour que tout se termine bien. Ça fait plus d'un an qu'il vient presque tous les jours faire son jogging ici. Et par n'importe quel temps. Ce garçon m'a toujours impressionnée, poursuivit-elle en se levant. Mais ce que vous avez fait est exceptionnel, Nathalie. Que vous ayez eu cette réaction. C'est ce que j'appelle de l'intuition.

— Je ne sais pas.

— De plus, reprit Agneta en baissant la voix comme si quelqu'un pouvait l'entendre, nous ne voulons pas d'incidents qui puissent donner mauvaise réputation à cet endroit, vous comprenez ?

Voilà où elle voulait en venir, se dit Nathalie lorsque Agneta fut partie.

Le business, comme d'habitude.

Comme si l'image de cette région n'avait pas été suffisamment ternie. Après tout ce qui s'y était passé.

Les pièces les plus importantes, comme le bureau, étaient meublées. Dans la semaine, un artisan s'attellerait à la rénovation des autres surfaces. Une chambre noire pour les photos argentiques en noir et blanc serait aménagée. Ainsi qu'un studio photo, une petite salle d'expo et un bar.

Maya jeta un œil sur son ordinateur posé à côté du lit. Elle hésitait à regarder de nouveau les clichés de la tourbière. Cette grande étendue avec différentes nuances de jaune. La personne accroupie au fond. Mais elle se sentait épuisée. Un journaliste et une photographe d'un mensuel venaient de l'interviewer au sujet de son retour au pays. Fengerskog *versus* New York.

La discussion avait été intéressante. Le journaliste, Tom Söderberg, était très cultivé et au courant de la plupart des projets sur lesquels elle avait travaillé ces dernières années. La manière dont il parlait de son œuvre l'avait flattée. Il y avait une telle profondeur dans ses analyses.

De plus, elle avait apprécié qu'il ne la caresse pas dans le sens du poil. En quelques occasions, il avait même été assez critique. D'une façon à laquelle elle n'était pas habituée. Il avait tout simplement éveillé son attention, au moins intellectuellement. Elle avait accepté ses critiques avec le sourire, peut-être parce qu'il était clair qu'il était déjà amoureux d'elle. Que ses sentiments pour elle avaient dû prendre de l'ampleur au moment où il étudiait son travail et sa carrière.

Ce n'était pas la première fois que ça arrivait.

La photographe était arrivée à la fin de l'interview. Tendue et peu sûre d'elle. Elle voulait que Maya pose à différents endroits de la maison. Même dehors devant le grand pré et devant la grange. Tom leur avait emboîté le pas. Maya et lui avaient échangé des regards en se souriant pendant que la photographe travaillait.

À la fin de la séance, elle proposa à Tom de lui prêter quelques publications la concernant qu'il n'avait pas réussi à se procurer.

Une fois de nouveau seule, elle s'était préparé une assiette de bonnes choses qu'elle avait dans le congélateur puis s'était attablée dans la cuisine d'où elle avait vue sur deux vaches qui la fixaient depuis le pré. Dans le gros miroir accroché sur un des murs elle avait croisé son reflet. Quelques lignes d'un livre qu'elle avait lu peu de temps auparavant lui étaient aussitôt revenues en tête. La description d'une personne dont le corps « était rempli de nourriture, de boisson et d'années de vie vécue ».

Elle avait la forme de visage de son père. Des joues rondes et un petit cou. Des lèvres fines et des cheveux couleur noisette. Ceux de son père avaient commencé à grisonner vers la cinquantaine. Leurs rides se dessinaient exactement aux mêmes endroits. Le visage de son père reposait dans le sien, comme une image sous la surface de l'eau.

Elle se souvenait du jour où pour la première fois elle avait senti que la courbe de son corps commençait sa phase descendante. Un mouvement dans ce cycle perpétuel. Le processus s'était amorcé bien avant mais elle l'avait réalisé à ce moment-là. Depuis sa vue qui commençait à baisser jusqu'à l'affaissement de sa peau. Elle voyait bien les rides qui se formaient sur son cou et qui devenaient visibles lorsqu'elle tournait la tête.

Pour elle, son corps était un organisme rempli de compost. Comme n'importe quelle espèce de plante ou d'animal. Ça lui donnait un sentiment de liberté totale. Semblable à un chuchotement venu d'en haut, venu de l'intérieur, lui disant de lâcher prise. L'espace d'un instant, elle s'était sentie comme une feuille qui se détachait d'une branche pour virevolter dans les airs avant de tomber sur le sol où le processus de décomposition prendrait le relais.

Libre de tomber.

Comme une simple feuille.

Apprends-moi à pourrir comme une simple feuille, écrivait un poète.

Maya n'avait même pas eu à apprendre. Elle avait des dispositions naturelles pour ça.

Debout devant la fenêtre, Nathalie contemplait le paysage. La forêt et toute cette vaste étendue désolée lui étaient si familières.

Un flot d'images lui revenait.

Mais beaucoup de choses avaient changé en elle.

Elle sentait qu'aujourd'hui elle était plus vulnérable. Ou plutôt, plus réceptive qu'avant. Une transformation avait commencé à opérer en elle. Quelque chose s'était réveillé et voulait sortir. Elle avait l'impression que ce n'était plus elle qui décidait. Mais peut-être qu'en réalité ça n'avait jamais été le cas.

La lumière des lampes à pétrole projetait de grandes ombres vacillantes sur les murs. On aurait dit des chauves-souris dans la nuit.

La chaleur de la maison faisait craquer les boiseries. Le sol aussi émettait des petits bruits. Vraisemblablement à cause des souris qui avaient quitté les tas de feuilles du jardin pour retrouver leurs tunnels sous la maison.

Elle n'avait pas répondu à la question d'Agneta. Elle était restée perplexe. Mais bien sûr qu'elles s'étaient déjà rencontrées. Plusieurs fois, il y avait de cela de nombreuses années. Au manoir. Mais il n'y avait pas que ça. Elle n'avait pas raconté la vraie raison de son départ précipité à la tourbière pour chercher Johannes. La cause en avait effectivement été le temps. Mais ce n'était pas la tempête qui l'avait alertée, bien au contraire, c'était la soudaine accalmie.

Elle savait ce que cela signifiait. Grâce à sa propre expérience mais surtout grâce au livre que son voisin lui avait offert il y a si longtemps et qu'elle avait lu un bon millier de fois. Tous ces passages sur les revirements du temps résonnaient encore aujourd'hui dans sa tête. C'était ça et rien d'autre qui l'avait fait réagir aussi vite.

Des analyses, se dit-elle. Il faut que je fasse des analyses.

Elle avait besoin de s'emparer de quelque chose de concret et mesurable qui puisse être analysé afin d'obtenir une réponse logique. Elle avait besoin d'une feuille avec des calculs pour calmer la mer agitée en elle. Des lettres, des tableaux. Des conclusions à tirer. Elle avait besoin de tout ça pour reprendre le contrôle, pour avoir au moins le sentiment de reprendre le contrôle.

Tout en regardant le paysage, elle se servit un bol de flocons d'avoine. Sa main tremblait et sa bouche était sèche. Elle but un grand verre d'eau, enfila un gros pull, attrapa son matériel de prélèvement et sortit. L'air était saturé d'humidité.

Un épais brouillard avait recouvert la tourbière. Elle ne voyait qu'à quelques mètres devant elle. En marchant sur le sentier, elle eut la sensation qu'il se formait devant elle au fur et à mesure de sa progression.

Elle prit le même chemin que celui qu'elle avait emprunté pour retrouver Johannes et parvint bientôt à l'endroit où elle l'avait découvert. Ce jour-là, il y avait aussi du brouillard. Mais pas aussi compact.

C'est exactement là qu'il était allongé. Gémissant. Il avait levé les yeux vers elle et l'avait fixée sans vraiment la voir. Elle se souvenait de son regard voilé. Dû à l'épuisement. À la résignation. À la confusion. Et peut-être aussi à l'étonnement.

Elle l'avait vu lentement décliner et elle avait senti la réalité devant elle se déformer et se ratatiner puis se regonfler légèrement. Comme pour reprendre son souffle.

Nathalie avait remonté Johannes sur le caillebotis et avait vérifié qu'il respirait toujours avant de courir chez elle récupérer son téléphone. Puis elle était revenue auprès de lui avec le Samu au bout du fil.

À ce moment-là, Johannes s'était évanoui. Le sentiment assourdissant et vertigineux qu'elle était en train de le perdre l'avait submergée. Qu'elle était en train de perdre quelqu'un qu'elle aimait. S'il vivait, plus rien d'autre n'aurait d'importance. S'il mourait, le monde se réduirait à une fenêtre oubliée que personne ne s'était soucié de refermer. Elle-même serait le fin rideau battu par le vent et la pluie qui finirait par tomber en lambeaux et disparaître.

Nathalie continuait à avancer sur le sentier. Le brouillard avait commencé à se dissiper. Le chemin se divisait en deux et elle prit le tronçon de droite. Elle avait emporté un carottier de forage pour contrôler l'activité bactérienne qui à son tour fournirait des indications sur la vitesse de décomposition. Elle avait besoin de maîtriser son inquiétude en se concentrant sur des faits tangibles.

Au bout de quelques minutes, son GPS lui indiqua qu'elle était au bon endroit. Elle posa son sac, sortit le carottier et planta la première partie dans le sol. Puis elle y fixa la deuxième partie et l'enfonça profondément. Pour finir, elle la remonta et récupéra l'extrait de tourbe qu'elle plaça dans un tube.

Elle se souvenait que l'endroit suivant n'était pas loin. Elle se remit en route. Elle s'apprêtait à taper les nouvelles coordonnées sur son GPS lorsqu'elle entrevit quelque chose tout près du sentier, dans la partie sèche de la tourbière.

C'était comme si son corps avait compris ce dont il s'agissait avant même que son cerveau ait eu le temps de l'analyser.

Ce qu'elle voyait était sombre et profond. Et faisait peut-être deux mètres de long.

Nathalie n'avait aucun doute sur sa nature.

Devant elle, dans la tourbière, se trouvait une tombe creusée par quelqu'un.

— Nathalie Ström, la fille qui a trouvé Johannes, vient de découvrir quelque chose dans la tourbière, avait dit Leif. On a rendez-vous avec elle sur le site.

C'est Leif qui l'avait appelée pour lui apprendre que Nathalie avait découvert un trou creusé dans la tourbière, non loin de l'endroit où le jeune homme avait été trouvé sans connaissance. Leif voulait qu'elle l'accompagne. Elle n'avait rien contre.

— On ne peut pas dire que cette jeune fille soit très bavarde, lui expliqua-t-elle. En tout cas, elle ne parle pas pour ne rien dire. Je l'ai rencontrée vite fait hier soir. Pour en sortir quelque chose, il faut s'accrocher.

Ils restèrent un moment silencieux.

— Et le trou, il était creusé dans la tourbière même ? demanda Maya au bout d'un moment.

— Oui.

— Et t'en penses quoi ?

— Je ne sais pas. Quelqu'un avait peut-être prévu d'y enterrer son chien.

— Allez, c'est pas ce que tu penses. Sinon tu n'irais pas voir. Et tu ne me demanderais pas de t'accompagner.

— D'après la fille, le trou fait au moins deux mètres de long. Voilà la raison.

— OK. Une tombe donc. La tourbière est un lieu intéressant. Historiquement parlant. On ne peut pas s'empêcher de penser à la Fille aux airelles et à tous les gens qui ont dû y être enterrés.

— Oui…

— Si on se mettait à creuser dans la tourbière aujourd'hui on trouverait sans doute toutes sortes de choses intéressantes, non ? dit Maya.

— Et ?

— Ce que je veux dire, c'est que les gens pourraient avoir envie de creuser au hasard. C'est peut-être quelqu'un qui a fait ça pour des raisons historiques ?

— Je ne pense pas qu'il faille se concentrer sur l'histoire. On va rencontrer Nathalie Ström et examiner ce trou. Et puis on va continuer à se renseigner sur ce Johannes pour savoir qui il est et pourquoi quelqu'un l'a frappé. Et avant tout pourquoi il était à cet endroit à une heure aussi tardive et sous la tempête.

— OK. Mais qu'il se soit trouvé du côté de la tourbière n'est pas si étrange. Il avait l'habitude de courir là-bas tous les deux jours. J'ai aussi posé quelques questions à l'école d'art. Johannes est un étudiant ordinaire. Il est inscrit à Örebro et suit les cours ici depuis un peu plus d'un an… Il n'y a pas grand-chose de plus à dire à son sujet.

— Je sais, soupira Leif. Et pourtant, on l'a frappé.

Nathalie Ström les attendait sur le petit parking de la tourbière. Elle avait entre vingt-cinq et trente ans et portait des vêtements de randonnée.

Pendant qu'ils la suivaient sur le sentier, elle raconta ce qu'elle avait découvert dans l'après-midi : une grande tombe tout près de l'endroit où elle avait trouvé Johannes.

— Vous avez réussi à comprendre ce qui lui est arrivé ? demanda-t-elle d'un air inquiet.

— Pour l'instant, on ne peut rien avancer, répondit Leif. Mais vous avez une idée ?

— Je ne sais pas. Je trouve ça bizarre qu'il se soit écarté du sentier. C'est vrai qu'il ne s'était pas trop enfoncé dans la tourbière quand je l'ai trouvé, mais quand même.

— Il avait peut-être décidé de ne faire que la moitié du parcours et pensait couper par la tourbière, suggéra Leif. Il faisait déjà presque nuit.

Nathalie hocha la tête.

— Mais c'est quand même étrange qu'il décide de s'aventurer là où le sol est particulièrement glissant ; d'autant plus qu'à ce moment-là il pleuvait et qu'il y avait énormément de vent. Faire le tour entier n'aurait pas pris plus de temps.

— Vous pensez qu'il était là pour une autre raison ? Que ce n'était pas juste pour courir ?

Nathalie haussa les épaules.

— Non, je ne sais pas. Peut-être que quelqu'un l'a déplacé.

Leif et Maya la suivirent lorsqu'elle quitta le chemin pour s'engager dans la tourbière. En silence, ils passèrent devant l'endroit où Johannes avait été découvert. Nathalie s'arrêta quelques mètres plus loin et regarda autour d'elle.

— Ça devrait être ici, dit-elle en tournant sur elle-même. Attendez… Peut-être que c'était plus loin.

Ils se remirent à marcher mais aucun trou n'était visible. Pas même un tout petit. Nathalie était perplexe.

— Merde. J'aurais dû entrer les coordonnées sur mon GPS, dit-elle avant de se tourner vers Leif et Maya. Mais je vous jure que la tombe était là.

— Tout va bien, la rassura Leif. On va se disperser et voir ce qu'on trouve.

Au bout d'une demi-heure, ils abandonnèrent.

— Je ne pensais pas que ce serait si difficile de le retrouver, déclara Nathalie.

— Je viens de penser à une chose, fit Leif. Quelqu'un qui habite dans les environs a peut-être creusé un trou afin de récupérer de la tourbe pour ses propres besoins. J'ai l'impression que ça se passe comme ça ici. Les maisons dans le coin possèdent un peu de terrain, non ? En même temps, si c'est le cas, le trou devrait encore être là.

— Ses propres besoins ? s'étonna Maya.

— Oui, comme litière pour les animaux.

— Impossible, rétorqua Nathalie. D'une part parce que aujourd'hui c'est un site protégé, et qu'il est donc interdit de faire des trous dans le sol. D'autre part parce que personne ne s'y prendrait de cette façon. Tout le monde ici se fait un point d'honneur à creuser des trous avec une paroi inclinée afin que les animaux puissent en sortir s'ils tombent dedans. Ce trou-ci n'a pas été fait de cette façon.

Leif s'immobilisa et la regarda d'un air étonné.

— Mon Dieu, vous en savez des choses.

Nathalie se sentit rougir. Elle détourna la tête et se mit à marcher.

— Faut que je rentre.

— Pardon. Je ne voulais pas vous mettre mal à l'aise, dit Leif.

— Pas de problème, répondit Nathalie en haussant les épaules.

— Bon, alors, voilà ce qu'on fait. Contactez-moi si jamais vous pensez à quelque chose. N'hésitez surtout pas, OK ? Ça n'a rien d'étonnant qu'on ne le retrouve pas vu l'espace.

Sans un regard, Nathalie leur fit un signe de la main et s'en alla.

Leif et Maya montèrent dans la voiture.

— Et voilà comment ça se passe, parfois, dit Leif. Bon, retournons au commissariat.

Maya sortit son ordinateur et l'ouvrit sur ses genoux.

— Elle n'habite pas ici, n'est-ce pas ?

— Non. En tout cas, pas que je sache. Elle loue juste une petite maison dans le manoir pendant quelques semaines.

Ils roulèrent un moment en silence.

— Tu la trouves louche ? demanda soudain Maya.

— Nathalie ?

— Oui.

— En fait, non, répondit Leif. Mais c'est la seule personne qu'on ait vue dans la tourbière ces derniers temps avec du matériel pour creuser. D'un autre côté, c'est elle qui nous a contactés.

— Oui, c'est vrai.

Maya laissa son regard errer sur la route, que bordait une forêt sombre.

— Enfin, tu as sans doute raison, reprit Leif. Je devrais prendre le temps de discuter un peu plus avec elle. Dans d'autres circonstances. Vérifier ce en quoi consistent ses recherches dans la tourbière.

Ils roulèrent de nouveau un moment en silence.

— Tu sais, ces pièces de monnaie que Johannes avait sur lui…, commença Maya.

— Oui ?

— Je n'arrive pas à comprendre. Pourquoi avoir un tas de pièces dans les poches quand on sort faire un jogging ?

— Robin a bien couru tous les jours pendant un an avec un sac à dos plein à craquer, dit Leif à propos de son plus jeune fils.

— Oui. Mais des pièces ? Ça doit quand même signifier quelque chose de spécial.

— Peut-être.

Maya soupira.

— Je trouve quand même qu'il y a un truc bizarre avec cette tourbière. Avec cet endroit, ajouta-t-elle d'une voix à peine audible en se tournant vers la fenêtre.

Leif émit un petit rire.

— Oui, en général c'est ce qu'on dit quand on ne sait pas vraiment à quoi on a affaire.

— Au début d'une enquête, tu veux dire ?

— Oui.

Maya le regarda puis retourna à son ordinateur. Elle cliqua sur le dossier contenant ses photos de la tourbière.

— Je voudrais te montrer quelque chose que j'ai découvert hier. Regarde, dit-elle en pointant son doigt sur la silhouette floue et voûtée dans le fond de l'image. Il y a quelqu'un, tu vois ?

Leif jeta un œil sur l'écran tout en conduisant.

— Pas bien, non. Mais c'est en dehors du barrage de la police et ce n'est pas interdit de se promener dans la zone.

— Tu as raison, acquiesça Maya en cliquant sur les photos suivantes.

Elle les inspecta minutieusement, l'une après l'autre, et soudain vit quelque chose qu'elle avait raté avant.

Sur les dernières images, la personne était encore là, contrairement à ce qu'elle avait d'abord cru. Elle s'était simplement accroupie dans les buissons.

Il pouvait y avoir plusieurs explications à ça mais Maya sentit son ventre se nouer.

La personne avait bel et bien cherché à se cacher.

Au cours de ses études, Nathalie avait passé beaucoup de temps dans la forêt. Aujourd'hui, la nature était devenue pour elle une deuxième maison. Là où d'autres y cherchaient du silence et du calme, elle y trouvait de l'énergie et un sens plus profond dans sa connaissance des éléments. Comprendre les différentes espèces et leurs comportements innés d'après les lois de l'évolution. Son existence semblait reposer sur des noms latins, sur des classifications de mots, sur des processus organiques compliqués et autres faits scientifiques.

C'était pour elle sécurisant de savoir que selon la théorie des trois domaines, toute vie sur la Terre se divise en trois clades : les eubactéries, les archées et les eucaryotes, basés entre autres sur des comparaisons d'ADN. Ou bien que les eucaryotes rassemblent quatre grands règnes du monde vivant : celui des animaux, des champignons, des plantes et des protistes. Dans chaque règne la division se fait d'abord en troncs puis en classes, ordres, familles, genres et espèces.

À l'époque où elle voyait un psy, celui-ci avait pointé le fait qu'elle veuille sans cesse remplir son cerveau de nouvelles données. Selon lui, soit elle essayait d'éviter de se confronter au vide en engrangeant constamment des informations, soit elle faisait en sorte que d'autres informations n'y aient pas leur place. Les informations non gérables. C'est-à-dire celles qui avaient un rapport avec son passé.

De son côté, Nathalie pensait avoir trouvé un bon moyen de gérer ses sentiments. Même son entourage n'était pas toujours de son avis.

Mais, aujourd'hui, tout était bouleversé, et elle commençait à se dire que le fait d'être venue dans la tourbière était une grossière erreur. Elle était en train de perdre son emprise sur la réalité.

La tombe avait-elle réellement existé ? Si elle était si persuadée de l'avoir vue, pourquoi ne l'avait-elle pas retrouvée ?

Et Johannes. Elle ne se souvenait pas d'avoir rencontré quelqu'un qui ait réussi à ce point à la détourner de son travail. Et ça continuait encore maintenant. Bien qu'il soit dans le coma.

Son intention était de se focaliser sur son travail dans la tourbière mais ses pensées ne cessaient de retourner à la chambre onze de l'hôpital de Karlstad. Lorsqu'elle allait se coucher le soir, elle revoyait en pensée le visage de Johannes. Son sourire. Son désir sincère de l'aider.

Ça faisait longtemps qu'elle ne s'était pas sentie aussi envoûtée.

Était-ce de l'amour ?

Ou une malédiction ?

Johannes avait-il réussi à la distraire à ce point de sa mission ? Ou était-ce autre chose qui s'était emparé d'elle et qui ne voulait pas la lâcher ?

Le passé ?

Il n'y avait qu'un choix possible : laisser les choses se faire. Pas la peine de lutter. Plus elle s'efforçait de repousser le passé, plus celui-ci semblait prendre de la vigueur.

Les images de son dernier été ici devenaient de plus en plus entêtantes. Même les cognements dans sa tête s'étaient renforcés depuis quelque temps.

Au cours de l'année, elle était allée consulter un médecin. Mais, puisque celui-ci n'avait trouvé aucun problème physique, elle s'était de nouveau tournée vers un psychiatre qui lui avait dit qu'elle était stressée, poursuivie par quelque chose.

« Certains entendent des voix, avait-il expliqué. D'autres entendent différentes choses. Vous, ce sont des cognements. Il existe des médicaments contre ça. »

Peut-être était-ce à ce moment-là qu'elle avait pris la décision, par pure colère, de s'éloigner autant que possible du milieu médical et de se comporter comme si elle était en bonne santé.

Mais avait-elle réellement fait le choix de venir ici ?

Elle n'arrivait pas à se rappeler quand elle avait pris la décision. Et si cette décision venait d'elle. Soudain elle s'était retrouvée là.

De nouveau.

À la tourbière.

Après tant d'années.

— Donc, si je te comprends bien, tu imagines une expo entière là-dessus ? demanda Ellen.

Maya était assise dans son salon avec Vanja, Ellen et Oskar. Ils buvaient du thé au gingembre tout en contemplant les photos qu'elle avait prises dans la tourbière.

— Pas une très importante... J'ai déjà une expo programmée mais je n'ai plus très envie de montrer mes photos de New York. Ce nouveau sujet m'intéresse davantage, même si je vais devoir abattre beaucoup de travail pour être prête à temps. C'est fascinant. La tourbière, l'humidité, le brouillard. Tu devrais m'accompagner là-bas.

— Ce ne sont pas plutôt les choses étranges qui s'y passent qui t'attirent ? demanda Ellen.

Oui, ça aussi.

Elle ne pouvait pas le nier. Ça avait commencé par ce qui était arrivé à Johannes Ayeb. Puis il y avait eu cette histoire de tombe qui s'était évaporée. Et pour finir l'ombre accroupie sur ses photos qui semblait essayer de se cacher d'elle.

Ce n'était qu'une série d'événements incompréhensibles. Et tout ce qui était incompréhensible l'avait toujours attirée.

— Mais il y a beaucoup d'autres choses qui m'intéressent dans cette tourbière, argumenta-t-elle. Autrefois, on y faisait des sacrifices humains. Et il a toujours circulé des histoires à propos de gens qui y disparaissent sans laisser de traces. Est-ce qu'il s'agissait de rumeurs ou d'histoires de fantômes, je ne sais pas, mais je me souviens que quand j'étais petite on aimait bien se faire peur en se les racontant.

— Moi, je trouve ça excitant, dit Oskar.

Sur Internet, Maya avait cherché des informations sur la Fille aux airelles. L'idée l'avait soudain frappée qu'aux photos de paysage elle pourrait ajouter quelques-unes de vrais cadavres momifiés des tourbières exposés dans les musées. Son projet pourrait peut-être devenir une expo sur la mort et le rêve d'éternité. Quelque chose dans ce genre.

Elle se souvenait d'avoir vu des portraits semblables dans un livre il y avait longtemps de cela. Des corps embaumés dans des états variables provenant de cimetières et de catacombes en Italie et en France.

La dernière personne enterrée dans les catacombes de Palerme était une petite fille du nom de Rosalia Lombardo. Elle avait deux ans lorsqu'elle était morte d'une pneumonie. Le père de Rosalia, bouleversé, avait contacté un professeur, Alfredo Salafia, qui avait embaumé son corps selon une technique particulière. Celle-ci consistait à y injecter un liquide à base de formol pour tuer les bactéries, de la glycérine pour éviter que le corps ne sèche trop, de l'acide salicylique pour conjurer la prolifération de champignons et

– l'ingrédient le plus important – du zinc pour conserver au corps sa rigidité. Encore aujourd'hui, Rosalia reposait dans son cercueil, les joues rondes et lisses, avec un nœud de couleur abricot sur la tête. La petite fille était tellement bien conservée qu'elle donnait l'impression de dormir.

Maya s'était demandé pourquoi elle était si touchée par ces corps embaumés. Peu lui importait qu'ils soient conservés naturellement, comme dans la tourbière, ou selon une technique mise au point par l'homme, comme avec Rosalia.

Dans le premier cas, quelque chose de mystique planait autour des événements historiques et elle avait une fascination pour les sols qui ne lâchaient pas prise.

Dans le second cas, c'était plutôt l'histoire qui l'intéressait. La technique née d'un souhait de ne pas laisser partir l'être aimé.

Aux États-Unis, l'embaumement des animaux domestiques était une véritable industrie, et elle avait vu l'interview d'un homme brisé par la mort de son chien qui avait ainsi pu garder son compagnon défunt. Il pouvait de nouveau le voir allongé dans son panier comme à son habitude, sa tête posée sur ses pattes de devant. D'une voix pleine de joie, il expliquait combien son animal avait l'air vivant. Il avait l'impression de voir son œil s'animer quand il passait devant.

Quelque chose dans ce désespoir montrait à quel point l'être humain mettait le corps sur un piédestal et lui attribuait une place qu'il ne méritait pas et qu'il n'était pas censé avoir. Ce qui prouve notre incapacité à voir qui nous sommes en réalité, se disait Maya, en dehors du corps dans lequel nous vivons. Notre incapacité à lâcher prise, face à la vie comme face à la mort.

Elle pensa justement à la photographie, qui était à la fois le signe d'un sentiment de nostalgie et une manifestation du présent. D'un clic, on arrêtait le flot des changements. Les images de lieux de crime embaumaient les morts à leur manière. L'image étant la preuve. *Ceci a eu lieu. Ceci a existé. Voilà à quoi ça ressemblait.* Un corps allongé sur le carrelage d'une cuisine. Dans l'évier une assiette qui n'avait jamais été lavée. Sur la table une vieille marmite en fonte avec les restes d'un dîner – une soupe à la viande. Des détails qui en temps normal seraient passés totalement inaperçus.

C'étaient toujours les détails ordinaires sur une scène de crime qui se glissaient dans la tête de Maya et qui lui donnaient le vertige. S'il était question d'un règlement de comptes, ce n'était ni les liasses de billet ni la cocaïne ni les armes qui l'intéressaient mais plutôt le fait que l'homme qui gisait par terre dans un bain de sang avait enfilé le matin même deux chaussettes différentes. Elle le voyait assis au bord de son lit ou debout devant sa penderie, ne sachant vraisemblablement pas qu'il vivait sa dernière matinée.

— La prochaine fois que j'y vais, je t'emmène là-bas, que tu le veuilles ou non, dit-elle à Ellen.

— Moi aussi je veux bien venir avec vous, dit Oskar.

— Bien sûr, lui sourit Maya.

Au même moment, on sonna à la porte de l'atelier. Oskar alla ouvrir. Au bout de quelques minutes, il revint, le visage interrogateur.

— C'est un journaliste. Tom Söderberg. Il dit qu'il vient te rapporter des livres. Tu veux que je les prenne ou…

— Non non, le coupa Maya, je m'en occupe.

Elle se leva et, avant de quitter la pièce, se retourna et dit :

— Il n'est pas l'heure de prendre un verre de vin ?

Maya accueillit Tom avec une grande accolade et en le félicitant pour son formidable article. Il lui avait envoyé une première version. Ellen et Oskar étaient gênés d'avoir la visite d'un journaliste mais Maya n'y prêta pas attention et l'invita à s'asseoir avec eux.

Avant d'accepter, il passa sa main dans ses cheveux ébouriffés tout en souriant avec embarras. Elle ignorait si la situation y était pour quelque chose mais elle avait le sentiment que l'érotisme qui se dégageait de lui était encore plus fort qu'au moment de l'interview. Son corps nerveux. Sa décontraction naturelle. Il semblait à l'aise avec lui-même. Elle l'imagina aussitôt nu devant elle, sa peau bien tendue sur sa cage thoracique.

Elle mit *Crosstown Traffic* et sentit aussitôt la pièce s'emplir d'énergie. Jimi Hendrix est une force de la nature, se dit-elle, ou plutôt, il est un élément à lui seul. C'était au-delà du bien ou du mal. Comme il était impossible de dire si le feu était bien ou mal, tout comme l'eau. C'était comme ça. C'était juste ce que c'était.

You jump in front of my car when you
you know all the time that
ninety miles an hour, girl, is the speed I drive
you tell me it's alright, you don't mind a little pain
you say you just want me to take you for a drive

— Tu peux envoyer quelques SMS, Vanja ? Ce serait sympa que des gens fassent un saut, dit Maya avant de passer son bras autour des épaules de Tom. Viens, je vais te faire visiter, lui chuchota-t-elle pour bien lui signifier que cette proposition n'était adressée qu'à lui.

Elle ne voyait pas les regards noirs d'Oskar mais les sentait dans son dos. Une douleur brûlante mais agréable. Comme un bon whisky ou un alcool fort qui donne encore plus de piment à la sensation d'être. Tout cela lui faisait dire que la soirée s'annonçait bonne.

Les SMS de Vanja eurent des résultats. Les gens arrivèrent les uns après les autres. Et une sorte de pendaison de crémaillère s'improvisa dans l'atelier de Maya.

Tom connaissait quelques-uns des nouveaux venus. Il semblait maintenant tout à fait dans son élément. Elle trouvait qu'il se comportait bien. Il n'avait pas l'air de faire des efforts pour se trouver une place parmi les artistes.

Un petit groupe, dont Oskar et Ellen faisaient partie, poursuivirent leur discussion sur les différents aspects des photos de Maya et sur sa dernière exposition itinérante. Une série de photos sans artifices d'objets et d'êtres ordinaires. Une pierre, un arbre, une maison, un chien. Une personne, une ruelle, un mur. Des tranches de vie simples de la réalité physique. L'exposition s'appelait *No thing* et ce que Maya avait cherché à faire était de donner forme à l'unité et l'éternité sous-jacente des choses. Ne pas se concentrer sur les qualités descriptibles qui les rendent différentes mais sur la force transcendante qui les unit.

— Je crois que c'est ton travail le plus fort, dit Ellen. Comme je l'ai écrit dans la préface de ton catalogue d'expo : *C'est comme si un vent avait soufflé sur les photos et que tout s'était envolé, excepté la sensation d'existence et de dignité qui unit les choses et les êtres au plus profond d'eux.*

— J'ai vu cette expo à Oslo, ajouta Oskar. Je suis d'accord avec toi. J'y pense souvent. Une libération plane sur ces photos.

Maya lui adressa un sourire reconnaissant.

— C'est vrai ! s'exclama Vanja. Il y a tellement de niveaux.

Tom se tourna vers Maya et posa sa main sur son dos.

— Quelque chose dans ta manière de décrire la réalité m'amène à penser au désir, dit-il d'une voix basse. Le désir de se rencontrer en profondeur. De s'unir.

Elle sentait la chaleur de son corps. La présence des autres invités rendait l'excitation encore plus grande.

— L'union entre deux amants, lui chuchota-t-elle en retour, engendre sans doute des émotions aussi fortes parce que c'est la sensation de l'union ultime : celle entre notre nature la plus profonde et l'être éternel, lorsque nous mourons.

Il se pencha vers elle.

— C'est plutôt séduisant.

— Quoi donc ?

— Pour la mort, je vais attendre.

Il plongea son regard dans le sien. Elle ne répondit pas mais le fixa, elle aussi. C'était la meilleure étape. Quand rien n'était encore fait et que tous les chemins restaient ouverts.

Le lendemain, lorsque sa gueule de bois s'était un peu calmée et qu'elle s'était séparée de Tom avec la promesse qu'ils se reverraient la semaine suivante, elle s'installa dans son canapé avec son ordinateur et un mug de café.

Elle alla sur le site du musée d'Histoire culturelle vérifier les coordonnées et les horaires mais se garda bien de regarder des photos de la Fille aux airelles.

La première fois je veux la voir pour de vrai, se dit-elle.

Après plusieurs tentatives avortées, Nathalie était enfin décidée à aller jusqu'au bout. Elle allait prendre le sentier le long de la tourbière vers l'ouest et suivre les poteaux électriques jusqu'à l'endroit où tout avait commencé. Elle allait revenir en arrière. Il n'y avait pas d'échappatoire possible. C'était une pulsion. Pas même un choix.

Son sac à dos était rempli de nourriture. Si tout fonctionnait selon ses plans, elle serait de retour à la maison en début de soirée.

Elle ne voulait pas se dépêcher. Pour une fois prendre son temps. Créer un espace, une bulle où séjourner. Elle avait peur, bien sûr, mais bizarrement elle ne se sentait pas seule. C'était comme si quelqu'un ou quelque chose planait avec bienveillance au-dessus d'elle. Une présence qui la suivait comme une ombre. Ou plutôt, qui la guidait.

En bordure de la forêt poussaient des pins et aussi des trembles, des pommiers sauvages et de la bruyère. Sur le sol gisaient des pommes à moitié pourries qui avaient été perforées par des becs. Les choucas et les corneilles venaient souvent ici en croassant bruyamment.

De l'autre côté s'étendait la tourbière. Un vaste paysage jaunissant sous un ciel gris clair ; différentes nuances qui se mêlaient les unes aux autres. Et à l'horizon la silhouette sombre des conifères.

Comme un lac d'herbe et de tourbe.

C'était le tout début du processus de développement. À ce stade, il était évident qu'une tourbière n'était rien qu'un lac envahi par la végétation. Les arbres se montraient encore rares et le sol était constitué de grandes touffes d'herbes et de mares sournoises. Traverser ce genre d'étendue sauvage était un vrai défi. En revanche, à distance, le paysage était onirique, presque attirant.

Elle s'était imaginé une végétation plus importante, même si elle savait que le processus était exceptionnellement lent dans les tourbières de ce type. Depuis toutes ces années, le paysage avait à peine changé. Tout était comme dans ses souvenirs. À l'époque où elle y passait quasiment tout son temps.

Un peu plus loin, la tourbière débouchait sur un lac ouvert. Lorsqu'elle était enfant, elle avait un jour trouvé un objet dans le fond. Ça s'était révélé être une fibule datant de l'âge du fer. Une sorte d'agrafe en métal pour les vêtements et qui, quelques centaines d'années plus tard, serait remplacée par des boutons.

Cette découverte avait éveillé son intérêt pour les gens de cette époque. Elle se souvenait qu'elle avait eu l'impression d'avoir un peu la même vie qu'eux – parce qu'elle habitait au même endroit qu'eux, qu'elle marchait sur la même terre, qu'elle voyait le soleil parcourir le même chemin dans la voûte céleste, qu'elle suivait les changements de saisons dans ce même paysage instable.

Elle s'était sentie transpercée par une sensation. Au plus profond de son âme.

Elle ferma les yeux et laissa les souvenirs remonter à la surface. Sa mère biologique, Jessica, avait remarqué son nouveau centre d'intérêt. Elle avait alors emprunté à la bibliothèque un livre sur un garçon vivant à l'âge du fer et elle lui en avait fait la lecture. Dans le récit, l'enfant était mis en garde contre les dangereux marécages que l'on disait être le repaire de toutes sortes de créatures mystiques.

Sa voix. La voix de sa mère quand elle lisait. *Elle l'aimait tant.*

Le garçon habitait dans une maison au centre d'un petit village composé de plusieurs fermes. Dans une partie du logement se trouvait un grand foyer où la famille se rassemblait, entourée des cochonnets, des poules, des chiens et des chats. Les animaux aidaient à maintenir la chaleur à l'intérieur. Même les bêtes plus grosses comme les vaches, les chevaux, les moutons et les cochons vivaient sous le même toit mais dans la partie voisine.

Nathalie avait harcelé ses parents pour qu'ils aient, eux aussi, des cochons dans la maison. Ou au moins des poules. Elle avait finalement eu droit à une perruche. De couleur bleu ciel avec la poitrine blanche qu'elle avait baptisée Jackie. « Maintenant on est quatre dans cette famille », avait-elle joyeusement déclaré à ses parents. Elle avait toujours voulu une grande famille. Elle rêvait d'avoir une sœur. Une grande sœur.

Au bout de quelques jours, l'oiseau lui avait blessé l'index de la main droite. Et, quelques semaines plus tard, il s'était envolé par une fenêtre ouverte et n'était jamais réapparu. Nathalie n'avait jamais réussi à s'enlever de la tête qu'il s'était enfui.

L'histoire se terminait par des offrandes aux dieux. Afin que la récolte soit bonne ou qu'ils gagnent sur le champ de bataille. Ou en remerciement pour leur victoire. Dans les tourbières les plus proches, ils jetaient de la nourriture, des outils, et des objets précieux.

Et parfois, ils sacrifiaient des êtres humains.

Elle n'allait pas tarder à arriver à l'endroit où ils avaient vécu ensemble, ses parents et elle. Jessica, Jonas et Nathalie.

La maison était-elle encore là ? Était-elle habitée ?

Elle passa devant l'énorme chêne renversé qui se trouvait en bordure du sentier. La base s'élevait comme un mur et de grosses racines pointaient dans toutes les directions. Elle avait été si heureuse le jour où elle avait réussi à grimper dessus et à s'asseoir sur le tronc. Elle avait eu l'impression d'être assise sur le toit du monde.

Maintenant elle était tout près.

Elle continua à avancer.

Jusqu'à ce qu'elle se trouve devant la maison.

Les fenêtres la fixaient de leur regard vide. Quelques-unes étaient intactes, d'autres cassées.

Elle ne s'attendait à rien de particulier de ce moment parce qu'elle n'avait jamais réussi à se le représenter. En fait, revenir ici un jour ne lui avait même pas effleuré l'esprit.

La maison était abandonnée.

Le jardin enseveli sous les feuilles mortes.

Pour ses parents, l'automne avait toujours été la meilleure période de l'année. Sa mère ratissait la terre du jardin pendant des heures. Elle enfilait des vêtements larges et confortables et chantonnait *Billie Jean* ou *Man in the Mirror* tandis que son père, la casquette à l'envers et solidement campé devant le tonneau de mauvaises herbes, se moquait gentiment d'elle. Elle se souvenait de ses cheveux clairs peignés en arrière qui lui tombaient sur les épaules. Il adorait brûler les mauvaises herbes du jardin et les regarder partir en fumée vers le ciel. Comme si chaque automne portait en lui de nouvelles possibilités.

Et la maison. À cette époque-là, la boiserie gris clair était régulièrement repeinte. Elle se souvenait de l'odeur de la térébenthine. Aujourd'hui, une couche de poussière recouvrait la maison. Une épaisse pellicule de saleté noire bordait chaque fenêtre. L'allée gravillonnée qu'ils avaient créée ensemble, avant que sa mère perde son travail au salon de coiffure, n'était presque plus visible. Le gravier rosé et scintillant avait été aspiré par le sol. Englouti. Disparu.

Nathalie s'efforça de reprendre son souffle. Elle avait oublié de respirer. Son regard se brouilla et elle s'accroupit un instant pour ne pas tomber à la renverse. Elle resta immobile. À attendre que le sang se remette à circuler dans ses veines.

À attendre que tout remonte à la surface.

Au bout d'un moment elle se releva, les jambes chancelantes, et s'approcha lentement de la maison.

Manifestement, elle était vide. Personne ne semblait y avoir vécu après eux. Elle ignorait si elle trouvait ça normal ou triste. Un tremble tournait ses doigts fins vers la fenêtre de son ancienne chambre. Des ronces recouvraient la totalité de la fenêtre de la cuisine. Et dans la cour – était-ce possible ? – se trouvait encore la vieille Volvo noire familiale.

Elle s'avança vers la voiture. Une vitre était cassée. Les sièges étaient déchirés et couverts de saletés. Des chats sauvages l'avaient probablement utilisée comme abri contre le vent et la pluie.

Elle fut assaillie par les souvenirs. Maman et papa. C'était comme s'ils étaient encore là, comme s'ils existaient toujours. Dans ce lieu. Elle les voyait se déplacer dans le jardin. Légers comme l'air. Des formes en apesanteur. Ils entraient et sortaient de la maison. Ouvraient une fenêtre. Fermaient une porte.

Son ancienne vie défilait devant ses yeux. Tout lui semblait si étranger et en même temps si familier. L'hiver avec les skis sur le toit de la voiture. L'été en route pour une baignade dans le lac, le dos en sueur et une glace dégoulinante dans la main. La grande banquette arrière de la Volvo. Son envie d'avoir une sœur à côté d'elle. Son père au volant. Sa mère qui n'arrêtait pas de se retourner pour s'assurer que tout allait bien. Ses cheveux blonds et courts. Son regard vif.

La voiture était là. Elle s'était toujours trouvée là. Comme si elle l'attendait.

C'est à l'intérieur d'elle qu'elle s'était réfugiée ce fameux soir. D'abord elle avait appelé les secours et ensuite elle était sortie s'asseoir dans la Volvo où la police l'avait retrouvée.

La portière arrière grinça et sortit de ses gonds lorsqu'elle l'ouvrit.

Chaque mouvement la faisait souffrir. Chaque respiration était comme une entaille. Lentement, elle s'installa dans l'habitacle. Elle enleva quelques brindilles sur le siège et s'assit.

Les bourdonnements dans ses oreilles. Le présent qui se vidait d'air, le temps qui essayait de reprendre son souffle. Elle s'affala contre le dossier, ferma les yeux et laissa l'environnement la scruter. Les chats rôdaient autour d'elle. Les insectes se faufilaient sous ses pieds. Le vent la reniflait.

Elle avait dû s'endormir.

Des cognements la réveillèrent. Une main contre la carrosserie. Dans la réalité physique.

Un visage. Elle le reconnut aussitôt.

— Göran, chuchota-t-elle.

Sa main était posée sur le toit de la voiture. Il dut se plier en deux pour la voir. Ses cheveux étaient maintenant grisonnants et son visage ridé mais ses yeux étaient les mêmes. Perçants, chaleureux, accueillants.

— Nathalie ! s'exclama-t-il. Merde alors. Je me demandais quand tu reviendrais.

3

Les hommes des tourbières. C'est ainsi qu'on appelait les êtres humains qui, à l'âge du fer, avaient été enterrés dans la tourbière et dont la peau, les cheveux, les ongles et les vêtements avaient été épargnés dans des degrés différents de décomposition.

À cette époque, on brûlait les morts. La question était donc de savoir pourquoi certains avaient fait exception à la règle. Une des théories était qu'ils avaient été sacrifiés pour satisfaire les dieux dans le but d'apporter le succès ou au moins de maintenir le malheur à distance. Selon d'autres théories, ils avaient commis un crime ou un péché d'après les valeurs de l'époque, comme l'infidélité ou peut-être l'homosexualité. Mais la science était imparfaite et, dans certains cas, davantage basée sur des suppositions et des a priori que sur la recherche.

De tout temps, un nimbe de mystère avait plané sur la tourbière et c'était donc tout naturellement que le lieu se prêtait aux rituels et à la communication avec l'au-delà. Plus tard, la tourbière fut considérée comme le lieu de sépulture idéal pour les marginaux et les exclus. Une terre pauvre en nutriments et inutilisable à la lisière aussi bien de la société que de la conscience humaine. De plus, un endroit où on venait rarement parce qu'il n'y avait rien à y faire.

Un prêtre en Allemagne au Moyen Âge, considérant que la tourbière était l'enfer lui-même, avait refusé d'enterrer un homme qui s'y était noyé.

Celui que la tourbière prend est en contact avec le diable, tel était son argument.

Après avoir fait pas mal de recherches en solitaire, Maya avait pris rendez-vous avec Samantha Olofsson, archéologue au musée d'Histoire culturelle de Karlstad où était exposée la Fille aux airelles. Maya lui avait téléphoné et expliqué la raison de son appel : elle était artiste et intéressée par la tourbière comme lieu mystique et, en particulier, par les hommes des tourbières en tant que phénomène historique.

Le musée était situé au bord de l'eau. Une annexe peinte en rouge de Falun jouxtait la partie originelle qui, elle, était de style antique. Le musée ne se trouvait pas loin de l'ancien restaurant-dancing Sandgrund où l'artiste Lars Lerin exposait aujourd'hui ses œuvres et parfois celles des autres.

Samantha Olofsson était une femme dans la soixantaine aux cheveux d'un blanc éclatant. Elle portait une longue tunique blanche et était visiblement contente de pouvoir partager ses connaissances.

Maya remarqua tout de suite ses boucles d'oreilles. De grands anneaux en cuir et en fil torsadés. Une variante grossière de l'artisanat classique same, se dit-elle.

Samantha nota son regard.

— C’est du fil d’étain et de la peau de renne, expliqua-t-elle en touchant une de ses boucles. De l’artisanat same.

Maya sourit.

— Bon, commençons. J’aimerais d’abord vous poser une question, dit Samantha. Connaissez-vous une seule culture dans l’histoire du monde qui n’ait pas eu une relation avec le monde des esprits ?

— Éventuellement notre propre culture, répondit Maya.

Samantha éclata d’un rire sonore.

— Non, il n’existe aucune culture ni aucun peuple connus ayant vécu sans une telle relation. De tout temps les êtres humains ont, d’une manière ou d’une autre, eu un rapport avec une autre dimension. À différents niveaux, nous avons été guidés par l’idée d’un au-delà. Nous avons vénéré et sacrifié. C’est une des choses qui unissent les hommes depuis toujours. Avec cette exposition, la volonté du musée est de donner un exemple des différentes expressions que cette relation a pu prendre à l’âge du fer dans notre partie du monde.

L’exposition occupait deux salles faiblement éclairées. Des vitrines comprenaient quelques objets que l’on supposait être des offrandes : une paire de bâtons en noisetier, quelques bijoux cassés et une poterie dont la fonction était inconnue. Des hauts-parleurs diffusaient une musique mystique et des bruits de nature. Sur de grands écrans étaient projetés des dessins expliquant à quoi avaient pu ressembler les gens à l’âge du fer ainsi que leur environnement.

La Fille aux airelles était présentée derrière une grande vitrine dans un coin plus sombre encore. Elle n'était pas du tout telle que Maya se l'était imaginée. Son corps était un puzzle de morceaux gris réassemblés. Elle était recroquevillée dans de la matière organique censée représenter de la tourbe. Les tissus de son visage étaient pratiquement inexistants. La seule chose à être relativement bien conservée était ses cheveux. Elle portait une tenue en laine marron en partie déchirée avec une lanière en cuir tressée autour de la taille. Une amulette ovale en or qu'elle avait dû porter autour du cou était exposée dans une petite vitrine à côté.

— La contribution de la Suède à l'histoire lorsqu'il s'agit des hommes des tourbières est particulièrement limitée, dit Samantha. Par rapport aux découvertes importantes faites en Europe, la Fille aux airelles est à considérer comme un élément périphérique. En revanche, en Suède, elle est absolument unique.

Les autres hommes des tourbières suédois étaient plus récents. L'homme de Bocksten datant du Moyen Âge, par exemple, avait été mis au jour dans une tourbière à Varberg. Mais, parce qu'il ne restait d'eux que leurs squelettes, ces cadavres n'étaient pas considérés comme de « vrais » hommes des tourbières. Lorsqu'on avait donné son nom à la Fille aux airelles, c'était en réalité un clin d'œil à leur adresse. En 1943, le squelette vieux de cinq mille ans de la Fille aux framboises avait été découvert, lors de la mise en exploitation d'une tourbière à l'extérieur de Falköping. Les seules « parties molles » qui avaient été conservées étaient des pépins de framboises bien mûres qui semblaient avoir été son dernier repas.

— La Fille aux airelles était en bon état quand elle a été trouvée, expliqua Samantha. Malheureusement, trop de temps s'est écoulé avant qu'on ne s'en occupe avec les précautions qui s'imposaient. L'exposition à l'air détruit ce genre de découvertes. Les corps peuvent conserver leur état initial dans le sol pendant des milliers d'années mais, à l'air libre, ils s'altèrent en un rien de temps. Il est donc important d'agir rapidement.

Un pieu en chêne traversait les vêtements et ce qui restait du corps. Sans doute une reconstitution pour tenter de comprendre de quelle manière la Fille aux airelles avait été positionnée.

— On pense que la fonction du pieu était d'empêcher le corps de remonter à la surface. Ou alors c'était pour des raisons de superstition, dit Samantha.

— Par exemple ? demanda Maya.

— Empêcher les gens enterrés de revenir.

— Est-ce que ça a un rapport avec les vampires qu'on tuait en leur plantant un pieu en bois dans le cœur ? demanda Maya.

— Non, rien ne l'indique.

Sur un dessin, on voyait un homme et une femme s'entraider à enfoncer un pieu dans un corps qui se trouvait au fond d'un trou.

— Nous sommes très fiers de notre Fille aux airelles, poursuivit Samantha. Mais nous sommes bien loin des formidables découvertes de nos collègues au Danemark, par exemple. Êtes-vous allée au musée de Silkeborg ? Là où est exposé l'Homme de Tollund ?

Maya fit non de la tête. Samantha regarda la Fille aux airelles.

— Venez, dit-elle. Je vais vous montrer quelque chose.

Elle conduisit Maya dans un petit bureau, baissa le store et alluma un projecteur. Un carré de lumière apparut sur un écran fixé au mur en face d'elles.

Samantha lui raconta l'histoire de l'Homme de Grauballe et celle de la Femme de Huldremose avec une telle passion que ça ressemblait à de la joie.

Concernant l'Homme de Tollund, elle expliqua que sa barbe longue de quelques millimètres était encore intacte après plus de deux mille ans. Quant à la Jeune Fille de Windeby, découverte en 1947 dans des marais en Allemagne, ses yeux étaient masqués par un bandeau en fils de laine tressés, tellement serré autour de sa tête qu'il s'était incrusté dans l'arête de son nez et dans son cou. Son crâne avait été rasé d'un côté, sans doute le signe qu'elle avait commis un crime.

— Beaucoup supputaient qu'elle avait été exécutée pour adultère, chuchota Samantha dans l'obscurité. Et qu'elle avait été emmenée dans la tourbière les cheveux rasés et les yeux bandés pour y être noyée.

Quelques jours après avoir déterré la Jeune Fille de Windeby, on avait trouvé le cadavre d'un homme à quelques mètres de là. La découverte semblait confirmer la théorie de l'adultère. Les deux jeunes gens avaient dû former un couple dont l'histoire d'amour s'était brutalement arrêtée. À l'époque de cette découverte, l'archéologie allemande était marquée par l'idéologie nazie. Avec à sa tête le chef des SS, Heinrich Himmler, elle s'était servie des hommes des tourbières allemands pour prouver que le peuple germanique avait de tout temps supprimé les individus socialement déviants.

Des recherches plus récentes avaient montré que la jeune fille était en réalité un garçon et que les deux personnes déterrées n'avaient même pas vécu à la même époque. Le bandeau sur les yeux était peut-être un serre-tête qui avait glissé et les « cheveux rasés » s'étaient en réalité décomposés.

— Mais qu'est-ce qui fait que la conservation soit si bonne ? demanda Maya.

— D'une part, c'est dû au fait que la tourbe est pauvre en oxygène, ce qui empêche la décomposition bactérielle. Et aussi à son acidité. Lorsque la sphaigne meurt, elle sécrète une substance qui se transforme en un humus brun acide qui, entre autres, lie le calcium et l'azote.

Elle repoussa avec sa main une mèche de cheveux qui était tombée sur son visage.

— Lorsque le calcium est éliminé d'un corps mort, le processus de décomposition des bactéries ne peut pas s'enclencher. Et l'azote qui reste mène même, à la longue, au tannage de la peau selon une série de réactions chimiques complexes, expliqua-t-elle. En fait, on peut dire qu'il y a en gros trois facteurs décisifs pour une bonne conservation : la température de la tourbière ne doit pas dépasser les quatre degrés lorsque le corps y est plongé sinon il commence aussitôt à se décomposer. Le corps doit se trouver suffisamment en profondeur pour que les bêtes sauvages ne puissent pas l'atteindre. Le corps doit tout de suite être recouvert de tourbe.

Samantha hocha la tête en souriant, comme pour confirmer l'information qu'elle venait de donner.

— Mais il faut aussi savoir que les conditions sont différentes d'une tourbière l'autre. Il n'y en a pas deux semblables.

— Mais la Fille aux airelles, demanda Maya, pourquoi est-elle un *élément périphérique*, comme vous l'avez dit ?

— Probablement parce qu'elle n'est ni bien conservée ni bien restaurée, mais il y a sans doute aussi d'autres facteurs.

Samantha expliqua que la plupart des corps avaient été découverts au cours de l'après-guerre, alors que le manque de charbon et d'autres sources d'énergie avait mené à l'exploitation des tourbières. Généralement, les corps étaient pris par erreur pour des victimes récentes. En Angleterre, un homme avait avoué avoir tué sa femme disparue lorsqu'il avait été confronté à un des corps exhumés. Mais, par la suite, ce corps s'était révélé être vieux de plus de deux mille ans.

Le rythme d'exploitation des tourbières avait diminué significativement en même temps que l'extraction manuelle, laissant place à la mécanisation. Le nombre de découvertes avait alors décliné tout comme l'intérêt qu'on leur portait.

— Lorsque la Fille aux airelles fut découverte au début du XXIe siècle, l'intérêt pour les hommes des tourbières avait donc considérablement baissé, conclut Samantha d'une voix sombre tout en regardant Maya dans la pénombre. Mais ça ne veut pas forcément dire qu'il n'y a pas d'autres cadavres à déterrer. Ça signifie simplement qu'on ne les a sans doute pas encore trouvés.

Chez Göran Dahlberg rien n'avait vraiment changé. L'intérieur était aussi bohème et bourré d'objets que dans ses souvenirs. En revanche, tout était propre et ordonné.

La salle de séjour aux hauts murs se terminant en voûte était tapissée de livres. Deux ventilateurs fixés au plafond tournaient paresseusement. Dans un coin il y avait un canapé et un fauteuil en cuir sombre. Les stores vénitiens en bois étaient à moitié baissés devant les grandes fenêtres.

— J'aimais tellement être ici, dit Nathalie en s'asseyant dans le fauteuil.

— Et moi, j'aimais tellement que tu sois là.

Un silence s'ensuivit.

— Tu m'as beaucoup manqué. C'est toi qui m'as le plus manqué, lui sourit Göran.

— J'ai souvent pensé venir te voir, mentit-elle.

Göran fit un geste expéditif de la main.

— Je comprends très bien que tu n'aies pas eu envie de remettre les pieds ici.

Soudain elle se sentit au bord du précipice. Comme si elle avait été emmenée ici pendant son sommeil et qu'elle ouvrait les yeux seulement maintenant alors qu'elle se trouvait face au gouffre.

Qu'est-ce que je suis en train de faire ? pensa-t-elle. Comment je vais gérer ça ?

— Mais toi, tu es resté ici toutes ces années ? se contenta-t-elle de dire.

— C'est moi qui ai racheté votre maison. Tu es au courant, non ?

Elle secoua la tête. Harriet lui avait appris que quatre-vingt mille couronnes étaient arrivées sur son compte après la vente de la maison mais elle ne s'était jamais souciée de savoir qui était le nouveau propriétaire.

— Pourquoi ? Pourquoi as-tu racheté la maison ?

— Je ne pouvais pas m'imaginer quelqu'un d'autre dedans. Je préférais voir l'endroit s'endormir. J'espère que tu ne trouves pas ça bizarre.

— Je… je m'en fiche. Je m'en fiche vraiment. Je suis passée à autre chose. Réellement.

— Et pourtant je te retrouve dans la voiture ? lui dit Göran en la scrutant. Comment vas-tu ?

— Je ne sais pas. Je suppose que je réfléchis à des choses. À des choses que je n'ai pas réussi à lâcher, malgré tout.

Se retrouver chez son ancien voisin, en tant qu'adulte, était une sensation étrange. Elle aurait préféré réaliser que tout était terminé, que des tonnes d'eau avaient coulé sous les ponts de l'enfance. Mais c'était plutôt le contraire qui se produisait. Assise dans la maison de Göran, elle prenait conscience que, pendant toutes ces années, l'eau s'était en fait figée. Qu'elle avait attendu son retour pour dégeler. Qu'elle avait attendu qu'elle y replonge les pieds pour s'animer.

Elle raconta à Göran qu'elle avait fait des études de biologie et lui parla ensuite de sa thèse.

— Sur les marécages ? répéta-t-il, un petit sourire aux lèvres. Choix de sujet intéressant pour quelqu'un qui vient de la région…

Elle lui fit un sourire hésitant en réponse, pas certaine de comprendre ce qu'il insinuait. Elle lui expliqua qu'elle avait loué la petite maison appartenant au Manoir de la Tourbière.

Le vrai sujet qu'ils auraient dû aborder restait suspendu au-dessus d'eux. Aucun des deux ne voulait l'évoquer, redoutant sans doute les conséquences.

— Ce n'est pas le premier, dit finalement Göran.

— Quoi ?

— Tu sais bien ce que je veux dire. Celui à qui tu as sauvé la vie.

— Comment tu le sais ?

— Je parle avec les gens, Nathalie. Et je lis les journaux. Je sais additionner deux plus deux. Ce n'est pas le premier, répéta-t-il d'une voix grave. Et tu le sais, toi aussi.

Nathalie le dévisagea.

— Il a eu de la chance, poursuivit Göran. Que tu le retrouves. Mais, depuis que tu es partie, beaucoup de gens ont disparu.

Il tourna la tête vers la fenêtre et resta un moment silencieux à regarder dehors.

— Plus que d'ordinaire, en fait.

Au moment où Maya s'installait au volant de sa voiture pour partir du musée, son portable bipa. C'était un SMS de Tom. Il la remerciait pour la veille et citait le critique d'art John Berger.

The relation between what we see and what we know is never settled. Each evening we see the sun set. We know that the earth is turning away from it. Yet the knowledge, the explanation, never quite fits the sight.

To be desired is perhaps the closest anybody in this life can reach to feeling immortal.

Elle supprima le message et décida de lui répondre plus tard, lorsqu'elle se sentirait moins fatiguée.

Ils s'étaient revus chaque fois selon à peu près le même scénario. Il arrivait chez elle vers dix-huit heures et ils faisaient une promenade jusqu'à l'Abattoir, un restaurant non loin du quartier de l'usine.

Le restaurant n'avait que cinq tables. Il était installé dans un hôtel fraîchement rénové qui, dans le temps, était un abattoir. Le bâtiment s'inscrivait dans le courant fonctionnaliste et toute la décoration d'intérieur s'en était inspirée. Le menu proposait un plat unique. Une assiette végétarienne, comme pour conjurer l'histoire du lieu.

Ils mangeaient, buvaient, se plongeaient dans des discussions métaphysiques puis rentraient à pied. Et, chaque fois, Tom dormait chez elle. C'était très agréable. Réellement. Mais une sorte de frustration impalpable avait commencé à se faire ressentir. Au lit, c'était de plus en plus tendu, et le manque d'inspiration se faisait sentir.

Maya souffrait de le voir déployer autant d'efforts pour que ce qui était en train de se passer ne se passe pas, pour que leur relation ne perde pas de son intensité. Mais tout le mal qu'il se donnait avait l'effet inverse. Il devenait obséquieux et son acuité intellectuelle perdait de sa force, se transformait en une attitude à la fois mal assurée et volontariste. Il faisait tout pour qu'elle reste. Pour qu'elle ne parte pas nager dans d'autres eaux.

La veille, la discussion avait tourné autour de la critique par Schopenhauer de l'idéalisme transcendantal de Kant. Elle ne se souvenait pas s'ils en étaient arrivés à quelque chose d'intéressant, en revanche, elle salivait encore en repensant au plat qu'elle avait mangé : du chou rouge gratiné farci au fromage de chèvre, aux épinards parfaitement épicés, le tout saupoudré de noix hachées. En dessert, on leur avait servi un parfait au cassis suivi d'un vieux cognac français que le patron avait acheté lors d'un voyage d'agrément l'été précédent.

Au volant de sa voiture, ses pensées partirent dans d'autres directions. La radio diffusait *Für Alina* d'Arvo Pärt. D'abord quelques mesures en guise d'introduction puis deux minutes de composition d'une absolue perfection. C'était le silence entre les notes qui était important. L'espace entre les molécules de la musique. Ce vide si chargé.

La musique d'Arvo Pärt incarnait ce dont devait découler toute forme de bonne création artistique : la présence silencieuse. L'existence intemporelle. L'espace intime de chaque être humain. Ce que chacun ressentait dans le silence entre les notes de ses compositions.

Pour elle c'était le *rien*.

Ce qui n'*était* rien. Et non ce qui n'était *rien*. Un vide alerte comparable à une ouverture et non à une solitude. Tout. Et Rien. À la fois. Une seule force vitale d'espace qui s'exprimait à travers des formes constamment variables dans le monde physique et dotée sans qu'il soit possible d'en douter à la fois d'humour et d'une prédilection pour la diversité. À titre d'exemple, il existait trois cent cinquante mille sortes différentes de scarabées. Certains étaient munis de pattes arrière puissantes qui leur permettaient de faire rouler des boulettes d'excréments, d'autres possédaient de grandes cornes frontales ou encore des antennes en éventail.

Ces expressions physiques n'étaient, selon elle, que la couche superficielle de la réalité, un voile changeant de diversité apparente qui cachait en fait la réalité fondamentale. Dans le mysticisme hindou, ce voile était appelé Maya, et c'est de là qu'elle avait tiré son nom d'artiste qui était en train de remplacer son vrai prénom, Magdalena.

Elle pensa à ces formes physiques qu'elle avait vues au musée. Les hommes des tourbières. Ils reposaient dans l'éternité de la terre tandis que le temps au-dessus d'eux changeait. Aujourd'hui, ils se retrouvaient dans des vitrines hermétiques, à la fois vidés de toute vie et protégés de leur nature éphémère. Au fond, l'être humain n'était pas *ça*. Ça lui semblait si évident.

C'est exactement ce qu'elle ressentait lorsqu'elle voyait un corps mort. Chaque fois, elle voulait crier aux proches désespérés : *Attendez, vous ne comprenez pas ? C'est juste son corps qui est mort !*

Et, en même temps, le respect exprimé devant le corps particulier, devant ce scintillement particulier dans l'éternité, aussi sacré que toutes les autres formes autour de nous qui s'élèvent et qui chutent, qui s'allument et qui s'éteignent.

Si nous savions combien nous brillons.

Lorsqu'elle arriva chez elle, le jour était en train de décliner. Elle descendit de voiture et traversa lentement son jardin. En l'espace de quelques jours, les deux châtaigniers avaient perdu presque toutes leurs feuilles, qui formaient un prodigieux tapis doré sur l'herbe. Elle regarda le sol un long moment, se demandant si elle allait les laisser se décomposer ou faire appel à quelqu'un pour les enlever. Avoir une maison et un jardin était pour elle une expérience nouvelle. Elle n'était pas préparée à tout ce qui arrivait.

Elle se laissa tomber sur un vieux banc à l'angle de la maison et pensa à tous les ouvriers qui avaient dû s'asseoir à cette même place au fil du temps, prenant peut-être leur pause ici au soleil avant de retourner travailler dans l'atelier de mécanique. Du pouce, elle fit tourner la bague qu'elle portait au majeur. C'était le cadeau d'un ami qu'elle avait reçu de nombreuses années auparavant. Un serpent en argent qui s'enroulait autour de son doigt jusqu'à la jointure.

Le serpent t'a mordue, Maya. Tu ne seras plus jamais la même. Dorénavant, tu seras celle que tu es aujourd'hui, celle que tu as toujours été.

Elle sentit quelque chose s'ouvrir en elle. Son cerveau fut soudain en état d'éveil. Toutes les impressions de la journée se mirent à la traverser. Les histoires autour des marécages et des pieux. Elle avait l'impression d'entendre le bruit des coups se propager en elle. Pourquoi pensait-elle à ça ? D'où lui venait cette idée ? Qu'est-ce que ça signifiait ? Les coups des masses enfonçant les pieux résonnaient dans tout son corps.

Bang, bang, bang.

L'instant d'après, elle comprit ce que son esprit cherchait à lui dire.

Les pieux.

Quand elle s'était promenée dans la tourbière pour prendre des photos, elle avait trébuché sur quelque chose qui sortait du sol et elle était tombée dans l'eau de tout son long. Ce n'était ni une racine ni une branche mais un objet plus dur.

Plus comme un pieu.

Cette pensée avait mis plusieurs heures à se former dans sa tête et remontait enfin à la surface. Maintenant qu'elle était là, Maya n'avait pas la patience d'attendre. La patience n'avait d'ailleurs jamais été son fort. Il lui fallait une réponse tout de suite.

La Fille aux airelles avait un pieu enfoncé dans le corps depuis plus de deux mille ans.

Elle se leva et se rendit aussitôt dans son garage. Avait-elle des outils ? Elle s'avisa qu'elle n'avait même pas jeté un œil à ce que les anciens propriétaires avaient laissé.

Dans un coin étaient rangés quelques râteaux, une fourche, une hache et… Voilà. Une pelle. Elle l'attrapa et se dépêcha de rejoindre sa voiture.

Un quart d'heure plus tard, elle se garait dans le parking de la tourbière.

Ses yeux bougeaient sous ses paupières fermées et Nathalie vit que sa lèvre supérieure tremblait légèrement. Elle était assise à son chevet depuis maintenant deux heures.

La mère de Johannes avait établi un planning afin qu'il y ait toujours une personne à côté de lui. Quelques amis de l'école avaient aussi proposé leur aide.

Elle avait semblé à la fois inquiète et soulagée lorsqu'elle avait expliqué qu'il n'y aurait pas d'opération. Les médecins avaient dit qu'il n'y avait qu'à attendre que l'œdème cérébral se résorbe et que Johannes se réveille, en espérant qu'il n'ait aucune séquelle.

Pendant ce temps, les médecins contrôlaient sa température, son bilan hydrique, son bilan sodé, sa fonction rénale, sa fonction pulmonaire, sa circulation sanguine, et mesuraient les taux d'oxygène et de gaz carbonique contenus dans le sang artériel afin de vérifier que les organes avaient tout ce dont ils avaient besoin.

La routine de Nathalie consistait à passer trois heures trois jours par semaine dans la chambre numéro onze au service de réanimation de l'hôpital de Karlstad.

Les premiers jours, elle resta silencieuse à le regarder, assise sur sa chaise à côté du lit. Il lui arrivait de se lever, de se poster devant la fenêtre et de regarder le parking pendant un moment avant d'aller se rasseoir. De temps en temps, une infirmière entrait pour changer le goutte-à-goutte ou mettre Johannes dans une autre position. Elle se déplaçait alors dans la pièce comme une créature muette sans demander la moindre attention, comme pour préserver l'intimité entre le patient et son visiteur.

Au bout de quelques jours, le silence de Nathalie s'était épuisé. Elle n'y arrivait plus.

— On n'a même pas eu le temps de se connaître, lui chuchota-t-elle comme un début de conversation. Mais j'aime beaucoup être avec toi.

Elle n'entendait que le bruit des appareils de part et d'autre du lit.

— Il n'y a pas beaucoup de gens avec qui je me sens bien.

Elle déglutit.

— Vraiment pas beaucoup.

Après cela, elle ne sut pas quoi dire. Elle se mit alors à lui expliquer ce qui s'était passé, pourquoi il était allongé dans cette chambre d'hôpital, l'endroit où elle l'avait retrouvé inconscient, la tombe qu'elle avait vue et qui avait ensuite disparu.

— La police ne comprend rien…, soupira-t-elle. J'ai rencontré un vieil ami, un homme de la région. Il m'a dit que je t'avais sauvé de…

Elle ferma les yeux et se laissa aller contre le dossier de sa chaise.

— Oh, Johannes, tu n'as pas idée. Il dit que depuis toujours des gens disparaissent dans la tourbière. Que toi aussi tu aurais dû…

Elle le regarda. Son visage, son front, sa peau pâle.

— Tes amis, poursuivit-elle, parlent d'une fête pour quand tu sortiras. Mais tu es déjà peut-être au courant. Ils sont là presque tous les jours.

Puis elle raconta que son travail avait bien avancé après les mesures qu'ils avaient prises ensemble. Elle repensa à l'intérêt qu'il avait montré à sa recherche. Mais était-ce réellement le cas ? Il avait paru si sincère.

— Est-ce que je t'ai dit qu'on pouvait apprendre l'âge des différentes couches de marécage en analysant des graines ? Une fois, j'ai trouvé des graines datant de l'âge du fer. Le fait est qu'on peut estimer l'âge d'objets enterrés dans la tourbière en identifiant les pollens se trouvant dans les mêmes couches de tourbe. Si on peut déterminer la végétation, on peut aussi établir la période climatique de la découverte, ce qui nous conduit à connaître l'époque. Bien que la datation par le carbone 14 soit plus précise.

Elle se tut un moment.

Pourquoi je te raconte tout ça ? Toi qui as failli mourir dans les marécages et qui luttes encore pour t'en sortir ?

Elle se pencha vers lui et baissa la voix jusqu'à ce qu'elle ne soit plus qu'un chuchotement.

— Johannes, je ne te l'ai jamais dit, mais j'ai grandi ici, près de la tourbière. J'ai habité dans une des maisons qui l'entourent jusqu'à l'âge de douze ans. J'aimerais te raconter comment c'était, comment c'était vraiment. J'aimerais aussi te raconter ce qui se passe réellement là-bas.

Maya sortit sur le parking désert et silencieux. Elle mit sa lampe frontale, ramassa la pelle dans le coffre et partit en direction de la forêt.

Elle emprunta le même chemin que la fois précédente. D'abord le parcours sportif, puis le caillebotis traversant la tourbière en passant par l'endroit où l'étudiant en art avait été trouvé. Un voile de brume dansait devant ses pieds.

L'empressement l'aveuglait, elle le sentait au fond d'elle. Elle n'aurait pas dû être ici. En tout cas, pas toute seule et à la nuit tombée. Pas après ce qui s'était passé. Mais elle ne pouvait pas s'en empêcher.

Elle voulait essayer de retrouver ce qui l'avait fait trébucher. Au moment où ça s'était passé elle s'était dit qu'il s'agissait d'une branche ou peut-être d'une racine mais elle avait maintenant l'intuition qu'elle s'était trompée, que c'était autre chose. Il fallait d'abord qu'elle repère le petit pin qui ressemblait à un bonsaï. Petit et noueux avec une cime toute plate. Elle l'avait eu dans son champ visuel au moment où elle était tombée et qu'elle s'était ensuite retrouvée étendue par terre, s'en voulant de ne pas avoir été plus attentive.

Au clair de lune, l'endroit était très différent. Les ombres du soir n'avaient rien à voir avec celles de la journée, bien sûr. Elles changeaient les proportions, les déformaient.

Elle quitta le chemin et pénétra dans la tourbière. De loin, le sol herbeux s'apparentait à une nappe souple et ondoyante mais en marchant dessus la sensation était très différente. Il fallait lever bien haut les jambes pour réussir à avancer à l'aide des touffes d'herbes dures de plus de cinquante centimètres sans mettre les pieds dans l'eau. Au bout d'à peine une minute, elle était hors d'haleine. Les touffes se déformaient sous ses pas, comme si elles voulaient s'échapper, comme si elles refusaient qu'on les piétine.

Elle s'arrêta pour reprendre son souffle et récupérer puis elle se remit en route en direction d'une zone où les arbres se faisaient plus rares et où le sol semblait plus stable. Elle s'accroupit un instant afin de se reposer un peu. Ce lieu n'a rien de particulier, essayait-elle de se persuader. C'est juste une tourbière ordinaire.

Mais des phrases qu'elle avait lues ces derniers temps lui revenaient. Sur la tourbière qui pendant des milliers d'années avait été considérée comme un lieu possédant une âme, difficile à définir et à catégoriser. Un non-pays détrempé et inexploitable hors du contrôle de l'homme. Un lieu où des sources d'énergie invisibles attiraient les gens, prenaient et donnaient ce qu'elles voulaient.

Un pays limitrophe entre la terre et l'eau, entre le sec et l'humide, entre le stable et l'instable. *Entre la vie et la mort.*

Le croassement d'un corbeau rompit le silence. Elle ferma les yeux et prit une profonde inspiration.

Lorsqu'elle les rouvrit, elle aperçut le petit pin noueux à la cime plate. Il se dressait pile en face d'elle, à peine à une quinzaine de mètres. Elle tenta de faire taire le malaise qu'elle avait ressenti à l'instant et s'approcha tout en éclairant le sol avec sa lampe frontale. Rien. Elle ne voyait absolument rien.

Je dramatise, eut-elle le temps de penser, mais la seconde d'après elle l'aperçut. Son intuition ne l'avait donc pas trahie.

Ce contre quoi elle avait trébuché n'était ni une branche ni une racine. Ça semblait bien être un pieu. Un bout de bois épais et cylindrique de quelques centimètres de diamètre qui sortait du sol.

Elle rassembla ses esprits et laissa son regard errer sur le paysage désert.

Le faisceau de lumière de sa lampe frontale répandait une lumière froide et elle avait l'impression d'entendre des bruits partout autour d'elle. Soudain, elle se sentit petite et fragile. D'une manière à laquelle elle n'était pas habituée. Exposée, observée, encerclée par l'obscurité. La peur se glissait sous sa peau à pas de loup, sortait lentement ses griffes dans l'intention de les planter en elle. Merde, si je suis arrivée aussi loin, je ne vais quand même pas…, rugit-elle en elle-même.

Elle enfila une paire de gants, empoigna le pieu et essaya de le bouger. Constatant qu'elle n'y arrivait pas, elle se mit à enlever la végétation qui se trouvait autour. Elle travailla dur pour retirer l'herbe, les branches et la mousse. Puis elle attrapa la pelle et commença à creuser. Le temps n'avait plus d'importance. Elle décida de lâcher prise, de se laisser aller. Lorsque le temps reprit sa place dans sa conscience, elle avait creusé un trou d'environ cinquante centimètres autour du pieu aussi bien de diamètre que de profondeur.

Tout à coup, la pelle heurta quelque chose. Elle gratta prudemment le sol avec les mains. L'instant suivant elle tomba à la renverse comme si elle avait reçu un coup dans le ventre. Il y avait quelque chose là-dessous. *Il y avait quelque chose...*

Elle se redressa et se pencha en avant pour voir ce qu'elle avait senti sous ses mains. C'était froid, rigide et fin, comme...

Comme des doigts.

Un, deux, trois, quatre.

Une main humaine sortait de la terre.

Lorsqu'elle était enfant, Nathalie s'était basée sur deux indices pour essayer de comprendre qui était Göran Dahlberg. D'une part, sa mère lui avait raconté qu'il était « professeur ou qu'il fait en tout cas un métier intellectuel ». D'autre part, elle-même avait vu à travers la fenêtre de son salon qu'il avait des chauves-souris empaillées dans sa bibliothèque. Elle se l'imaginait donc comme un mélange du comte Dracula et du professeur Balthazar.

Jusqu'au jour où ils firent connaissance, un après-midi pluvieux de printemps, alors que Nathalie était âgée de huit ans. Ses parents s'étaient disputés. Son père avait claqué la porte et était parti au volant de sa voiture. Au même moment, sa mère avait enfilé son blouson et était allée faire un tour en forêt. Aucun des deux n'avait réalisé que Nathalie restait seule.

Elle était assise sur une marche devant sa maison, occupée à écorcer un bâton quand Göran s'était approché pour lui demander si elle voulait venir attendre chez lui. Il ne lui avait pas dit « pauvre petite » et ne lui avait pas non plus demandé comment elle allait. Il lui avait juste proposé de prendre un thé en attendant le retour de ses parents. Elle n'en avait jamais bu de sa vie mais accepta tout de même l'invitation.

Elle oublia rapidement qu'elle avait trouvé Göran bizarre et, l'été venu, elle passait chez lui presque tous les jours pour lui montrer un oiseau blessé ou des vers de terre dans un bocal.

Il lui parlait avec beaucoup de sérieux et écoutait toujours ce qu'elle avait à dire. Elle voyait bien qu'il était différent, qu'il n'était pas comme ses parents ou comme les autres adultes, mais il était si gentil. Parfois, il pouvait s'arrêter au beau milieu d'une phrase pour réfléchir. Elle aimait bien ça. En sa compagnie, elle se sentait libre d'être elle-même.

Et puis arriva ce jour où sa mère mentionna pour la première fois l'intérêt qu'avait Göran pour les fantômes. Nathalie venait juste d'entrer en CE2. Une touriste allemande d'une quarantaine d'années avait disparu lors de ses vacances à Tösse, non loin du lac Vänern. Selon certaines indications, elle s'était promenée dans la tourbière plus tôt dans la journée et c'est pour cette raison que la police était venue cogner à la porte de toutes les maisons du coin. La mère de Nathalie venait juste de s'entretenir avec un inspecteur et était maintenant assise dans le jardin avec une amie en train de fumer une cigarette.

— Ils vont frapper à la porte de chez Göran, avait-elle dit. Il va leur dire que ce sont les fantômes qui ont enlevé l'Allemande.

— Les fantômes ? avait demandé Nathalie.

L'amie avait alors jeté un regard dubitatif à sa mère.

— Si, c'est vrai. Notre cher voisin croit aux fantômes.

Elle avait tiré sur sa cigarette, avait fait quelques ronds de fumée puis s'était tournée vers son amie.

— Il dit que les fantômes ont aussi enlevé sa femme et que c'est pour ça qu'elle a disparu, continua-t-elle après avoir écrasé sa cigarette. Moi, je crois plutôt qu'elle est bien installée sur un transat dans un pays chaud en train de siroter un cocktail avec un homme qui n'a pas abandonné sa carrière universitaire pour se lancer dans la chasse aux fantômes.

L'amie avait éclaté de rire.

Dans l'après-midi, Nathalie s'était rendue chez Göran, qui était à son bureau en train de travailler. Il lui tournait le dos.

— Tu crois aux fantômes ? avait-elle aussitôt demandé.

Il s'était arrêté au beau milieu d'un geste et avait levé la tête sans rien dire.

— Maman dit que tu crois aux fantômes. C'est vrai ? Les fantômes existent ?

Il s'était alors retourné, avait ôté ses lunettes et l'avait longuement considérée. Puis il s'était de nouveau penché sur ses feuilles et s'était remis à écrire.

— Non, Nathalie. Ils n'existent pas.

— Maman dit que tu dis que les fantômes existent.

De nouveau un silence.

— Les fantômes n'existent pas, Nathalie. C'est ça le truc avec les fantômes. Ils n'existent pas. La question est une contradiction en soi.

— Une quoi ? Parle pas bizarrement. Pourquoi t'as jamais raconté que t'avais vu des fantômes ? Ils sont dangereux ? Ça ressemble à quoi, un fantôme ?

Il s'était tourné de nouveau vers elle, avait attrapé un stylo et un papier sur son bureau et dessiné un fantôme volant avec un drap et une chaîne.

— Comme ça peut-être ?

— C'est ce genre de fantômes que t'as vu ? avait demandé Nathalie d'un air déçu. Je crois que tu mens, que tu me racontes des histoires.

Il s'était alors agenouillé devant elle et l'avait regardée droit dans les yeux.

— Tu veux vraiment savoir ?

Elle avait hoché la tête avec enthousiasme.

Pendant quelques secondes interminables, l'air dans le bureau de Göran était devenu électrique. Elle sentait qu'elle allait bientôt apprendre quelque chose d'important : la vérité sur le monde des fantômes. Mais Göran avait subitement détourné la tête, s'était relevé avec nonchalance et avait rejoint son bureau.

— Ce n'est pas important de savoir à quoi ils ressemblent, Nathalie. Ce qui est important, c'est de savoir comment les traiter.

Puis plus rien.

Elle était restée longtemps immobile à contempler son dos muet tout en sachant pertinemment que la discussion était close.

Ce jour-là, Nathalie comprit qu'il ne servait à rien d'essayer d'obtenir des réponses claires de Göran, en tout cas pas concernant les fantômes. Elle fut obligée d'accepter que ses mots seraient toujours aussi abstraits et insaisissables que les fantômes dont il parlait. Ou plutôt dont il ne parlait pas.

Presque une année s'écoula avant que Göran ne prenne l'initiative d'entamer une discussion sur le sujet. Ça arriva un jour, alors qu'ils se promenaient dans la tourbière.

— J'aimerais te parler d'une chose, lui dit-il alors qu'ils faisaient une pause et qu'il sortait une Thermos de chocolat chaud et une de café de son sac à dos. Tu as montré de l'intérêt pour… les fantômes.

Enfin, se dit-elle en acquiescant d'un signe de tête.

— Cet endroit à côté duquel nous vivons, toi et moi, il… comment dire ? On y sent certaines choses, reprit-il en prenant un livre dans son sac et en le lui tendant. J'aimerais que tu l'aies. Lis au moins le chapitre cinq. Mais il vaut mieux que tu le gardes pour toi. De toute façon, personne ne croirait ce qui est écrit dedans.

Il la regarda avec gravité.

— Mais promets-moi de le lire.

Il fallut à peine deux heures à Leif Berggren pour être sur place avec ses collègues, un médecin légiste et deux techniciens. Maya était déjà sur le lieu de la découverte. En attendant leur arrivée, elle avait fait un grand tour en voiture et s'était même arrêtée dans un snack pour profiter un moment d'un endroit vivant et éclairé.

— Alors, raconte-moi. Pourquoi es-tu venue ici ? demanda Leif d'une voix à la fois inquiète et irritée.

Elle voyait bien qu'il n'appréciait pas qu'elle s'y soit rendue seule mais elle savait qu'il n'aborderait pas cette question maintenant.

Elle lui raconta sa visite au musée d'Histoire culturelle et tout ce qu'elle avait appris sur les pieux qu'on enfonçait dans le corps des sacrifiés. Elle lui expliqua ensuite comment elle avait subitement réalisé sur quoi elle avait trébuché dans les marécages.

— L'empalement ? fit Leif en plissant les yeux.

Elle acquiesça d'un signe de tête.

— C'était un moyen d'empêcher que le corps remonte à la surface, et apparemment aussi une astuce courante pour empêcher les morts de venir hanter les vivants, déclara-t-elle, un sourire fatigué aux lèvres. De là à te dire que ça fonctionnait…

— Qu'est-ce qu'il ne faut pas entendre, soupira Leif. Demain tu viendras au commissariat raconter tout ça plus en détail.

Il jeta un coup d'œil vers l'endroit où le corps avait été trouvé et qui était maintenant protégé par une tente.

— La question est de savoir si on a affaire à un cadavre datant de l'âge du fer cette fois-ci également. J'ai parlé avec l'archéologue du musée. Elle sera là aussi vite que possible.

Samantha, se dit Maya.

Le médecin légiste, qui était penché sur le corps, leva la tête en entendant ce que disait Leif.

— Tu peux déjà dire à cette archéologue qu'il est inutile qu'elle fasse le déplacement. Et puis ce serait bien que tu te renseignes sur les superstitions d'aujourd'hui. Cette personne porte un blouson en cuir de chez Kappahl.

Une volée d'oiseaux s'éleva d'un arbre. Maya vit le visage de Leif changer de couleur.

— Ben voilà, soupira-t-il.

Un technicien sortit quelque chose d'une poche du blouson en cuir. Leif fit un pas vers lui.

— C'est quoi ?

Un coup de vent glacial chargé d'humidité fit soudain trembler la tente. Le technicien enleva son masque et ouvrit la main.

— Un sachet rempli de pièces de dix couronnes. Presque un demi-kilo.

Le livre que Nathalie avait reçu de Göran avait pour titre *Les Tourbières des sacrifices, hier et aujourd'hui* et décrivait entre autres la manière dont les gens à l'âge du fer enterraient leurs offrandes aux dieux dans les tourbières. Selon le livre, ces rituels avaient pris des formes très différentes à l'époque chrétienne. Le problème était que les gens semblaient ignorer que les corps ne se décomposaient pas. Les personnes enterrées n'étaient donc jamais en paix. On disait qu'elles auraient éternellement faim de nouvelles victimes, ce qui expliquait peut-être pourquoi les gens pouvaient disparaître sans laisser de traces – et ce jusqu'à l'époque moderne.

C'est la raison pour laquelle les tourbières sacrificielles avaient la réputation d'être à la fois dangereuses et sacrées. Un lieu à craindre et à vénérer en même temps.

Nathalie avait appris par cœur le chapitre cinq. Elle pouvait le réciter avec la même évidence qu'on récitait les voyelles ou le nom des fleuves de la région du Halland.

Lorsqu'un sacrifié est désiré, le temps se met en colère.
Lorsqu'un sacrifié est désigné, la colère du temps s'apaise.

— Comme tu l'as sans doute compris, avait-il dit, il y a des raisons de croire que notre tourbière est justement une tourbière des sacrifices. Un lieu où… où les damnés ont toujours faim de nouvelles victimes.

Nathalie était d'abord restée sans voix.

— Pourquoi ? avait-elle fini par chuchoter. Pourquoi tu crois ça ?

— Ici, des gens ont disparu sans laisser de traces, avait-il répondu d'un air solennel. De tout temps.

Il avait alors raconté l'histoire d'un vieux paysan qui au XIXe siècle n'était jamais revenu de la moisson d'automne. Mais aussi des histoires plus récentes de touristes qui s'étaient volatilisés après s'être promenés justement dans ce coin.

Elle voulait poser des questions à Göran sur sa propre femme mais n'osa pas. Elle avait trop peur de sa réaction.

— L'Allemande de Tösse, avait dit Göran en la regardant longtemps dans les yeux.

Selon le livre, si une tempête s'apaisait d'un coup il était important d'être vigilant. Cela pouvait signifier que les revenants avaient choisi leur victime, et alors, il importait de se trouver en lieu sûr. Et avant tout, pas à côté d'une tourbière.

Le livre était rédigé avec une évidence stupéfiante. Comme s'il ne faisait aucun doute que le monde était fait ainsi, ou du moins les tourbières sacrificielles.

Selon Göran, les gens du coin vivaient depuis des siècles avec cette connaissance qui se transmettait de génération en génération. Des histoires racontaient même la manière dont les locaux cherchaient désespérément à apaiser les revenants en faisant en sorte qu'ils soient rassasiés. Mais ce n'était naturellement pas quelque chose dont on parlait à haute voix. Il était tout de même question d'offrir des gens aux dieux. De sacrifier des visiteurs inconnus. Il se disait par exemple que plusieurs villageois avaient tué un collecteur d'impôts et insisté pour l'enterrer dans la tourbière en tant qu'offrande.

Quand elle était enfant, Nathalie aimait ce livre plus que tous ses jouets réunis. Elle se mettait sous sa couette et, avec sa lampe de poche, elle le lisait le soir. Et, chaque fois que ses parents arrivaient, elle le cachait. Elle l'avait juste montré à sa copine Julia.

Julia habitait avec sa famille de l'autre côté de la tourbière. Elles étaient dans la même classe et faisaient du handball ensemble. Et c'est justement avec Julia qu'elle avait vécu pour la première fois quelque chose d'étrange du côté de la tourbière. La présence de… quelque chose d'autre.

Ça s'était passé un après-midi alors qu'elles étaient en sixième et qu'elles devaient se retrouver dans la cabane qu'elles s'étaient construite dans la tourbière. Une cabane dont elles n'avaient jamais parlé à leurs parents puisque aller seules là-bas leur était interdit.

Ce jour-là, un samedi, elles s'étaient toutes les deux installées dans la cabane et, après avoir mangé des saucisses et bu du chocolat, elles s'étaient assoupies.

Lorsque Nathalie s'était réveillée, le vent soufflait fort et elle n'avait d'abord pas réalisé où elle se trouvait. Elle s'était tournée vers Julia mais celle-ci n'était plus à côté d'elle.

Nathalie avait regardé le paysage et elle avait soudain eu le sentiment que… oui, à ce moment-là, elle n'arrivait pas encore à mettre de mot dessus, mais elle avait eu l'étrange impression de ne faire qu'un avec la nature. Elle avait senti une force l'envahir. Une force qui n'était pas totalement bonne.

Ensuite, ça s'était passé exactement comme dans le livre. La tempête s'était calmée aussi vite qu'elle s'était levée. Au même instant, elle avait aperçu son amie un peu plus loin qui partait en direction de la tourbière. Elle l'avait appelée plusieurs fois mais Julia n'avait pas semblé l'entendre. Elle avait continué à avancer dans une zone bien trop marécageuse.

— Julia ! avait-elle hurlé. Reviens !

Elle l'avait finalement rattrapée et lui avait fermement saisi le bras pour l'arrêter.

— Réveille-toi !

Julia avait cligné des yeux puis elle avait tourné la tête et l'avait dévisagée.

— Me réveiller ? Mais qu'est-ce que tu veux dire ?

— Tu ne peux pas aller là-bas. On aurait dit que tu… dormais.

— J'ai dû avoir… Je ne comprends pas ce qui s'est passé, avait répondu Julia.

C'était au tout début de l'été.

De cet été qui allait tout changer.

De ce dernier été.

L'été de ses douze ans.

Une semaine plus tard, la Fille aux airelles avait été découverte.

L'exploitation de la tourbière des Larsson avait connu son heure de gloire dans les années 70, mais encore au début du XXIe siècle, environ vingt-cinq hommes y travaillaient le temps de l'extraction, une période courte mais intense.

C'est un jeune saisonnier venant de la ville qui avait trouvé le corps. Il avait alors appelé le père de Julia et ensemble ils s'étaient mis à creuser. La police avait immédiatement été prévenue, ainsi que des archéologues. Tout ça avait fait marcher les affaires.

Le corps s'était révélé dater de l'âge du fer. Plus tard, les chercheurs supposeraient que la jeune fille avait été sacrifiée aux dieux de la fécondité dans le but d'obtenir une bonne récolte. On avait même retrouvé à proximité un bâton en noisetier et une poterie.

Nathalie avait éprouvé une certaine fierté. Göran avait eu raison. Des êtres humains avaient bel et bien été sacrifiés et enterrés dans cette tourbière.

Ce n'est que peu de temps après, vers la fin de l'été, que la tragédie avait eu lieu.

D'abord une première, puis une deuxième.

Avant que tout se termine.

Au restaurant du commissariat, Leif et Maya étaient plongés dans leurs pensées. De la cuisine leur parvenaient des bruits de porcelaine et de casseroles qui s'entrechoquaient. Derrière les grandes fenêtres recouvertes de givre, des ombres diffuses se dessinaient à chaque passage d'un piéton sur le trottoir.

Le cadavre découvert dans la tourbière était celui d'un homme de quarante-huit ans qui s'appelait Stefan Wiik et qui venait de Brålanda. Il avait disparu la nuit du 15 mars 2012 après avoir rendu visite à sa compagne qui habitait à seulement quelques centaines de mètres de là.

Trouver un corps enterré dans la tourbière était déjà un événement notable. Que le corps soit de l'époque actuelle et, de plus, empalé donnait une dimension supplémentaire à l'affaire. Les poches de Stefan Wiik contenaient, de surcroît, un sachet en toile rempli de pièces de dix couronnes, identique à celui trouvé sur Johannes.

Des pièces en or. Encore une fois.

En résumé, Johannes Ayeb et Stefan Wiik n'étaient pas deux cas isolés. Bien que quatre années séparent les deux crimes, il s'agissait vraisemblablement du même auteur.

C'était probablement grâce à la biologiste qui logeait dans la petite maison près du manoir que Johannes avait échappé au même sort que Stefan. Le trou, que la biologiste avait vu, était sans doute destiné à servir de tombe pour Johannes. Mais son auteur était revenu le reboucher.

Le visage de Leif exprimait de la détermination.

— On a demandé à Trollhättan de vérifier l'identité de Stefan Wiik. Pour moi, il ne peut être question que d'un règlement de comptes dans le milieu. Ce type de brutalité n'existe nulle part ailleurs. La question est de savoir quel rapport Johannes a avec tout ça. La drogue ? Est-ce que beaucoup de drogue circule dans l'école ?

— Pas à ma connaissance, répondit Maya. Et, comme je l'ai dit, Johannes semble être un étudiant on ne peut plus lambda. Tu devrais vraiment parler à cette fille, Nathalie. Il paraît qu'elle passe beaucoup de temps dans sa chambre d'hôpital.

— Oui, il faut que j'aie une vraie discussion avec elle, admit Leif en se grattant le cou. Et toutes ces pièces de dix couronnes. Qu'est-ce que ça signifie ?

Il se tourna vers la fenêtre et suivit du regard les ombres qui passaient. Maya s'adossa à sa chaise. Elle hésitait à dire à quoi elle pensait. Mais Leif la devança :

— Dis-moi. Je vois bien que tu as quelque chose en tête.

Elle leva les yeux et balaya la salle du regard avant de revenir vers lui.

— Je ne suis pas sûre que tu vas aimer ce que je vais te dire. De ce point de vue-là, on n'est pas forcément sur la même longueur d'ondes.

— Vas-y quand même.
— Les sacrifices.
Leif la regarda d'un air interrogateur.
— Qu'est-ce que tu veux dire ?
— C'est ce qu'on faisait à l'époque, répondit Maya. On faisait des offrandes aux dieux. Plus le don était précieux plus on était sûr de les satisfaire. La nourriture et les objets tels que des outils se situaient en bas de l'échelle. Au-dessus, il y avait les animaux. Et tout en haut se trouvaient les êtres humains. Si on voulait vraiment être sûr de plaire aux dieux, on habillait les sacrifiés de beaux vêtements, ou alors…
— Ou alors ? répéta Leif en essayant d'introduire son index dans l'anse de sa tasse sans y parvenir.
— … ou alors on remplissait leurs poches d'objets de valeur.
— C'est au musée que tu as appris ça ? fit Leif. Tu ne te laisses pas emporter par ton imagination ?
— Si, un peu, je suppose, avoua Maya. Mais la tombe de Stefan Wiik ressemble vraiment à celle d'un sacrifié.
— Donc, tu veux dire que nous pourrions avoir affaire à une personne… superstitieuse ? Quelqu'un qui croit aux sacrifices ?
— Oui, une personne qui veut obtenir quelque chose de particulier. Exactement comme on faisait dans le temps pour gagner une guerre ou s'assurer de bonnes récoltes. Ou pour échapper à des forces maléfiques. On faisait un sacrifice. La personne est prête à tuer pour ça.
S'ensuivit un long silence.
— Mais tu veux dire quoi, en fait ? demanda Leif qui ne semblait pas avoir envie de tirer les conclusions

évidentes. Qu'on fait des offrandes aux dieux encore aujourd'hui ? C'est ça que tu veux dire ?

Maya le regarda.

— Que *quelqu'un* le fait, en tout cas. On ne peut pas faire abstraction de ce lien évident.

— Tu penses à la Fille aux airelles ?

— Oui, répondit Maya en buvant une gorgée de café. Je pense à la Fille aux airelles. Elle a été empalée. Ça ne peut pas être un hasard si on découvre un cadavre d'aujourd'hui empalé dans la même tourbière.

La marina d'Åmål était comme dans ses souvenirs. Après chaque fin d'année scolaire, c'était là que ses parents et elle venaient goûter. Une gaufre accompagnée de boules de glace. Elle prenait toujours les mêmes parfums : myrtille, chocolat, pistache. Ou fraise. Jamais vanille.

À cette époque-là, elle était une fille tout à fait normale.

Quelqu'un de totalement différent.

Dans une autre époque.

Ses parents commandaient généralement un café. Ils rajoutaient du lait provenant d'un mini-berlingot dont il fallait ôter un petit opercule en aluminium. Son père avait toujours du mal avec ses gros doigts.

Aide-moi, s'il te plaît, ma chérie.

La tendresse dans sa voix. Dans sa voix posée et attentionnée. Cette façon de parler qu'il avait parfois. Nathalie se souvenait que ça lui donnait envie de fermer les yeux et de se lover dedans.

Et les regards de sa mère. Sa fierté quand elle contemplait sa fille qui venait de terminer encore une année scolaire. Sa fierté d'avoir une famille unie. Des regards pleins de chaleur et d'amour. Mais il y avait aussi autre chose qui s'y cachait. Quelque chose d'inexprimable. Comme si sa mère lui accordait un espace de possibilités à emplir elle-même.

Et le soleil. Toujours le soleil. C'est comme ça qu'elle s'en souvenait.

Même aujourd'hui. Le soleil d'automne qui dardait ses rayons sur l'eau, créant un feu d'artifice de couleurs entre les bateaux amarrés dans le port. Le comptoir à glaces avait été déplacé dans un autre coin du café. Pour le reste, tout était comme avant. Depuis le temps, les tables et les chaises avaient dû être changées, mais elle n'avait aucun souvenir de leur aspect initial.

La marina. La fierté de la ville. « La plus belle de Suède », avait-il une fois été écrit et depuis, c'était comme ça. C'est ici qu'on se rendait en été, quand on n'allait pas à Örnäs, la baignade située un peu plus loin.

Aujourd'hui, l'été était terminé. Mais c'était le seul endroit qui lui était venu à l'esprit quand Nathalie s'était mis en tête d'aller prendre un café à Åmål. Elle ignorait s'il existait un autre café. Ce qui était plus que probable. Des lieux plus chics qui proposaient des espressos et du lait mousseux dans de belles tasses et non du café dans des gobelets en carton avec des berlingots de lait. Mais ceux-là, elle ne les connaissait pas.

Elle avait donc atterri ici. Dans la ville où elle avait fait sa scolarité et où elle vivrait sans doute encore aujourd'hui si ce qui s'était passé n'avait jamais eu lieu. Ou peut-être pas.

Elle aurait sans doute quand même déménagé.

Toc, toc, toc.

Non, pas maintenant.

Respirer lentement.

Elle fut interrompue dans ses pensées par une ombre qui s'approchait.

— Nathalie ?

Elle leva les yeux. C'était cette photographe de la police judiciaire. Maya.

— Bonjour, répondit-elle.

La femme portait un jean noir, des baskets rouges et un tee-shirt beige sous une veste cintrée noire. Elle avait un plateau dans les mains sur lequel étaient posés une bouteille d'eau, une énorme viennoiserie et un mug rempli de café.

— C'est sympa de croiser quelqu'un qu'on connaît, dit Maya. J'ai vécu ici il y a longtemps, mais aujourd'hui j'ai l'impression que tous les habitants ont été remplacés par des inconnus.

— Je vois exactement ce que vous voulez dire, répondit Nathalie.

Elle remarqua, comme la fois précédente, que la présence de Maya était agréable et la mettait en confiance.

— Ça vous dérange si je m'assois avec vous ?

— Non, je vous en prie.

Maya posa son plateau sur la table et s'assit sur une des chaises en face d'elle. Une pub agressive entrecoupée d'une musique criarde passait à la radio.

— Vous avez entendu ce que…, commença Maya qui semblait chercher ses mots,… ce qu'on a découvert dans la tourbière ?

— Vous parlez du corps ?

— Oui.

— J'ai entendu, oui.

Maya la regarda.

— Depuis quelque temps il se passe beaucoup de choses là-bas. À propos du trou, je ne pense pas que vous ayez mal vu ou eu une hallucination. Je crois qu'il y avait réellement une tombe de creusée.

— Merci, c'est gentil, dit Nathalie en penchant la tête sur le côté.

Maya était peut-être sincère. Ou alors, elle voulait juste être gentille et la mettre à l'aise. Elle avait quand même fait venir la police pour rien. Rarement elle s'était sentie aussi stupide qu'à ce moment-là.

— Je suppose que vous n'avez pas reparlé avec Leif Berggren ? demanda Maya.

— Non, pas depuis la dernière fois. Mais il m'a appelée pour me dire qu'il aimerait bien me voir. Je ne sais pas ce qu'il me veut.

— Leif a aussi interrogé les copains de Johannes… Depuis qu'on a trouvé le nouveau corps, on a envie d'en savoir plus sur lui. Notamment le genre de vie qu'il menait.

— Qu'est-ce que je peux vous dire ? répondit Nathalie. Je ne sais pas grand-chose sur lui, moi non plus. On s'est rencontrés il y a seulement quelques semaines. En fait, on ne se connaît pas.

— Mais vous allez souvent le voir à l'hôpital, non ?

— Oui, c'est vrai. En fait, je ne sais pas bien pourquoi. C'est surtout pour qu'il ne soit pas seul.

Soudain, Nathalie sentit son corps devenir lourd. Comme si quelqu'un le tirait vers le bas. Pourquoi n'était-elle pas restée à Göteborg ? Pourquoi n'était-elle pas allée analyser une autre tourbière ? Pourquoi ne s'en était-elle pas tenue au monde scientifique où tout était classable et où une tourbière n'était rien de plus qu'une accumulation de réactions chimiques et biologiques bien documentées selon des modèles bien définis.

Un endroit où la tourbe n'était rien d'autre que de la tourbe.

Pas un océan d'esprits damnés.

Les gens disparaissent là-bas.

C'est elle qui avait dit ça ? Ou l'avait-elle juste pensé ?

Maya se pencha vers elle et posa son menton dans ses mains. Elle la regarda avec gravité.

— « Disparaissent » ?

— Quoi ?

— Vous avez dit que les gens disparaissent là-bas.

— J'ai dit ça ?

— Vous savez quelque chose que vous devriez m'apprendre ? fit Maya.

Nathalie se tortilla sur sa chaise. Allait-elle avoir la force d'expliquer ce qui la rongeait ?

— Certaines personnes disent que des gens disparaissent dans la tourbière depuis toujours.

Maya ne la lâchait pas des yeux.

— Si ç'avait été le cas, on l'aurait remarqué, non ? releva-t-elle.

Nathalie sentit aussitôt sa poitrine se serrer. Une rage soudaine l'envahit qui se mêla aussitôt à une grande fatigue et peut-être aussi à une certaine confusion.

— Vous pensez à ce garçon qui a disparu ? C'était quand ? Il y a une dizaine d'années, non ? reprit Maya.

— Oui, mais pas seulement. Il y en a eu d'autres…

Un nouveau silence.

— Des gens, vous voulez dire ? demanda Maya. Qui ça ?

— Il y a quelqu'un que vous devriez rencontrer. Il est allé plusieurs fois voir la police pour lui conseiller de chercher dans la tourbière quand des gens avaient disparu. Mais aucune réaction. Jusqu'à aujourd'hui.

— Ah oui ?

Nathalie hocha la tête.

— Il s'appelle Göran Dahlberg. Il habite dans le coin. Vous pouvez aller le voir de ma part.

— OK, dit Maya en la regardant, l'air étonné.

Elle croqua dans sa viennoiserie la tête penchée au-dessus de son assiette pour ne pas faire tomber de miettes sur ses vêtements.

— Où habitez-vous sinon ? demanda-t-elle comme si la tourbière était devenue un sujet trop brûlant. Quand vous ne louez pas la petite maison du manoir, je veux dire ?

— À Göteborg. Mais je viens d'ici…

Elle hésita avant de poursuivre.

— Ou plutôt, j'ai grandi près de la tourbière. Göran est mon ancien voisin. Il l'a été pendant toutes les années que j'ai passées ici.

— Ah bon ? s'exclama Maya. Vous êtes donc allée à l'école ici, à Åmål ?

— Oui, jusqu'au collège.

— Où ça ?

— À Södra. J'ai déménagé pour Göteborg à l'âge de douze ans.

— Moi aussi, je suis allée à Södra, sourit Maya. Mais vingt-cinq ans avant vous. Et je suis restée ici. Un moment, en tout cas. Mes parents habitent toujours à Åmål. Avant de venir, je suis d'ailleurs passée les voir.

Puis arriva la réaction tant redoutée. Le visage de Maya se figea.

— Mais, attendez, vous avez habité à côté de la tourbière… C'est vous qui…

Nathalie resta silencieuse.

— … ce sont vos parents qui… ? balbutia Maya en la regardant avec des yeux ronds.

Nathalie acquiesça lentement de la tête.

— Si c'est à mon père que vous pensez, commença-t-elle d'une voix étonnamment légère… au fait qu'il ait tué ma mère et qu'il se soit ensuite donné la mort…

Maya ferma les yeux.

— Mon Dieu. Je m'en souviens très bien. J'allais partir m'installer à New York. Je crois que c'était la même année. J'ai beaucoup pensé à vous. Au fait que vous soyez seule. Je me demandais souvent comment vous alliez. Et il n'y a pas eu un accident là-bas ? Juste avant l'histoire de vos parents ? Une jeune fille qui est morte ?

— Si, s'entendit-elle répondre. Tracy. La grande sœur de ma meilleure amie.

Son intention n'était pas d'être démonstrative. Mais brusquement elle se leva, attrapa son sac et son manteau et quitta le café, avec les excuses confuses de Maya comme un nuage derrière elle.

Ellen était dans le hall en train de bavarder avec une collègue lorsque Maya entra dans l'école d'art. Pendant un temps, le bâtiment avait été une *folkets hus*, un lieu de culture et de loisirs qui se composait d'un grand amphithéâtre, de bureaux et de quelques salles.

Les murs étaient recouverts de tableaux et d'affiches annonçant des expositions et des conférences. Dans un coin étaient entassées des sculptures à moitié terminées qui attendaient que quelqu'un ait pitié d'elles et s'en occupe.

Les cheveux frisés d'Ellen étaient rassemblés en un chignon sur le sommet de son crâne et ses yeux étaient maquillés d'un fin trait noir d'eye-liner.

— Salut, dit Maya à Ellen et à sa collègue.

— Salut, Maya, répondirent-elles en chœur.

Ellen mit un terme à sa discussion et se tourna vers Maya.

— On y va directement ? Je suis morte de faim.

— Oui, Vanja et les autres nous attendent déjà.

Le chemin à travers les bâtiments de l'ancienne usine courait de l'entrée gravillonnée, empruntée par les ouvriers autrefois, jusqu'aux différents ateliers avec leur cheminée pointant vers le ciel. Un peu partout, des petits groupes d'étudiants discutaient dans différentes langues. La terrasse du bistro était décorée de lanternes colorées ballottées par le vent automnal et à travers une fenêtre ouverte leur parvenait de la bossa nova.

— J'ai entendu dire que tu étais retournée dans la tourbière, dit Ellen.

— Oui, je suppose que les gens en ont parlé à l'école. C'est moi qui ai trouvé le corps.

— C'est vrai ?

Ellen s'immobilisa et dévisagea Maya.

— Merde. Quelle horreur ! On sait qui c'est ? Ou tu es soumise au secret professionnel ?

— Je ne peux pas dire grand-chose. Mais, d'un autre côté, je n'ai pas beaucoup d'informations.

— Les élèves sont, bien sûr, assez inquiets. Différentes rumeurs circulent.

— Ça se comprend, dit Maya.

Une fois par mois, un concert était organisé dans le bistro et, comme toujours, l'endroit était bondé. Beaucoup de gens venaient d'Åmål, de Säffle, de Mellerud et de localités environnantes.

Maya et Ellen s'installèrent à la table de Vanja et d'une amie. Il était prévu que Daniel Lemma monte sur scène une heure plus tard.

Maya et Ellen commandèrent un verre de vin rouge et une pizza au levain, au pesto et au jambon cru. Les autres avaient déjà mangé et prirent un café et un cognac.

— On est en train de parler du bled où on a atterri, dit Vanja.

— Comment ça ? demanda Maya.

— De cet endroit. De Fengerskog.

— Ne rejette pas la faute sur moi, dit Maya. Tout ça c'est à cause d'Ellen. Je n'ai fait que ce qu'elle m'a demandé. Elle m'a dit *viens t'installer ici*.

— C'est sûr qu'en ce moment l'ambiance n'est pas très sereine, reconnut Ellen, mais sinon tout va bien à Fengerskog.

— Ce n'est pas de ça qu'on parlait, dit Vanja. On discutait des différents courants. De tout cet artisanat d'art dans lequel on a du mal à s'orienter. On ne comprend pas ce que les étudiants veulent.

— Ah, ça ? Ils veulent juste se sentir bien, répondit Ellen. Ils aiment ce qu'ils font et ils le disent. Ce qui n'est pas le cas de ceux qui font du vrai art. En tout cas, jamais ils ne le reconnaîtraient.

— Du *vrai art* ? répéta l'amie de Vanja, les sourcils froncés.

— Oui, exactement, dit Ellen. Le *vrai art* ne cadre pas avec le style de vie agréable et bio de Fengerskog. Le *vrai art* ne se sent pas à son aise aux côtés d'un artisanat accessible à tous qui donne aux gens normaux le sentiment d'être arty bien qu'ils ne le soient pas.

Ellen sourit, ce qui fit apparaître ses fossettes.

— Ç'aurait pu être une grossière erreur d'essayer d'accorder tous ces courants sur une aussi petite surface, poursuivit-elle. Mais, pour une raison que j'ignore, ici ça fonctionne. En tout cas, c'est ce que je pense. Au début, j'étais moi-même assez dubitative. Je croyais qu'on serait imprégnés à un tel point d'huile d'olive bio qu'on perdrait son âme et le sens profond de son travail.

Maya but une gorgée de vin et regarda son amie avec un sourire amusé.

— Juste pour que je comprenne bien, dit-elle. Le *vrai art*, c'est celui que toi et ton école représentez, je suppose ?

Ellen lui renvoya un regard sévère.

— C'est quoi cette question ? Bien sûr. Et toi aussi !

Toutes les quatre éclatèrent de rire.

— Si je peux dire ce que je pense, reprit Vanja, il faut de tout sur cette terre. Ou pour le dire mieux : il y a de la place pour tout le monde.

— Je suis d'accord. À bas l'élitisme ! dit Maya.

Ellen éclata de nouveau de rire et souleva son verre.

— Hypocrite. Je sais que tu es d'accord avec moi. À ta santé.

— Salut tout le monde ! dit Oskar en arrivant à leur table.

Il posa sa main sur l'épaule de Maya et se pencha vers elle pour la saluer dans le brouhaha ambiant. Elle recouvrit aussitôt sa main de la sienne.

— Viens t'asseoir, dit-elle en se serrant pour lui faire de la place.

Ça faisait un moment qu'ils ne s'étaient pas vus et elle eut soudain envie de l'embrasser. Il semblait si… ouvert, d'une certaine manière. Si frais. Si intact et vulnérable.

— C'est mon anniversaire aujourd'hui, déclara-t-il. Je vous offre une tournée.

Des protestations se firent tout de suite entendre.

— Tu peux oublier ça, dit Maya en faisant signe au serveur de leur apporter cinq tequilas. Ça te fait quel âge ? lui demanda-t-elle ensuite.

— Vingt-sept ans.

Maya poussa un soupir et colla ses lèvres sur son oreille.

— Tu es beaucoup trop jeune pour moi, lui chuchota-t-elle.

Le regard d'Oskar vacilla, comme si l'audace de Maya lui avait fait perdre toute contenance. Puis il secoua légèrement la tête et frôla sa jambe avec la sienne.

Au même moment, le portable de Maya sonna.

C'était Leif. Sa voix était enthousiaste à sa manière singulière, presque taciturne.

— Maya, j'ai repensé aux photos que tu m'as montrées.

— Oui, dit-elle en se levant aussitôt pour s'isoler dans un coin où elle pouvait parler sans être dérangée.

— J'aimerais les regarder de plus près.

— OK. Je peux te les envoyer un peu plus tard dans la soirée, je ne suis pas chez moi, là.

— D'accord. Occupe-t'en dès que tu peux, s'il te plaît.

— Au fait, dit-elle, aujourd'hui je suis tombée sur Nathalie. Tu as réussi à lui parler ?

— Non. Je n'en suis pas encore là, soupira Leif.

— Elle m'a raconté pas mal de choses étranges. Il faut vraiment qu'on en discute, et aussi que tu lui parles.

— Absolument. On peut se voir demain. Je dois aller au Manoir de la Tourbière dans la matinée, je peux passer te prendre avant.

— Parfait. Je t'envoie les photos au plus vite.

— Merci.

— C'était qui ? s'enquit Ellen avec curiosité lorsque Maya revint s'asseoir.

— Rien de particulier, mais il faut malheureusement que je rentre. Passez une bonne soirée, dit-elle, puis elle se tourna vers Oskar : Je te souhaite un très bel anniversaire.

Elle attrapa son manteau et se faufila hors de la salle tandis que Daniel Lemma et son groupe entamaient leur premier morceau.

C'était devenu une sorte de routine. Nathalie arrivait à l'hôpital et commençait par discuter un moment avec la mère de Johannes pour ensuite la remplacer en lui promettant de l'appeler s'il y avait du changement.

Mais ce n'était jamais le cas.

L'état de Johannes était stable mais inchangé. Parfois, Nathalie essayait de s'imaginer ce qui se passerait s'il se réveillait. Que se diraient-ils ? Qui seraient-ils l'un pour l'autre ?

Elle s'adossa à son siège et contempla Johannes qui était allongé sur le dos, les yeux fermés et branché à tout un tas de tuyaux. Elle se pencha vers lui et commença à lui parler d'une voix à peine audible, comme elle avait pris l'habitude de le faire bien qu'elle doutât que l'infirmière à l'autre bout de la pièce ait un quelconque intérêt à l'écouter.

— J'aimerais maintenant te raconter le premier événement qui est arrivé ce fameux été. On passait tout notre temps ensemble, Julia et moi. Je crois que la vraie raison pour laquelle je voulais être avec elle avait un rapport avec sa grande sœur, Tracy. Rien que ça. Rien que son prénom. J'étais si jalouse d'elle.

Elle avait dormi chez Julia, comme elle le faisait parfois le week-end. Et elle s'était réveillée tôt le dimanche matin. Peut-être avait-elle eu envie d'aller aux toilettes, peut-être y avait-il une autre raison pour qu'elle se soit levée et qu'elle ait descendu l'escalier aussi silencieusement que possible.

À moins qu'elle n'ait espéré que la porte attenante à la salle de bains, celle de la chambre de Tracy, serait entrouverte comme elle l'était parfois en été, et qu'elle pourrait la regarder en douce.

Tracy avait dix-sept ans et avait souvent des petits copains qui passaient la nuit chez elle. Elle prenait la pilule et faisait la fête le week-end. En été, elle allait danser à Folkparken et en hiver elle partait en boîte à Vikenborg. C'était un monde qui attirait follement Nathalie mais qui lui était encore totalement étranger.

Pour elle, Tracy représentait l'affiche qui attirait le regard. Elle leur parlait souvent, à Julia et à elle, de ce pays encore inexploré. Elle était si belle. Elle avait des cheveux châtains ondulés et une peau mate été comme hiver ; elle était toujours parfaitement maquillée, avait les yeux d'un bleu lumineux et portait des jeans usés juste comme il fallait. Elle était cool, inaccessible et, qui plus est, talentueuse. Elle écrivait des poèmes que Nathalie et Julia avaient lus en cachette, sur l'amour, le sexe, l'alcool et les cigarettes. Quelque chose de triste en ressortait même si Nathalie ne comprenait pas tout. Tracy ne souriait presque jamais. Elle était au-dessus de ça.

De leur côté, Nathalie et Julia ne possédaient pas cette aura mystérieuse. Elles se connaissaient depuis la primaire et étaient en train de devenir de banales adolescentes. Il était évident que jamais elles n'arriveraient à la cheville de Tracy.

Une fois, Nathalie avait assisté à une querelle entre Tracy et sa mère, Yvonne. Elle s'était cachée derrière la porte pour écouter leur dispute dans la cuisine.

— Tu n'y retourneras pas, tu entends ce que je te dis ! sifflait Yvonne.

— Tu ne peux pas me l'interdire ! avait rétorqué Tracy d'une voix encore plus dure.

— C'est pourtant exactement ce que je vais faire.

Un long silence avait suivi puis le ton de Tracy avait changé du tout au tout. Il était devenu doux, presque suppliant.

— S'il te plaît maman, j'ai vraiment envie.

De nouveau, un long silence pendant lequel Yvonne avait dû essayer de rassembler ses esprits afin de trouver une solution à la situation. Quand elles en arrivèrent à un compromis acceptable, elles se serrèrent dans les bras. Un compromis qui marqua la fin de ce drame violent et éphémère ayant pour origine les conflits adolescents, la tempête de sentiments et les jeux de pouvoir.

Ce dimanche matin, Nathalie était donc descendue dans la salle de bains. Comme elle l'avait espéré, la porte de la chambre de Tracy était entrouverte. Une fine fente. Une lumière pâle se frayait un passage entre les lattes des stores et formait une série de vagues sur le plancher. Elle entrevoyait une partie du dos bronzé de Tracy. Une rayure blanche là où le haut de son bikini avait laissé une marque. Elle et son copain dormaient, enlacés et presque nus.

Quelque chose en elle l'avait brusquement saisie. D'en dessous. De l'intérieur.

Elle voulait être comme Tracy. Sa vie ne pourrait pas être parfaite si elle ne l'égalait pas.

Nathalie n'avait jamais parlé à Julia de son admiration pour sa sœur. Ça allait peut-être de soi. Tout le monde ressentait sans doute la même chose. Peut-être était-ce une évidence. En revanche, elles avaient souvent discuté du fait que Tracy avait des relations sexuelles sous le toit familial. Cela donnait lieu à des réflexions interminables sur la manière dont elles allaient réussir à entrevoir ou à entendre quelque chose de ses activités. Plusieurs fois, elles s'étaient faufilées en pleine nuit jusqu'à sa chambre et avaient collé leur oreille contre la porte, mais sans résultat.

Ce matin-là, Julia s'était aussi réveillée de bonne heure. Elle avait descendu l'escalier sans un bruit et était venue se poster à côté de Nathalie. Les deux filles n'avaient pas échangé un mot. Elles étaient restées plantées devant la porte entrebâillée.

Puis les corps dans la chambre avaient commencé à se mouvoir et la peau nue de Tracy avait disparu sous les draps. Des bruits s'étaient fait entendre, suivis de respirations fortes qui s'étaient transformées en encore autre chose. D'abord quelque chose de doux qui avait pris de l'intensité.

Après ça, le silence. Et quelques rires, atténués par les draps.

Était-ce quelque chose qu'elle ferait un jour, elle aussi ? Elle avait regardé Julia. Tout ça semblait tellement irréaliste. Ça ne pouvait pas être possible.

Ce matin-là, elles étaient allées se recoucher dans le lit de Julia. Elles s'étaient serrées l'une contre l'autre et avaient commencé à se caresser. Elles s'étaient effleurées, avaient senti leur peau, avaient humé leur odeur. Puis elles s'étaient promis de ne jamais raconter à personne les deux choses qui venaient de se passer.

Après une courte promenade dans les environs, Maya et Leif pénétrèrent dans le Manoir de la Tourbière. Le lustre en cristal qui pendait au plafond du grand salon répandait des éclats de lumière sur l'épais tapis bordeaux mais aussi sur les fauteuils et les canapés.

— Elle sait qu'on vient ? se renseigna Maya.

— Oui.

En attendant l'arrivée de la propriétaire, ils firent un petit tour dans le manoir. La salle à manger se trouvait sur le côté gauche et le salon sur le côté droit. Une grande entrée voûtée desservait les différentes pièces. Au bout du salon trônait une énorme cheminée devant laquelle étaient disposés quatre fauteuils et une table basse surchargée de journaux et de livres.

Ils s'approchèrent du tableau d'affichage et lurent sur une feuille A-4 punaisée :

Créez-vous la vie dont vous avez toujours rêvé

Vous voulez vivre de manière plus authentique ? Vous voulez obtenir le travail dont vous avez toujours rêvé ? Être en bonne santé et rencontrer la personne de vos rêves ? Ou bien vous voulez tout simplement posséder une super voiture de sport et savourer les regards envieux de vos voisins ?

Tout ce dont vous rêvez peut devenir réalité. C'est à vous de décider ! Ce sont vos pensées qui vous guident ! Rien n'est impossible. RIEN.

MatrixMind vous forme à la physique quantique et à la loi de l'attraction dans votre quotidien afin de vous permettre de créer la vie que vous souhaitez.

Contactez Agneta von Sporre – professeur de yoga, coach en développement personnel et instructrice diplômée en physique quantique appliquée.

(Tarif : 1 200 couronnes/heure pour conseils personnels et plan d'action stratégique.)

Ils se regardèrent. Maya haussa les sourcils et mit une main devant sa bouche pour étouffer un éclat de rire. Les yeux de Leif se rétrécirent.

— En fait, ce n'est même pas drôle, soupira-t-il. De nos jours, on trouve des cinglés New Age partout qui prétendent pouvoir se servir de la physique quantique comme de ketchup pour asperger sa spiritualité préférée. Croire qu'on peut influencer la réalité physique avec ses pensées… Quelle escroquerie de merde. C'est vraiment un truc de taré.

Maya regarda autour d'elle avant de s'assurer qu'ils étaient bien seuls.

— Quand tu dis ça, chuchota-t-elle avec un petit rire, tu ne vaux pas mieux que cette Agneta. Tu joues sur le même plan qu'elle quand tu prétends que quelque chose dont tu ne connais rien n'est qu'une escroquerie et un truc de taré. Vous devenez des adversaires dans la même équipe. Juste pour que tu le saches.

— Dans la même équipe ? Tu veux dire quoi par là ?

— La rhétorique, Leif. Tu dois penser à la rhétorique. Exactement comme Madame Quantique. Elle et ses semblables se goinfrent de suppositions, se vautrent dans les formulations bas de gamme. Là, tu fais exactement la même chose.

— Pardon, mais je dois dire quoi alors ?

— Ce serait plus correct de dire : *D'après mes connaissances limitées et d'après tout ce que nous savons aujourd'hui sur la manière dont fonctionne l'univers, j'estime que la force de la pensée c'est des conneries.* Il peut y avoir une once de vérité là où on s'y attend le moins, ou plutôt là où on ne veut pas la voir, et alors c'est dommage de jeter le bébé avec l'eau du bain, si on peut dire.

— Une once de vérité..., répéta-t-il en levant les yeux au ciel. Maya, tu n'as pas changé. Ça se remarque à peine que tu as vécu à New York si longtemps... N'importe qui comprend que tout ça c'est des conneries.

Maya vit soudain une femme imposante apparaître sur le seuil de la porte.

— La rhétorique, Leif, lui glissa-t-elle rapidement à l'oreille.

— Vous êtes Leif Berggren ? De la police ? demanda la femme.

— C'est bien ça, répondit Leif en lui tendant la main.

— Agneta von Sporre, se présenta-t-elle en s'inclinant de façon solennelle.

Puis elle se tourna vers Maya et répéta son geste.

— Maya, déclara Maya.

— Et vous êtes... ?

— Photographe. Je connais bien la région. C'est d'ailleurs moi qui ai montré le coin à Leif.

— Bien. Et je vois que vous vous intéressez à ma formation, dit Agneta en se tournant vers le tableau. C'est ma petite activité parallèle, en quelque sorte.

Elle les regardait à présent avec une expression qu'elle voulait sans doute tendre, supposait Maya.

— Maintenant que j'y pense, poursuivit-elle, ça pourrait vous intéresser, vous les policiers. Vous pourriez apprendre à… comment dire… à vous imaginer en train d'élucider un crime. Les forces de l'univers coopèrent. Ça s'appelle la loi de l'attraction. C'est une force naturelle. C'est de la science pure, dit-elle et elle illustra ses propos avec des mouvements de la main dans les airs.

Leif se racla la gorge.

— Nous sommes venus ici pour vous parler mais aussi pour interroger vos éventuels employés, dit-il sur un ton cassant en luttant pour garder son sang-froid. Et nous aimerions également faire le tour de la propriété.

— Très bien, commença Agneta. Nous avons deux salles de conférences et nous pouvons proposer…

— Merci, l'interrompit Leif. Y a-t-il des clients ici aujourd'hui ?

Agneta fronça les sourcils.

— Pas en ce moment, malheureusement. En revanche, il est possible que la jeune fille qui loue la petite maison soit là.

— Nous sommes déjà en contact avec elle, dit Leif.

— Ah bon ? Dans ce cas… Alors nous pouvons aller discuter dans mon bureau.

— Ça va aller, respire profondément, dit Maya en posant sa main dans le dos de Leif lorsqu'ils arrivèrent sur le parking. Tu es sûr que tu ne veux pas te créer la vie dont tu as toujours rêvé, Leif ?

— Je ne crois pas, non.

— En tout cas, pas avec cette bonne femme, rit Maya avant de jeter un œil en direction de la maison de Nathalie. Tout semble éteint chez elle.

— Elle est peut-être à l'hôpital, suggéra Leif.

— Peut-être. Tu t'es un peu renseigné à son sujet ?

— Oui. J'ai trouvé des choses. Ce que j'ai lu m'a un peu étonné, je dois avouer. En tout cas, il faut qu'on y aille mollo avec elle.

— Mais qu'est-ce que tu penses de ce qu'elle m'a raconté ? demanda Maya.

— De quoi ?

— Tu n'écoutes pas ce que je te dis ? soupira-t-elle. À propos de toutes ces rumeurs. Sur le fait que les gens disparaissent dans la tourbière. Et sans laisser la moindre trace ?

Leif la regarda d'un œil sceptique.

— Ce genre de rumeurs a toujours existé.

— Mais elle a parlé d'un homme qui s'appelle…

— Göran Dahlberg ! rit Leif. Oui, je le connais.

— Nathalie dit qu'il a essayé de vous expliquer des choses.

— Sans aucun doute… Et nous l'avons écouté. Nous nous sommes même renseignés. Mais, excepté l'écolier qui se trouvait incontestablement dans les environs, seule une des personnes disparues semble être passée par la Tourbière.

— Et de qui s'agit-il ?

— De la femme de Göran. Depuis plusieurs dizaines d'années, elle vivrait en Australie ou en Nouvelle-Zélande, je crois. Avant de partir, elle aurait expliqué à ses amies qu'elle ne le supportait plus. Il faut que tu comprennes, Maya, que toutes ces conneries ont commencé par la découverte de la Fille aux airelles. Avant que Larsson ne la déterre, nous n'avions jamais entendu parler de la Tourbière. Mais après, ça a été comme ouvrir une digue.

Maya enfila une fine paire de gants.

— Tu as quand même l'intention de parler avec Göran Dahlberg ?

— Ça se voit que tu ne l'as jamais rencontré. C'est un… comment dire… un original. Beaucoup de choses se passent dans sa tête. Exactement comme chez cette…

Il fit un geste vers le manoir.

— Je n'arrive quand même pas à comprendre. Maintenant qu'on a trouvé Stefan Wiik, la situation a totalement changé, non ? Stefan a disparu de Brålanda il y a quatre ans et il réapparaît subitement ici. Tu es quand même d'accord pour dire que c'est étrange.

Leif balaya la tourbière du regard.

— Oui, mais commençons par chercher ce qui pourrait relier Stefan et Johannes avant de nous intéresser à toutes ces croyances à la con.

— OK, dit Maya. Au fait, tu as regardé les photos que je t'ai envoyées ? La silhouette accroupie ?

— Oui, répondit Leif en se frottant les bras pour se réchauffer. Je suis d'accord avec toi. On dirait vraiment quelqu'un qui cherche à se cacher, ou qui t'épie. Mais bon, on ne voit pas bien les détails.

— J'ai essayé d'agrandir les photos mais le résultat était trop flou, expliqua Maya.

— Je vais envoyer quelqu'un pour poser des questions aux gens du coin.

Maya haussa les épaules.

— Je peux tout aussi bien m'en charger. De toute façon, j'ai prévu de faire un tour ici pour prendre des photos. Je peux prétexter que j'aimerais faire des portraits des gens qui habitent autour de la tourbière. Comme ça, pas besoin d'envoyer quelqu'un.

— Tu n'es pas flic, Maya.

— Justement.

— Tu es juste engagée par la police. Tu ne peux pas faire ce que tu veux.

Elle haussa de nouveau les épaules.

— Quand même un tout petit peu, répliqua-t-elle. Je suis un tout petit peu dans la police. Et je ne fréquenterai pas les suspects, je te promets.

— Loin de moi l'idée de t'interdire quoi que ce soit, sourit-il. Mais, quoi que tu fasses, sois prudente. Et le plus important de tout, ne me raconte que ce que je veux savoir.

Maya passa une main dans ses cheveux.

— Promis.

L'été précédant ce fameux dernier été, Nathalie et Julia décidèrent de créer un club secret. *La Société des chasseuses de fantômes.* C'est à ce moment-là qu'elles construisirent la cabane dans la tourbière. Chez Julia, il y avait une quantité impressionnante de matériaux de construction qui ne manqueraient sans doute à personne. Son père était un grand collectionneur d'objets en tout genre, et même s'il était doué pour trier toutes les vieilleries qu'il entassait il ne pouvait pas connaître chaque clou et chaque planche de son atelier, se dirent-elles.

Un jour que les parents de Julia partaient à Åmål pour la journée, les deux filles choisirent de rester à la maison, prétextant qu'elles allaient faire leurs devoirs et regarder un film. C'est en tout cas ce qu'elles dirent aux parents. Mais, dès qu'ils eurent franchi le seuil, elles se rendirent directement dans l'atelier où se trouvait le matériel : des empilements de planches, des monticules de matériel électronique, des montagnes de gros électroménager, des mètres carrés de petits objets.

— Regarde, dit Julia après avoir rassemblé quelques planches en bon état.

Elle les mit en tas et les entoura d'une corde pour pouvoir les porter plus facilement. Puis elle recommença la procédure avec d'autres planches. Deux tas pour Nathalie, deux pour elle.

— Et là, un marteau ! s'exclama Nathalie en brandissant l'outil. Il y en a au moins dix. On n'aura même pas besoin de le rapporter.

Elle continua à farfouiller, récupéra des clous de différentes tailles qu'elle fourra dans son sac à dos.

Une fois satisfaites de leurs trouvailles, elles décidèrent de partir pour la tourbière. Mais le chargement était beaucoup trop lourd pour être transporté à la main.

— Attends, je sais, dit Julia, et elle alla chercher une brouette.

Elles se relayèrent pour la pousser jusqu'à la tourbière. Dans un sac, elles avaient mis du jus d'orange et des gâteaux.

— On pourrait commencer par construire un mur ici, qu'en penses-tu, chère Chasseuse de fantômes ? dit Julia lorsqu'elles arrivèrent à l'endroit qu'elles avaient choisi pour leur maison.

Celui-ci était situé au beau milieu d'un petit bois de pins. Elle dressa une planche pour montrer comment elle le voyait.

— Ça me semble très bien, chère Chasseuse de fantômes, acquiesça Nathalie.

Puis elles se mirent au travail, les coups de marteau résonnant dans toute la tourbière.

Quelques heures plus tard, leur petite cabane possédait aussi bien des murs qu'un toit. Elles considérèrent leur œuvre avec scepticisme.

— Je la voyais plus grande, dit Nathalie.

— Moi aussi, approuva Julia. Et il y a des trous au plafond, ajouta-t-elle en levant la tête vers le toit. Il va pleuvoir dedans.

C'est à ce moment-là qu'elles entendirent une voix derrière elles.

— Je peux vous aider si vous voulez.

Nathalie et Julia sursautèrent. C'était Göran. Elles ne l'avaient pas entendu arriver.

— C'est beau ce que vous avez fait.

Il cogna du poing un des murs et confirma sa solidité d'un signe de tête admiratif.

Julia lança un regard inquiet à Nathalie.

— Il… il faut qu'on rentre.

— Je peux me charger de la terminer. Si vous me dites ce que vous voulez.

Le lendemain, lorsqu'elles retournèrent sur place, la cabane était terminée. Et parfaite. Exactement comme dans leurs rêves. De la bonne taille, aux murs solides et avec un toit sans interstices. Elles recouvrirent le sol d'une peau de vache qu'elles avaient trouvée au fond d'une étagère dans la réserve chez Julia. Elles tendirent une corde à linge pour les chaussettes mouillées et répartirent dans différents paniers du papier, des stylos, de la nourriture et des jeux qu'elles rangèrent dans un petit placard que Göran avait fabriqué dans un coin.

Leur mission pouvait maintenant commencer. Elles scrutèrent les alentours avec leurs jumelles, discutèrent des indices qu'elles trouvaient, se lancèrent dans un journal de bord sur les différents fantômes possibles.

18 h 40. Vents glacés durant quatre minutes. Tout porte à croire qu'il s'agit d'un fantôme malveillant.

Elles relisaient régulièrement le livre que Göran avait donné à Nathalie.

À cette époque-là tout semblait si innocent, si inoffensif, se dit Nathalie. Jusqu'à l'été suivant où l'enfer s'était abattu sur la tourbière. Et si tout était leur faute ? Si c'étaient elles qui avaient séduit les esprits ? Elles qui leur avaient redonné vie ?

4

Le chemin gravillonné desservant les maisons dessinait une courbe et encadrait la face nord de la tourbière. Maya avait déjà fait plusieurs fois le tour des environs en voiture, penchée sur le volant, scrutant le paysage.

Certaines maisons étaient à l'état d'abandon. Leurs habitants semblaient les avoir quittées à la hâte, laissant la forêt et la végétation s'en emparer. Les boîtes aux lettres étaient ouvertes sur le bord du chemin, remplies de publicités et de journaux qui avaient gonflé sous la pluie. Dans son monde à elle, une habitation avait de la valeur, mais ici c'était plutôt le contraire. S'en séparer semblait être un soulagement.

Elle se trouvait à peine à dix minutes en voiture de Fengerskog avec son café proposant des salades de boulgour et des smoothies à la spiruline. Deux mondes que tout opposait.

Elle avait fait quelques recherches. Quatre maisons étaient toujours habitées. Elle avait obtenu des informations sur deux d'entre elles : celle de Göran Dahlberg qui se trouvait à l'endroit où les voitures faisaient demi-tour et celle des Larsson située au début du chemin.

Les deux autres appartenaient respectivement à un paysan d'une cinquantaine d'années qui travaillait à temps partiel et à des éleveurs de bovins. Elles étaient dans les terres et ne se voyaient pas depuis la route. Maya avait l'intention d'aller frapper à la porte de chacune d'elles. Elle décida de commencer par celle des Larsson.

La maison était vieille mais belle. Construite sur une hauteur, elle offrait une vue imprenable sur la tourbière. Au bord de la route il y avait un panneau en tôle sur lequel était écrit en lettres en partie effacées *La Tourbe des Larsson*. La propriété s'étendait jusqu'à la grange à tourbe ; une énorme construction en bois qui virait au gris, d'où partaient des rails conduisant à une colline abrupte à plusieurs mètres de là. Aujourd'hui, le bâtiment était en ruine mais autrefois c'est là que la tourbe était chargée pour être ensuite déchargée un peu plus loin. Du moins, c'est ce qu'elle supposait.

L'allée menant à la maison était bordée de nains et de chiens en pierre. À l'étage, une fenêtre était ouverte.

Maya gara sa voiture dans la cour. Elle se dirigea ensuite vers un grand atelier dont la porte était entrouverte. Des bruits de marteau s'en échappaient. De toute évidence, quelqu'un était en train d'y travailler.

— Hé ho ! cria-t-elle.

Pas de réponse.

Elle pénétra dans le local et fut étonnée par ce qu'elle y découvrit. Celui-ci était saturé d'objets et d'outils en tout genre. Elle ne se souvenait pas d'avoir déjà vu un espace aussi grand et aussi encombré. Les bruits de marteau semblaient provenir d'une arrière-pièce. Son regard se promena le long des murs qui disparaissaient derrière des vieilleries entassées les unes sur les autres. Elle avait du mal à estimer la quantité d'objets que pouvait contenir cet endroit.

Quelqu'un dans cette famille était incontestablement brocanteur ou ferrailleur, voire les deux. Dans un coin se trouvaient plusieurs baignoires empilées. Des rangées de chambres à air et des chaînes pendaient au plafond. Il était difficile d'imaginer que quelqu'un puisse avoir l'utilité de tout ça. Des frigos, des fours, des cartons, des caisses, des boîtes, des tonneaux. Ça en devenait presque provocant.

— Vous cherchez quelque chose ?

Elle n'avait pas remarqué que les bruits de marteau avaient cessé.

Un homme en bleu de travail se tenait dans l'entrebâillement de la porte et l'observait avec méfiance. Il portait un bonnet et une barbe bien entretenue.

— Bonjour, dit-elle en s'avançant vers lui la main tendue. Désolée d'être entrée comme ça. J'ai appelé mais vous n'avez pas dû m'entendre.

— Ah oui. Oui.

— Je m'appelle Maya et je viens de Fengerskog. Je suis artiste. J'ai le projet de faire une série de photos des environs et je voulais juste me présenter. Au cas où vous vous demanderiez qui est cette personne bizarre qui se balade devant chez vous.

— Des photos ? Il y a quelque chose à photographier ici ?

— L'endroit est très beau. D'une manière particulière. Il est tranquille et un peu mystérieux, avança Maya.

L'homme ne semblait pas d'accord avec elle.

— Tranquille n'est pas le mot que j'emploierais. Est-ce que ça a un rapport avec toutes ces saloperies qui ont eu lieu ces derniers temps ?

— Vous voulez dire…

— Le type qui a été tabassé et l'autre qui a été retrouvé enterré dans la tourbière, l'interrompit-il. Ce n'est pas franchement drôle d'habiter au milieu de tout ça. Qui sait ce qui va arriver la prochaine fois ? Donc vous n'êtes pas journaliste ?

— Non, lui confirma Maya.

— C'est bien. Parce que, ceux-là, je les ai assez vus, dit-il en continuant à la scruter du regard. Artiste, vous dites ?

— C'est ça. Photographe.

La lumière blanche des néons rendait son visage blafard.

— Vous extrayez encore de la tourbe ici ? demanda Maya pour essayer d'amener la conversation ailleurs.

— Ça fait bien longtemps que ce n'est plus le cas. Depuis que l'endroit est devenu un site protégé, c'est interdit. À la place, on a la forêt, dit-il en s'essuyant le front avec un mouchoir.

— Je comprends, lui dit-elle en souriant, puis elle regarda autour d'elle. C'est impressionnant, cette collection d'objets.

— Quarante ans de travail, répondit-il en lui faisant un semblant de sourire. Et pas une seule fois je l'ai vidé. Et avant moi, il y avait mes parents. Eux aussi étaient doués pour entasser. Ici, on peut trouver à peu près tout ce qu'on veut, si on a le courage de chercher un peu.

— Je veux bien le croire, dit Maya en jetant de nouveau un œil autour d'elle.

S'ensuivit un petit silence.

— En fait, j'aimerais faire quelques portraits pour mon projet, des gens qui habitent autour de la tourbière.

— Des portraits ?

— Oui. Des gens qui habitent ici.

— Ah oui ? Qu'est-ce que ça peut avoir d'intéressant ? On est quasiment les seuls. À être restés ici. On n'est pas nombreux, quoi. Il y a Yvonne et moi, Göran et Texas. Et Laila et sa famille. On n'est pas particulièrement intéressants.

Maya sourit.

— C'est toujours ce qu'on pense. Mais c'est rarement vrai.

— Il ne s'agit pas d'un article pour un journal, si ? demanda-t-il pour être bien sûr que Maya n'était pas journaliste.

— Non, juste d'un projet de photos.

Il ricana.

— Donc vous voudriez prendre une photo de moi, c'est ça ?

— J'aimerais beaucoup. Comment vous appelez-vous, si je peux me permettre ?

— Peder. Maintenant ?

— Pas obligatoirement. Je peux revenir un autre jour si vous préférez.

Il se baissa, ramassa une canette de soda vide et la balança sur une pile de bouteilles en verre et de canettes.

— Non, je ne sais pas. Je ne pense pas que…

Il s'interrompit un moment pour réfléchir.

— Vous avez votre appareil photo avec vous ?

— Bien sûr.

— Faut que j'aille chercher ma femme, alors ?

— Volontiers.

L'épouse de Peder, Yvonne, était une femme robuste au regard droit et à la poignée de main ferme. Maya expliqua rapidement son projet et Yvonne sembla presque flattée.

Elle ne cessait d'être étonnée par la bonne disposition des gens à adhérer à son travail et à se laisser photographier. Ils étaient toujours d'accord pour participer sans jamais faire preuve d'exigences ni élever d'objections bien qu'ils ne la connaissent pas et qu'ils ne sachent en réalité rien sur ses intentions finales.

De plus – et c'était peut-être ça le plus étrange –, il était rare que quelqu'un s'oppose à signer le contrat lui permettant de publier les photos ou de les montrer dans une exposition.

— Voilà, dit-elle en leur tendant le papier. J'ai quelques livres dans ma voiture sur mon travail pour que vous puissiez vous faire une idée avant de signer.

— Ça va, dirent-ils en chœur. Ce n'est pas nécessaire.

Les formalités réglées, elle leur demanda de se placer au centre de l'atelier et utilisa un objectif grand angle pour pouvoir cadrer le maximum d'objets. Le désordre avait quelque chose d'esthétique. Une sorte de chaos libérateur avec, on le voyait bien, une tentative d'organisation. À titre d'exemple, les mitigeurs de baignoire étaient rangés selon leur taille parmi les carburateurs de voiture et les pédales de vélo.

Après la séance dans l'atelier, elle voulut aussi prendre des photos d'extérieur, devant la grange à tourbe et avec la tourbière en arrière-plan.

— On pourra voir les photos ? dit Yvonne en posant ses mains potelées sur ses hanches.

— Bien sûr. Si vous voulez, je viendrai vous déposer une copie de la meilleure, proposa Maya.

— C'est parfait, sourit Yvonne avec un coup d'œil à son mari. On pourra peut-être s'en servir pour faire nos cartes de vœux et les envoyer à nos amis et nos connaissances.

— Absolument, dit Maya. L'ambiance de Noël ne sera pas là mais ça peut être marrant.

Ils l'accompagnèrent jusqu'à sa voiture.

— Je suis également intéressée par l'histoire de cet endroit, dit Maya. Si j'ai bien compris, c'est vous, Peder, qui avez découvert la Fille aux airelles, non ?

— Oui..., répondit-il en baissant les yeux. Après, ç'a été un bordel pas possible.

Maya ouvrit la portière.

— Je veux bien le croire. Au fait, il y a quelques jours j'ai rencontré quelqu'un que vous connaissez. Nathalie. C'était bien la meilleure amie de votre fille Julia ?

L'homme et la femme la regardèrent comme s'ils croyaient avoir mal entendu.

— Vous avez rencontré Nathalie Nordström ? Elle est ici ? s'étonna Yvonne.

— Elle loue la petite maison du manoir pendant quelques mois pour terminer une thèse en biologie. Sinon, elle habite à Göteborg.

— C'est vrai ? Je me suis tant de fois demandé ce qu'elle devenait, dit Yvonne. Un jour elle a tout simplement disparu. Tout s'est passé si vite. Je suppose que vous êtes au courant... pour ses parents ?

— À l'époque, j'habitais à Åmål et cette histoire a fait le tour de la région, acquiesça Maya.

— Bon, faut que je me remette au boulot, déclara Peder en faisant un pas vers son atelier.

— Encore une chose, dit Maya. Vous êtes-vous promenés du côté de la tourbière jeudi dernier, à peu près à l'endroit où le jeune homme évanoui a été retrouvé ?

— Du côté de la tourbière ? Non, en tout cas pas que je me souvienne, dit Peder. N'est-ce pas, Yvonne ? Pourquoi vous nous demandez ça ?

— J'étais en train de faire des photos du paysage quand j'ai pris par inadvertance une personne qui s'y trouvait. J'aimerais juste savoir de qui il s'agit.

— On va rarement se promener là-bas. On reste plutôt dans notre coin, expliqua Peder. C'est tout ?

— Oui, merci, sourit Maya.

— Il devient grincheux quand on ne le laisse pas bricoler, chuchota Yvonne à Maya lorsque Peder se fut éloigné. Mais, qu'est-ce que je voulais dire… vous avez aussi l'intention de prendre des photos de la tourbière ?

— Oui.

— Soyez prudente. On avait une fille, Tracy, peut-être en avez-vous entendu parler. Elle est tombée dans la tourbière. À certains endroits, c'est très dangereux. Si je peux vous donner un conseil, ne vous y aventurez pas.

Maya fut surprise par sa franchise.

— Je m'en souviens très bien. C'était un terrible accident.

— Oui, répondit Yvonne d'une voix fatiguée. Et voilà qu'on vient de découvrir un homme qui y était enterré. Et il y a aussi eu l'incident avec ce garçon que vous venez de mentionner. On se demande bien dans quel endroit on vit. Qui voudrait acheter notre maison aujourd'hui ? Personne. Enfin, avant non plus. On l'a déjà mise trois fois en vente. Mais pas une seule proposition. On ne partira jamais d'ici.

Deux fillettes apparurent soudain sur le seuil de la porte d'entrée. L'une devait avoir environ cinq ans et l'autre huit.

— Ce sont les filles de Julia, dit Yvonne.

Elle leur fit un signe de la main et leur demanda de saluer Maya.

— Bonjour ! s'écrièrent les deux filles en chœur.

Maya leur sourit.

— Vous êtes gardes d'enfants ? demanda-t-elle ensuite à Yvonne.

— Gardes d'enfants ?

Yvonne n'eut d'abord pas l'air de comprendre ce qu'elle voulait dire. Maya fit un signe de tête en direction des filles.

— Ah oui… Non, elles vivent chez nous, pour ainsi dire. Julia a… Julia travaille dans une banque à Åmål… Elle a déjà assez à faire avec elle-même. Et on ne peut pas vraiment compter sur le père. Il n'est pas très fiable.

Yvonne devenait trop intime. Maya sentit qu'elle devait faire attention de ne pas profiter de la situation bien que cela la démange d'en savoir plus.

— Pourtant, je l'avais prévenue, continua Yvonne tout en secouant la tête. Ne t'approche pas de ce genre de type. Tu n'auras que des problèmes. Il y avait toutes ces histoires de drogue et… je crois malheureusement qu'il n'hésitait pas à cogner. Mais qu'il ne s'avise pas de toucher aux enfants. Sinon, il aura affaire à nous, ça je vous le garantis.

— Vous avez la garde ?
— Non, pas vraiment. Mais Julia et leur père ont déjà du mal à s'occuper d'eux-mêmes. Tous les deux ont compris que Nova et Lilly sont mieux ici. Peder travaille beaucoup mais moi j'ai le temps de m'en occuper. Ce serait bien vide ici si elles n'étaient pas là.

Tout avait commencé le jour où la momie avait été découverte dans la tourbière. C'était au beau milieu d'une période intense d'extraction de tourbe, les grandes vacances venaient de commencer et un tas de garçons de la ville travaillait sur le domaine de Julia.

Nathalie était là quand ça avait eu lieu. Julia et elle avaient alors douze ans et elles étaient installées sur une couverture au soleil en train de jouer aux cartes. Nathalie venait juste de perdre la partie quand le père de Julia était apparu dans la cour. Son visage était écarlate et il transpirait abondamment. Il s'était approché des filles, un torchon à la main. Nathalie avait levé le regard vers lui et avait vu que ses yeux bougeaient dans tous les sens.
— On a trouvé quelque chose, dit-il.
— Quoi ? demanda Julia.
— Où est maman ? Il faut que j'appelle la police, dit-il en se dirigeant vers la maison.

Très peu de temps après, une voiture de police était arrivée. Puis des gens du petit musée régional et pour finir le directeur du musée de Karlstad. Avait aussi surgi le journal local. C'était un vrai remue-ménage dans la cour. La mère de Julia préparait du café à la chaîne et apportait à tous les nouveaux venus une tasse et des petits gâteaux sur un plateau. Dans un coin, un homme se faisait interviewer par le journal local.

— Nous ne sommes pas encore sûrs, disait-il, mais tout porte à croire qu'il s'agit du corps d'une jeune femme ayant vécu il y a très longtemps. Peut-être même avant Jésus-Christ. Selon certaines théories, cet endroit était utilisé comme lieu de sacrifices. Aujourd'hui, nous en avons peut-être enfin une preuve concrète. Nous avons également mis au jour des vêtements et une amulette en or. C'est une découverte fantastique que nous venons de faire.

Plusieurs jours s'écoulèrent ainsi avant que les choses ne se calment. Pendant cette période, Nathalie passa tout son temps chez Julia. C'était tellement excitant de se trouver au cœur des événements.

En revanche, le père de Julia était nettement moins content. Il voulait continuer à extraire sa tourbe, il voulait continuer à travailler.

— Maintenant, ça suffit ! avait-il dit un jour en tapant du poing sur la table. Un boucan pareil pour un vieux cadavre !

La momie avait été emportée au musée et on lui avait attribué une place de choix sous le nom de la Fille aux airelles.

Durant cette même période, Tracy avait rencontré un nouveau mec, bien plus vieux qu'elle. La trentaine, prétendait-on.

— C'est dégueulasse, disait Julia. Un vieux bonhomme.

— Non, c'est hyper excitant, la taquinait Nathalie.

— Moi, je trouve ça juste dégueu.

Elles ne voyaient presque plus jamais Tracy. Son nouveau mec ne venait jamais chez elle. De plus, Tracy louait une chambre à Åmål pour être plus près du lycée.

Mais un vendredi soir, alors que Nathalie était à Åmål avec ses parents, elle l'avait croisée. Ils étaient allés dîner chez des amis et Nathalie avait apporté une pile de magazines pour ne pas s'embêter.

— Je peux aller faire un tour ? avait-elle demandé à sa mère après avoir fini son assiette.

— Tu veux aller où ?

La voix de sa mère était toute douce, comme chaque fois qu'elle buvait du vin. Les autres étaient toujours attablés, à discuter musique et à passer des disques tout en fumant des cigarettes. Quelqu'un avait ouvert la porte-fenêtre donnant sur la terrasse pour aérer.

Nathalie avait haussé les épaules.

— Je sais pas. À l'épicerie.

Sa mère avait aussitôt sorti son porte-monnaie en lui faisant un grand sourire.

— Mais bien sûr, ma chérie. Tiens.

Elle avait déposé un billet dans sa main et lui avait refermé les doigts. Puis elle avait mis son index sur sa bouche et lui avait fait un clin d'œil.

Ce ne fut qu'une fois dans la rue que Nathalie avait ouvert la main. Cinquante couronnes. Elle avait fait un calcul mental rapide. Une barre chocolatée, un Fanta, un paquet de chips au fromage. Et il resterait encore un peu d'argent.

Sur la place étaient rassemblés plusieurs groupes de jeunes. La plupart étaient soûls. Certains parlaient et riaient trop fort, d'autres allaient et venaient en titubant et quelqu'un était même en train de pleurer.

Nathalie hésita à la traverser. Elle ne se sentait pas à l'aise. Elle décida de faire le tour par l'arrière du kiosque à hot-dogs pour ne pas être dans leur champ visuel et risquer d'attirer leur attention.

Ça puait l'urine, la bière et la graisse brûlée.

C'est à ce moment-là qu'elle entendit des chuchotements de l'autre côté des poubelles. Elle tourna la tête. Un garçon et une fille se tenaient là, serrés l'un contre l'autre. La fille pleurait, la tête contre l'épaule du garçon. L'instant d'après elle réalisa qui c'était.

Tracy.

— Je veux pas qu'on arrête de se voir. Je peux pas vivre sans toi, sanglotait Tracy.

— Ne dis pas ça, chuchota le garçon en lui caressant les cheveux. Tu vas très bien t'en sortir. Ce sera même mieux sans moi. Tu… tu n'es plus comme avant. Je ne te fais pas du bien.

Ils restèrent comme ça un moment, front contre front. Puis leurs bouches se rapprochèrent et ils s'embrassèrent. D'abord timidement puis plus sauvagement. Finalement, le garçon repoussa Tracy pour reprendre son souffle.

— Merde, j'y arrive pas.

— Pourquoi ? siffla Tracy. Vous êtes déjà ensemble ? C'est ça, hein ? Vous êtes déjà ensemble ! Vous avez déjà couché ensemble ! cria-t-elle de plus belle.

Le garçon ne dit rien. Il resta immobile à la regarder.

— Sale con, cracha-t-elle. Va te faire foutre. Je veux plus te voir.

Elle s'éloigna et alla s'asseoir sur le talus face à la rivière en lui faisant signe de s'en aller.

— Tracy ! lui cria le garçon d'une voix suppliante.

— Casse-toi !

Il se passa la main dans les cheveux et la regarda pendant un long moment avant de tourner les talons et de s'en aller.

Nathalie n'osa d'abord pas bouger. Au bout d'un moment, elle s'écarta des poubelles et commença à marcher le long du talus comme si elle venait d'arriver.

— Tracy ? C'est toi ? dit-elle d'une petite voix.

Tracy renifla et tourna la tête vers elle. Elle plissa les yeux pour mieux voir.

— Putain… c'est toi, Nathalie ?

— Qu'est-ce que tu fais ici ?

— C'est plutôt à toi qu'il faut demander ça.

— Mes parents dînent chez des amis là-bas…

— On s'en fout. Viens t'asseoir à côté de moi pour fumer une clope.

Nathalie sentit aussitôt des milliers d'oiseaux dans sa poitrine prendre leur envol. En l'espace de quelques secondes elle se sentit devenir plus grande, plus importante.

Viens t'asseoir à côté de moi pour fumer une clope.

Elle s'approcha d'elle et s'assit sur l'herbe sèche.

— T'as déjà fumé ? demanda Tracy qui avait des traces noires de mascara sous les yeux.

Nathalie fit oui de la tête.

— Tu mens. Mais on s'en fout. Prends-en une.

Tracy attrapa une cigarette avec sa bouche puis tendit le paquet à Nathalie qui en prit une en faisant bien attention de ne pas avoir la main qui tremble. Tracy sortit ensuite son briquet, alluma sa cigarette et tira une longue bouffée. Nathalie l'imita. Les deux bouts incandescents se mirent à étinceler comme deux yeux qui se regardent.

Elle garda la fumée dans sa bouche un moment avant de la recracher.

Elles restèrent assises l'une à côté de l'autre sans un mot. Puis Tracy se mit à parler :

— Il y avait un mec avec moi juste avant que t'arrives. C'est pour ça que… j'ai pleuré. On est ensemble depuis environ un an, mais maintenant il veut que ça s'arrête.

Nathalie cligna plusieurs fois des yeux. Il fallait qu'elle pèse bien ses mots.

— T'es amoureuse de lui ?

Tracy poussa un gros soupir.

— C'est bien plus que ça. C'est comme si chaque atome de mon corps était… possédé par lui. Il s'est introduit dans mon cerveau, dans ma poitrine, tu comprends ? Il a pris le dessus. C'est horrible. Je me sens tellement mal.

Elle fondit de nouveau en larmes.

Nathalie se rapprocha et posa sa main sur son dos. Elle ne savait pas bien quoi faire.

— C'est comme ça depuis le jour où on s'est rencontrés, reprit Tracy. Putain, ça fait un an que ça dure. On se voit la nuit, mais le jour on a des vies complètement différentes. Il n'a jamais vraiment voulu de moi. C'est tellement humiliant. Je me sens comme… comme un accessoire.

Elle renifla et s'essuya le nez avec le dos de sa main.

— Et maintenant il a rencontré quelqu'un d'autre. Angelica les a vus se promener ensemble en ville.

Elle se tourna vers Nathalie et insista :

— *En ville.* Il lui tenait la main. Jamais il ne m'a tenu la main. On ne sortait jamais ensemble dans la rue.

Elle se tut et baissa la tête.

— Ça fait tellement mal. J'ai l'impression de ne plus exister.

Nathalie retint son souffle. Ses pensées étaient fébriles.

— *Mais si* tu existes, réussit-elle à dire.

Mais si tu existes. Quel commentaire stupide.

Tracy esquissa un sourire, jeta son mégot et se leva.

— Tout va bien, Nathalie. Tu es gentille. Maintenant, faut que j'y aille. À bientôt. Fais attention à toi, dit-elle en lui faisant une caresse sur les cheveux.

Nathalie resta immobile un instant, puis elle écrasa sa cigarette dans l'herbe, se redressa et tourna la tête vers la place.

Ce qu'elle venait de vivre était incroyable.

Elle, Nathalie, s'était retrouvée à fumer une cigarette avec Tracy et à discuter de mecs ?

Elle partit en direction de l'épicerie. Elle n'avait plus aucune intention de faire un détour pour éviter les jeunes. D'un pas décidé, elle traversa la place pour aller acheter ses friandises. En plus, elle prit un paquet de chewing-gums à la menthe.

Un soir, quelques jours plus tard, une fois l'agitation autour de la Fille aux airelles enfin un peu retombée, Tracy retourna chez ses parents. Elle entra sans faire de bruit, fit un signe de tête à Julia et Nathalie et disparut dans sa chambre. Elle ne fit aucune allusion à sa rencontre avec Nathalie.

— Son mec l'a quittée, expliqua Julia quand elles furent dans sa chambre à écouter de la musique. Peut-être qu'ils n'ont jamais vraiment été ensemble. Apparemment, il aurait rencontré une autre fille.

— Ah bon ? dit Nathalie. C'est triste.

— Non, c'est bien, je trouve.

Elle rassembla ses cheveux et se fit un chignon.

— Depuis qu'elle l'a rencontré, elle est tout le temps de mauvaise humeur, poursuivit-elle. Et elle ne mange plus rien. Tu as vu comment elle a maigri ?

Depuis plusieurs jours il faisait un soleil radieux. Mais, ce soir-là, le temps tourna à l'orage. Julia s'était tout de suite endormie. Nathalie, elle, n'arrivait pas à trouver le sommeil. Elle était allongée dans le lit à regarder le plafond et à écouter le sifflement du vent qui faisait vibrer les murs de la maison.

Subitement, le vent s'arrêta net et tout devint calme.

Elle se leva aussitôt pour aller regarder par la fenêtre.

Elle découvrit Tracy devant la maison, pieds nus et vêtue d'une chemise de nuit rayée. La jeune fille avançait d'un pas hésitant sous le clair de lune en direction de la partie la plus humide de la tourbière, celle qui débouchait sur un marais. On leur avait toujours formellement interdit d'aller dans ce coin.

Soudain elle entendit la mère de Tracy qui appelait sa fille par la fenêtre du premier étage. Son cri transperça l'air.

— Tracy ! Où vas-tu ? Fais attention ! Reviens !

Puis les pas lourds du père qui descendait l'escalier. Nathalie ouvrit la fenêtre et réveilla ensuite Julia qui se précipita aussitôt dehors.

Tracy s'enfonçait dans l'obscurité tandis que les cris de plus en plus désespérés de ses parents se répercutaient contre les arbres. Sans se retourner, elle avançait en direction de la tourbière. Depuis la fenêtre de la chambre de Julia, Nathalie fut témoin de la scène. Elle vit ce qui se passait.

Au bout d'un moment, Tracy commença à s'enfoncer dans la tourbe. D'abord jusqu'aux genoux, puis jusqu'aux hanches. La brume enveloppa progressivement son corps aux reflets irisés sous le clair de lune, presque nacrés.

Comme si la brume l'accueillait.
Comme si elle l'étreignait.
Comme si elle l'attirait vers le fond.
Pour finalement l'engloutir.

En discutant avec Yvonne dans la cour des Larsson, Maya avait eu envie d'en apprendre plus sur la mort de sa fille. Mais elle s'était retenue. Elle ne voulait pas montrer à quel point cette histoire l'intéressait.

Elle reprit le chemin gravillonné, bordé d'un côté par la forêt et de l'autre par la tourbière. Au bout de quelques minutes, elle passa devant une première ferme et juste après, une seconde. Toutes deux semblaient inhabitées. Elle gara sa voiture sur le bas-côté, attrapa son appareil photo et sortit. Le ciel était clair, presque blanc.

Elle se demandait si les maisons tenaient à être visibles ou si, au contraire, elles se cachaient. Le jardin dans lequel elle pénétra était dans un état lamentable. Par endroits des trous étaient creusés dans le sol. En s'approchant, elle comprit qu'ils étaient destinés à recevoir les déchets de toilettes sèches.

Elle fit le tour et prit quelques photos. À travers les stores en partie baissés, elle essaya de voir à l'intérieur de la maison. Elle entrevit une moquette sale, des étagères vétustes, tout un tas de bibelots bon marché et un grand canapé d'angle sur lequel des vêtements étaient négligemment jetés.

Les gens font vraiment de leur mieux pour dégrader les choses. Et ça sans aucune dignité, se dit-elle.

Elle retourna s'asseoir dans sa voiture. Le ciel s'assombrissait. Une minute plus tard, il pleuvait. Elle fut tentée d'allumer la radio, mais décida de rester un moment immobile sur son siège à regarder la pluie tomber sur le pare-brise.

Puis elle mit le contact et démarra.

Elle roula pendant environ cinq cents mètres. Au moment où la pluie diminuait, elle tourna au niveau d'un panneau fait à la main sur lequel était inscrit *Texas*.

Des moutons et des chevaux paissaient autour de la ferme et, dans la cour, se baladaient des poules, des oies et un coq. De la musique provenant de la maison retentissait dans tout le jardin. Elle reconnut aussitôt le morceau. C'était Kris Kristofferson qui chantait son célèbre *Sunday Mornin' Comin' Down*.

Well, I woke up sunday morning
With no way to hold my head that didn't hurt

Elle se gara, coupa le moteur et descendit de voiture. Ici, l'ambiance était totalement différente. C'était un lieu en mouvement et plein de vie.

And the beer I had for breakfast wasn't bad
So I had one more for dessert

Un homme apparut sur le seuil de la porte et s'avança vers elle. Il avait les cheveux mi-longs grisonnants, une barbe lui encadrait le visage et il était vêtu d'un jean, d'un pull et d'un tablier sale.

Elle alla à sa rencontre.

— Bonjour. Désolée de vous déranger, je viens de Fengerskog et je suis photographe, annonça-t-elle. Je travaille en ce moment sur un projet autour de la tourbière et je voulais juste me présenter aux gens qui habitent ici.

— Ah, répondit Texas avec une certaine retenue. Vous êtes la troisième cette semaine. Je peux tout de suite vous dire que je n'ai rien à raconter. Je trouve juste que tout ce qui se passe en ce moment est très désagréable.

— Je ne travaille pas pour les médias, rectifia Maya. Je suis artiste et je travaille sur un projet de photos. Mon intention est de photographier la nature ici. Ça n'a rien à voir avec ce qui vient de se passer.

L'homme sembla se détendre un peu.

— Ah bon ? Ah, c'est beaucoup mieux, dit-il en lui tendant la main. Texas.

— Enchantée, le salua Maya.

— Je m'excuse pour ma tenue, dit-il avec un geste vers ses vêtements. Je suis en plein ménage. Je nettoie les pièces des chats. Il faut le faire parfois. Comment vous avez dit que vous vous appelez ?

— Maya. Les pièces des chats ?

— Oui, ils ont trois pièces à eux dans la maison. C'est comme s'ils avaient leur propre appartement. Ils sont tout bonnement en train de nous foutre à la porte.

— *Nous ?*

— Oui, mon amie et moi. Marie. En même temps, elle n'habite pas ici.

Maya expliqua plus en détail ses intentions concernant son projet. Texas l'écouta d'un air concentré tout en se passant la main dans les cheveux.

— Vous pouvez photographier les bêtes, si vous voulez. Moi, je suis plus difficile à convaincre. Et, concernant Marie, je ne sais pas. Elle est au travail. En ce moment, je suis en congé maladie.

— Dans quoi travaillez-vous ?

— Je suis aide-soignant en psychiatrie. Mais, il y a quelques semaines, j'ai été agressé par un homme de cent trente kilos qui m'a foutu des coups sur la tête. Depuis, je suis fatigué pour un rien. Ça a dû faire des dégâts là-dedans. Enfin, c'est comme ça.

Le coq s'avança soudain vers Maya. Comme s'il avait quelque chose d'important à lui dire qui ne pouvait pas attendre. Elle se baissa et contempla son plumage brillant, ses petits yeux et ses grandes griffes.

— Il s'appelle Morgan. Il se demande sans doute si vous avez de la nourriture. Il picore directement dans la main.

— Morgan ? répéta Maya, amusée.

— Oui, d'après la série documentaire sur le supermarché de Ullared. Vous l'avez vue ? Mes poules s'appellent Boris et Ola-Conny. Entre autres. Et les canards sont à Marie. Ceux-là, je les ai eus en prime. Ils sont très beaux, je dois dire. Des canards suédois.

Texas sortit un bout de pain de sa poche et le tendit au coq qui fit un bond en l'air pour l'attraper.

— Joli, fit Maya. Ce serait marrant d'avoir une photo de vous deux. Si ça vous va ?

— Vous croyez ? Oui, on peut toujours essayer. Dites-moi juste ce que je dois faire.

Elle lui demanda de s'asseoir sur un tabouret et, après plusieurs tentatives, ils réussirent à persuader Morgan de se tenir immobile à côté de lui. Texas et le coq semblaient quasiment de la même taille.

— Vous formez un couple charmant, dit Maya en les photographiant.

— N'est-ce pas ? Mon psy dit que c'est grâce au coq que j'ai fait tant de progrès.

— Vous êtes la première personne que je connais qui parle de son coq à son psy.

— Il faut bien qu'il y en ait un qui le fasse. Morgan m'a sorti du trou. On a une très belle relation, dit Texas en caressant le volatile.

— Du trou ? répéta Maya.

— Oui, je ne vois pas comment le dire autrement. C'est dur la vie d'un être humain. Vous n'avez pas remarqué ?

— C'est vrai, dit Maya. Mais… vous pensez à quoi en particulier ?

Texas secoua la tête puis jeta un œil en direction de la forêt.

— Parfois, j'ai l'impression que ça se résume à ne pas boire trop d'alcool. Et, parfois, j'ai l'impression que ça se résume justement à en boire. Tout est toujours lié à l'alcool. Et d'ailleurs, en réalité, quelle importance ?

Maya approuva d'un signe de tête.

— Je crois que je comprends ce que vous voulez dire. Et ça ne doit pas arranger les choses de se faire frapper par un type de cent trente kilos.

— Ça, c'est sûr. D'un autre côté, on passe son temps à recevoir des coups sur la tête.

Ils continuèrent à discuter pendant que Maya prenait des photos. Texas se mit bientôt à parler des derniers événements qui avaient eu lieu dans la tourbière.

— J'essaie de ne pas penser à ce qui se passe là-bas. Je n'en ai pas la force. La police est venue nous interroger. Les journaux aussi… Hier, j'ai envoyé Morgan attaquer une photographe qui était planquée derrière des buissons. Il lui a couru après, les ailes déployées, expliqua-t-il en battant des bras.

— C'est vrai ?

— Oui, c'est vrai.

— Ça a dû être un sacré spectacle ! rit Maya. Au fait, seriez-vous par hasard allé creuser un trou dans la tourbière ces jours-ci ?

— Non. Pourquoi j'aurais fait ça ?

— On a trouvé un grand trou qui a ensuite disparu.

— Un trou qui aurait disparu ?

— On peut dire ça, oui.

— Comment le savez-vous ?

— Je… je travaille aussi comme photographe de police, avoua Maya à contrecœur.

Elle s'attendait à une réaction négative de sa part mais il ne fit que hocher légèrement la tête.

— Ah oui ? Pas mal.

Une heure plus tard, après avoir bu un café et lui avoir assuré que ce n'était pas grave s'il n'avait ni whisky ni bière à offrir, elle fut prête à partir.

— Au fait, bonne musique, dit-elle. Pendant toute mon enfance, mon père a écouté Kris Kristofferson.

— Oui, il faut écouter Kris au moins une fois par jour sinon on n'arrive à rien. Et, en même temps, on arrive rarement à grand-chose, comme j'ai l'habitude de dire.

Il sortit une boîte de tabac à priser de sa poche et en proposa à Maya qui refusa d'un signe de tête. Il plaça une prise entre sa gencive et sa lèvre supérieure.

— Sinon, c'est surtout de la country. Waylon & Willie. Townes. Parfois, j'écoute aussi autre chose, comme Lars Demian. Mais je reviens vite aux fondamentaux, si je peux dire. À la réalité. Il ne faut pas trop s'éloigner du cours du porcelet, comme a dit une fois un député du centre.

— Du cours du porcelet ?

— Oui. Rien ne peut fonctionner si on oublie la valeur d'un porc, affirma-t-il en posant sa main sur la rambarde en bois de la maison. Bon, faut vraiment que je retourne à mon ménage avant que mon amie ne rentre. Pour montrer que j'ai fait quelque chose de ma journée. Au fait, j'oubliais, si vous voulez en savoir plus sur la tourbière, allez parler avec Göran Dahlberg. Il a beaucoup de choses à raconter. En tout cas, plus que moi.

Ils étaient arrivés trop tard.

Depuis la fenêtre de la chambre de Julia au premier étage, Nathalie voyait Peder et Yvonne courir derrière Tracy. Ils fonçaient dans l'obscurité tout en criant son prénom pour essayer de la rattraper. Mais ce fut peine perdue. Impuissants, ils virent leur fille disparaître dans la tourbière. Ils se jetèrent dans le marais et faillirent être engloutis eux aussi.

Lorsque Julia tomba sur les genoux et se mit à hurler, Nathalie referma la fenêtre. Au moins, elle n'entendrait plus le cri déchirant. Les fenêtres venaient d'être remplacées. Du triple vitrage, se rappelait-elle que son père avait dit. Eux aussi allaient bientôt en mettre chez eux, à condition d'en avoir les moyens. D'après lui, ça ferait considérablement baisser la facture d'électricité.

Nathalie se rendit dans l'entrée et composa le numéro de chez elle. C'est son père qui décrocha.

— Il s'est passé quelque chose d'horrible, chuchota-t-elle, des sanglots dans la voix. Il faut que vous veniez.

Ses parents apparurent dans la cour à bord de leur Volvo noire en même temps que la police et une ambulance. Ils se précipitèrent dans la maison pour prendre

Nathalie dans leurs bras comme si c'était elle qui s'était trouvée en danger.

Arrivèrent ensuite des plongeurs et quelques proches de la famille. Peder et Yvonne durent montrer où ils avaient vu leur fille disparaître. Durant quelques heures silencieuses, les plongeurs luttèrent dans l'eau opaque.

Sans retrouver la jeune fille.

Yvonne tournait autour d'eux tout en se frottant le corps comme pour essayer d'en enlever de la boue. Peder, lui, était accroupi un peu plus loin, leur tournant le dos et la tête entre les jambes.

Nathalie avait toujours l'impression d'être séparée de la réalité par une vitre. Comme si elle voyait tout sur un écran muet. Elle ne reprit ses esprits que lorsqu'un des policiers commença à lui poser des questions sur ce qu'elle avait vu.

— Je ne sais pas, répondit-elle d'une voix à peine audible. Tracy marchait droit devant elle, puis elle est tombée. C'était assez loin d'ici. Je ne voyais pas très bien. Elle ne faisait qu'avancer tout droit.

Elle ignorait pourquoi elle n'osait pas dire à quel point Tracy avait semblé déterminée. Peut-être parce que c'était incompréhensible.

— Elle est tombée dans la tourbière ? demanda le policier. Tu crois qu'elle a trébuché ?

— Oui, je crois. Ça en a eu l'air en tout cas.

Le trajet du retour se fit en silence. Elle, sur la banquette arrière. Les gestes saccadés de son père au volant, les soupirs de sa mère qui semblait manquer d'air.

Lorsqu'ils arrivèrent à la maison, ils s'enlacèrent un long moment et s'endormirent tous les trois dans le lit parental.

Mais Nathalie n'arrivait pas à écarter Julia de ses pensées. Qui s'occuperait d'elle dorénavant ? Qui la prendrait dans ses bras ? Qu'allait-il se passer ?

On ne retrouva jamais le corps de Tracy. Il avait tout simplement disparu dans la tourbière. Les plongeurs avaient eu beaucoup de mal à s'orienter dans l'eau trouble. La visibilité était tellement réduite. Ils furent étonnés d'avoir échoué dans leurs recherches, mais, en fait, ce n'était pas si inattendu compte tenu des conditions extrêmement difficiles.

Plus tard, une collecte permit de nouvelles recherches. Privées, cette fois. La police, considérant que c'était inutile, refusait de les financer. Pour finir, la famille fut obligée d'admettre que tous ces efforts avaient été vains.

Plusieurs semaines s'écoulèrent avant que Nathalie et Julia ne se reparlent. Nathalie n'arrivait pas à comprendre pourquoi. Elle voulait aller voir son amie mais ses parents lui disaient que la famille de Julia avait besoin qu'on la laisse tranquille.

Peu de temps après débuta le stage de handball où elles s'étaient inscrites toutes les deux. Julia ne s'y présenta pas. Tout le monde se mit à évoquer ce qui était arrivé à sa sœur. Personne ne semblait avoir conscience que Nathalie avait assisté au drame. Et elle-même ne dit rien.

Lorsque Julia l'appela enfin et qu'elles recommencèrent à se voir, Nathalie fit de son mieux pour que son amie se sente bien. Elles se voyaient, discutaient, faisaient toutes sortes de choses ensemble. Mais rien n'était plus comme avant.

Nathalie voyait bien qu'elles pensaient à leurs histoires de fantômes, toutes les deux, et au fait que leur jeu dans la tourbière était devenu réalité.

La cérémonie organisée en mémoire de Tracy fut si triste que Nathalie ne put rien avaler pendant des jours. L'amie de Tracy, Angelica, chanta *Amazing Grace*, ce qui fit pleurer même le prêtre.

Pour la première fois, Nathalie vit son père fondre en larmes. Elle avait le sentiment que la fin du monde était proche. Et, d'une certaine manière, c'était vrai. En tout cas, pour elle. Même si, à ce moment-là, elle ne le savait pas encore.

À la place d'un cercueil, il y avait une photo de Tracy dans le chœur de l'église. Peder et Yvonne avaient du mal à mettre un pied devant l'autre. Ils avaient même du mal à respirer et se soutenaient mutuellement pour ne pas s'effondrer. Julia marchait quelques pas derrière eux. Comme si on attendait d'elle qu'elle soit capable de se débrouiller, contrairement à ses parents. Nathalie avait entendu dire qu'ils avaient pris des calmants pour pouvoir supporter la tragédie. Elle se demandait ce qui pourrait aider Julia à supporter ce drame. Elle paraissait si vulnérable.

— Il est là, avait soudain chuchoté un monsieur à côté d'elle lorsqu'un homme d'une trentaine d'années s'était avancé vers la photo, pour faire ses adieux avait précisé son voisin. C'est l'homme à la chemise vert foncé. C'est avec lui qu'elle sortait. On dit qu'il a rencontré une autre fille, mais elle n'est pas venue. Encore heureux.

L'homme était le seul à ne pas pleurer. Sa douleur semblait se situer ailleurs. Nathalie vit qu'il déposait quelque chose sur la petite table à côté de la photo. Ce n'était pas une fleur, c'était autre chose. En s'approchant, elle vit un papier avec un petit texte écrit à la main. Plus tard, elle apprit que c'étaient les paroles d'une chanson de Bob Dylan, suivies d'une phrase.

She takes just like a woman
She makes love just like a woman
She aches just like a woman
But she breaks just like a little girl
Je n'ai jamais voulu te blesser

Après la cérémonie, Julia fit comme si elles ne se connaissaient pas. Et, plus tard, elle commença à fréquenter une autre fille qui paraissait ravie d'avoir Julia comme amie. Nathalie les voyait parfois passer sur leurs bicyclettes.

Nathalie avait énormément de chagrin. Pour la première fois de sa vie, elle se sentait seule. Abandonnée. Comme si l'existence lui avait subitement tourné le dos. Comme si un nuage sombre faisait de l'ombre au soleil et rendait le monde glacial et morne.

Elle ignorait que la tragédie de Tracy n'était que le début.

Elle ignorait que c'étaient les premières secousses, les prémices d'un tremblement de terre.

Maya se réveilla épuisée. La journée de la veille avait été interminable. Aujourd'hui elle avait l'intention de retourner faire un tour à la tourbière. Cette fois-ci, pour rencontrer Göran Dahlberg.

En fin d'après-midi, elle s'était retrouvée dans la cuisine de Laila Börjesson. En plus de Laila, de son mari Johnny et de leurs enfants avec conjoints, il y avait une connaissance du village voisin qui les avait aidés à gravillonner la cour. Manifestement un des nombreux services en retour que Laila avait récoltés au cours des années.

Maya avait apporté une couronne briochée de la boulangerie de Fengerskog autour de laquelle ils s'étaient tous rassemblés. Elle avait eu le droit de prendre une série de photos et, après une bonne heure sur place, elle était partie. Laila et Johnny se lèveraient à cinq heures comme tous les matins pour s'occuper des bêtes. Ils enchaîneraient ensuite sur leurs boulots respectifs avant de revenir aux bêtes. C'était ça leur vie.

Maya attrapa son portable sur sa table de chevet. Elle se souvenait de l'avoir entendu vibrer plusieurs fois dans la nuit.

Quatre SMS de Tom.

Elle soupira.

Dans le premier, il lui avait envoyé une citation de Susan Sontag tirée de *On Photography.*

J'ai pensé à toi en lisant ça, avait-il écrit. *C'est quelque chose que tu aurais pu dire.*

Elle connaissait probablement chaque phrase importante du livre mais elle lut quand même le petit paragraphe.

« *Photographs are a way of imprisoning reality... One can't possess reality, one can possess images – one can't possess the present but one can possess the past.* »

Dans les deux autres SMS, il remettait en question le silence de Maya avec une accusation grandissante.

Elle se rallongea dans son lit. Elle n'avait tout simplement pas eu deux minutes à elle.

À quoi tu joues avec moi ? Pourquoi tu te comportes comme ça ? avait-il écrit dans le dernier, envoyé à trois heures quatorze.

Maya tapota une réponse.

Désolée, j'ai eu beaucoup de choses à faire ces derniers jours. J'aimerais me racheter. Tu pourrais peut-être venir chez moi un soir prendre un verre ? Juste toi et moi.

Juste toi et moi. Elle savait qu'il boirait ses mots. Qu'il interpréterait ces quatre mots comme une promesse, un monde de significations à son avantage.

Maya n'avait pas fait de courses depuis des semaines, mais d'autres lui avaient rempli son frigo. Elle trouva différentes préparations pour dips, des légumes frais, des fèves cuites, des fromages et quelques bons produits des dernières fêtes improvisées.

Elle se fit griller une tranche de pain, la tartina de tapenade, posa dessus quelques lamelles d'avocat ainsi que des graines d'alfalfa germées. Elle se prépara ensuite un espresso avec une goutte de lait mousseux puis alla s'installer dans la salle de séjour avec le quotidien *Dagens Nyheter*.

Man Ray s'avança majestueusement vers elle. C'était un chat des forêts norvégiennes qu'Ellen lui avait offert comme cadeau d'emménagement.

Quelques heures plus tard, elle chargea son équipement photo dans le coffre de sa voiture et partit en direction de la tourbière.

Juste avant d'arriver devant la maison de Göran Dahlberg, elle freina brutalement.

Une boîte aux lettres.

Elle aurait très bien pu rater l'entrée. Autrefois, il y avait eu un chemin, mais il était aujourd'hui à l'abandon et envahi par la végétation. Au loin, elle aperçut une maison et une vieille voiture rouillée. La nature avait repris ses droits.

Sur la boîte aux lettres était écrit *Nordström* en lettres tarabiscotées.

C'était donc ici que Nathalie avait vécu. Quand elle était petite, elle s'était appelée Nordström. Maya avait lu dans le rapport de la police ce qui s'était passé. Le « meurtre-suicide » qui s'y était produit. Lorsque la police était arrivée, Nathalie était assise dans la voiture alors que ses parents gisaient au milieu d'une mare de sang dans la cuisine, son père avec un fusil à la main.

Dans les journaux, ce fait divers avait été présenté comme un drame familial. Pas le moindre détail n'avait été divulgué. Mais Maya se souvenait encore du choc qui avait été le sien en apprenant cette histoire. Et aussi combien celle-ci avait eu des répercussions dans la région. Tout le monde s'était demandé ce qui avait pu pousser un père à prendre la décision terrible de tuer sa femme puis de se suicider et de laisser derrière eux une petite fille de douze ans.

Elle enclencha la première et roula jusqu'à l'entrée suivante. Cette tourbière est un lieu rempli de souffrance, se dit-elle. Ce genre d'histoires ne lâche jamais ceux qui les ont vécues, surtout les enfants. Ce genre d'histoires façonne ses victimes, bouleverse leur inconscient en déformant leur perception de la réalité et en leur en imposant une autre.

La maison de Göran Dahlberg était une grande demeure en bois marron sur deux étages avec un immense jardin à la végétation flétrissante. Dans la cour était garée une fourgonnette blanche et contre un poteau était appuyé un vélo.

Lorsque Maya sortit de la voiture, elle fut saisie par le froid. L'automne était en train de laisser place à l'hiver.

— Bonjour.

Elle sursauta. Un homme se tenait devant l'entrée. Une silhouette longue et fine vêtue d'un gilet en grosse laine et d'un pantalon de la même couleur que la façade.

— Pardon, je ne vous avais pas vu. Bonjour, je m'appelle Maya, dit-elle en lui tendant la main.

— Göran, répondit l'homme en faisant un pas vers elle.

— Je suis photographe et je prends quelques photos des environs, expliqua-t-elle. Je fais le tour des habitations pour rencontrer les gens du coin.

— Ah bon ?

— C'est beau chez vous, dit Maya en regardant autour d'elle.

— Si on veut. C'est la fin du chemin. Ou, plutôt, la fin du *monde*, comme diraient certains.

— Il semble que beaucoup de gens aient déménagé d'ici, non ? De nombreuses maisons sont vides, dit-elle en faisant un signe vers la route.

— Oui. Le contraire serait étrange.

Elle le regarda d'un air interrogateur.

— Ce n'est pas un endroit où habiter, clarifia-t-il.

— Mais vous vivez bien ici ?

Il haussa les épaules.

— Oui, c'est vrai. Je suis comme mon jardin. Désespéré. Mais je ne pourrais pas vivre ailleurs, dit-il et il se tourna vers elle. Comment se fait-il que vous ayez envie de photographier ce coin ?

— Je travaille à temps partiel comme photographe de police et je viens récemment de décrocher un poste ici. Vous êtes au courant de ce qui s'est passé, je suppose.

— Bien sûr. Mais, en tant que photographe, vous n'avez aucune raison de vous adonner à des visites de ce type, n'est-ce pas ?

Elle sentit aussitôt ses joues s'enflammer et regretta d'avoir parlé de sa deuxième activité. Elle était habituée à glisser aisément de l'une à l'autre sans intentions claires.

— Non, c'est vrai. Mais je suis aussi artiste et je travaille en ce moment sur un nouveau projet de photos.

La tourbière m'intéresse. Et aussi tout le côté historique. Je suis allée au musée de Karlstad pour voir la Fille aux airelles. J'aimerais en savoir plus. Et, d'après ce qu'on m'a dit, vous êtes la personne à qui s'adresser.

— Vous ne me confondez pas avec Peder Larsson qui a découvert la Fille aux airelles…

— Non, j'ai discuté avec Nathalie et c'est elle qui m'a donné votre nom.

Son regard se fit plus aigu.

— Vous connaissez Nathalie ?

— Pas vraiment, non. Je ne l'ai rencontrée que deux ou trois fois. Mais c'est une fille très sympa.

Il acquiesça d'un signe de tête et sembla délibérer avec lui-même.

— Vous voulez un café ?

— Volontiers, répondit Maya avec son plus beau sourire.

Göran la fit entrer dans la maison et l'emmena dans une pièce aux murs sombres tapissés d'étagères.

— Asseyez-vous.

Puis il disparut dans la cuisine d'où Maya entendit bientôt les bruits d'une cafetière en marche. Elle parcourut les livres du regard. Elle devina des titres en arabe, en hébreu, en espagnol, en russe, mais aussi en anglais comme : *The Anatomy of a Ghost* et *A study of the Unknown*.

Au bout d'un moment, il revint avec deux tasses et une coupelle remplie de biscuits.

— Vous savez que Nathalie vivait juste à côté d'ici ? demanda-t-il.

— Oui.

— Et vous savez ce qui est arrivé à ses parents ?

— Oui. Moi-même j'habitais à Åmål à l'époque. Cette histoire a fait le tour de la région. Mais vous les connaissiez, n'est-ce pas ?

— Oui, bien sûr. On était voisins. Mais c'est avec Nathalie que j'avais le plus de contacts.

— Désolée de vous poser la question, dit Maya, mais vous étiez chez vous ce jour-là ? Ou plutôt, cette nuit-là ?

— Quand c'est arrivé, vous voulez dire ?

— Oui.

— J'ai un sommeil lourd. Depuis toujours. Je ne me suis pas réveillé avant le lendemain quand tout était terminé. Nathalie avait déjà été prise en charge et elle n'est jamais revenue ici. Pas jusqu'à aujourd'hui.

Il s'essuya la bouche avec sa serviette. Elle aurait aimé lui poser davantage de questions sur Nathalie et sur l'événement mais elle n'osait pas risquer d'abîmer la confiance qui semblait se créer entre eux. Elle décida de continuer à parler de son projet de photos et de sa rencontre avec les Larsson. Ils discutèrent de l'importance de se débarrasser des trop nombreux objets qui encombrent l'existence. Après cela, elle fit un signe de tête vers les livres.

— Vous vous intéressez au… surnaturel ?

— Oui, on peut dire ça, répondit-il d'une voix sèche en croquant un biscuit.

— Ça a toujours été le cas ?

Il pencha la tête sur le côté.

— Non. Autrefois j'étais prof. En physique théorique.

— Ah ! s'exclama Maya. Dans quel domaine ?

— La théorie des cordes. La mécanique quantique.

— Intéressant. C'est vrai que quatre-vingt-dix-neuf virgule quatre-vingt-dix-neuf et quelques pour cent de toute matière sont composés de vide ?

— Vous en savez des choses, sourit-il.

— Pas particulièrement, répondit-elle en fronçant le nez.

— En tout cas, vous en savez plus que la plupart des gens, dit-il en posant sa tasse. Mais le fait est qu'il est plutôt question de cent pour cent d'espace vide. Pas même le noyau atomique n'a de volume réel au niveau fondamental. Cela dit, il est quand même important de souligner qu'il ne s'agit pas d'un vide vide. Ça s'agite, ça bouillonne, ça fluctue, il se passe des choses en permanence. Le soi-disant espace vide contient en réalité des *possibilités* illimitées pour les particules de se produire. Il contient *rien* et *tout* à la fois. Mais c'est difficile de… prendre ça en considération. Dans la vie ordinaire, je veux dire.

Maya sourit.

— J'aimerais vous lire quelque chose, dit-elle en sortant son portable. Voyons voir… Ah, voilà : « *Emptiness is not complete nothingness ; it doesn't mean that nothing exists at all. What it does mean is that things do not exist the way our logic minds suppose they do. Emptiness is at the core of all things, beings and events, and nothing we see, hear or are stands alone ; everything is a tentative expression of one seamless, everchanging landscape.* »

Elle rangea son portable.

— Oui, c'est à peu près ce que je viens de vous expliquer, mais c'était bien mieux formulé, sourit Göran. C'est de la mécanique quantique, en un mot. D'où vous tenez ce texte ?

— Une description du vide comme étant la réalité fondamentale…, dit-elle avant de marquer une pause. C'est dans la philosophie bouddhiste.

— Ha, ha ! rit-il en la pointant du doigt. Là, vous m'avez eu !

— On entre en contact avec cette réalité par le biais de l'esprit immobile, poursuivit-elle. Comme dans la méditation, par exemple. C'est donc peut-être en soi-même qu'on doit chercher pour avoir une expérience directe des lois de la mécanique quantique et du fondement de l'existence.

— Sans doute, répondit Göran en arquant les sourcils et en buvant une gorgée de café.

— Bref. Continuons. Comment se fait-il que vous ayez arrêté la physique ?

— Nous avons emménagé ici. Et mon point de mire… s'est déplacé. C'était à la fin des années 80. Mon Dieu ce que le temps passe. Ça fait bientôt trente ans.

— Et alors ?

— Alors ? Oui, que dire ? Au bout d'un moment, je me suis aperçu que ce lieu… oui, que quelque chose clochait.

— Comment ça ?

— Au début, c'était juste une sensation. Mais, ensuite, des choses ont commencé à se produire. Des choses plus concrètes.

— Comme quoi ?

Göran fit un geste avec ses bras.

— Des disparitions, dit-il en la regardant. C'est bien pour ça que vous êtes ici, non ? C'est en fait de ça que vous voulez parler ?

Maya tourna sa tasse dans sa main tout en hochant lentement la tête.

— Ça fait longtemps que je soupçonne les différentes disparitions, qui ont eu lieu dans la région, d'avoir un rapport avec la tourbière, reprit Göran.

— Oui, on m'a effectivement dit que vous aviez ce genre de soupçons.

— J'ai contacté la police un nombre incalculable de fois. Mais elle n'écoute pas. Mon nom doit probablement être inscrit sur la liste des cinglés. Une lumière rouge doit clignoter dès que mon numéro apparaît. Ou du moins jusqu'à maintenant, parce que j'ai aussi soufflé à la police qu'elle devait chercher le corps de Stefan Wiik dans ce coin.

— Mais qui d'autre a disparu ? Et comment se fait-il que vous pensiez que les disparitions ont lieu justement ici ?

Il se leva, quitta la pièce et revint avec une grosse enveloppe.

— Regardez, dit-il en déposant une vingtaine de feuilles A4 sur la table.

Sur chacune étaient écrits le nom d'une personne, son âge et la date de sa disparition avec une photo et des coupures de presse. Maya se pencha en avant et balaya les documents des yeux. Son regard fut attiré par une des photos.

Stefan Wiik.

Plusieurs années passées sous terre, mais il était reconnaissable.

— Vous avez sans doute entendu parler de ce garçon-là, continua Göran en saisissant la photo d'un petit garçon au grand sourire. Il a disparu lors d'une journée en plein air avec sa classe à la tourbière il y a dix ans et on ne l'a jamais retrouvé. Quelques années plus tôt, une touriste allemande a disparu après avoir visité la tourbière. Au bout d'un moment, les recherches ont été stoppées et on a prétendu qu'elle était vraisemblablement partie plus au sud dans le pays. Mais sa famille n'a jamais eu de ses nouvelles. Et ça continue comme ça. La tourbière figure à la périphérie d'un nombre incalculable de cas, mais personne ne se soucie de ce dénominateur commun.

Il s'interrompit un instant puis poursuivit d'une voix plus basse :

— Pour moi, au contraire, ce dénominateur est devenu de plus en plus évident. J'ai beaucoup lu, je me suis intéressé à… comment dire… aux vieilles superstitions. Des histoires apparemment aussi inexplicables que celles-ci. J'ai lu des théories sur les forces maléfiques, les fantômes, les esprits. Si on y croit ne serait-ce qu'un tout petit peu, ces disparitions ne sont peut-être plus si inexplicables. Mais il est évident que je me suis mis dans une position inconfortable. Mon intérêt pour ces théories va totalement à l'encontre de mon poste de professeur. Je n'ai pas mis le pied dans le département depuis de nombreuses années. On peut dire que ma réputation en a pris un sacré coup.

Maya se pencha au-dessus de la table. Au milieu de tous les documents se trouvait un gros classeur qu'elle n'avait pas encore ouvert.

— Et ça, c'est quoi ? demanda-t-elle en le pointant du doigt.

— Ce sont… des recherches que j'ai faites sur… sur ma femme. Elle aussi a disparu. Juste après l'emménagement de Nathalie et ses parents dans la maison voisine.

— Ah oui, j'en ai entendu parler.

— Mais je préfère ne pas aborder ce sujet. Beaucoup pensent qu'elle est tout simplement partie.

— Et ce n'est pas le cas ?

Göran la regarda.

— Comme je viens de le dire, je préfère ne pas aborder ce sujet.

Maya se redressa.

— Pardon, je comprends. Si vous n'avez plus votre poste à l'université, de quoi vivez-vous ? La branche des sciences occultes ne doit pas être très rentable, si ?

— Détrompez-vous. Il y a dans le monde une quantité importante de revues qui, chacune à sa manière, traitent de phénomènes surnaturels. Je dois avoir publié dans la moitié d'entre elles. Dans différentes langues. Rentable n'est peut-être pas le bon mot, mais je m'en sors.

— Donc vous voulez dire que, comment le formuler… vous *croyez* aux fantômes ?

Göran rejeta la tête en arrière en riant.

— Nathalie avait l'habitude de me poser cette question. À cette époque-là, j'étais encore ignorant et je ne savais jamais quoi lui répondre.

— Mais maintenant vous savez ?

— Ça fait trente ans que je travaille dans ce domaine. Quand on étudie quelque chose depuis aussi longtemps et de manière aussi intense, on acquiert une certaine connaissance. Surtout que j'ai plus ou moins développé une relation avec les fantômes d'ici. Ce sont mes voisins. Pendant de longues périodes, je ne rencontre qu'eux.

Maya se raidit. La folie de Göran l'amusait mais, en même temps, quelque chose dans son attitude la mettait mal à l'aise. Il ne semblait pas totalement inoffensif.

Les fous intelligents sont toujours les plus dangereux.

Qui avait dit ça ? Leif ?

— Et vous en êtes arrivé à quelle conclusion ? demanda-t-elle.

Il pencha de nouveau sa tête sur le côté et la regarda longuement. Puis il se leva, alla chercher la cafetière, remplit leurs tasses et se rassit.

— Si nous, les êtres humains, sommes différents dans la vie, ce n'est rien comparé à ce qui se passe quand nous mourons. Ce que nous appelons *fantômes* englobe des phénomènes très variés. Selon moi, c'est le lieu et son histoire qui décident de la forme que prennent ces éventuels revenants.

— Et ici ? demanda Maya. Comment décririez-vous les fantômes qui hantent la tourbière ?

— Pour moi ce sont des… comment dire ? Des débris humains assemblés au hasard.

— Ah bon ? fit Maya en se calant dans son siège.

— Imaginez-vous un être humain dont le corps et l'âme sont partis. Il ne reste alors plus que les débris.

— Qu'est-ce que vous voulez dire ?

— Des pensées vidées de leur contenu qui ne retrouvent pas leur cadre. Des tourments éternels sans douleur. Des souvenirs effacés qui s'enlisent. Ce genre de choses.

— Mais, ce que vous décrivez c'est… *rien* ?

Un sourire satisfait se dessina sur le visage de Göran.

— Exactement. C'est justement pour ça que, selon moi, c'est une contradiction de dire que les fantômes existent. Parce que les fantômes sont une négation, un vide. Mais ce vide, ce manque, peut posséder une force énorme. Une sorte de… soif. Je crois que c'est précisément ça que j'ai senti lorsque j'ai emménagé ici. C'est ce qui a tout de suite fait que je m'y suis intéressé.

— Et pourquoi croyez-vous que ces revenants, qui n'existent pas, ont un rapport avec les disparitions ?

— Qu'est-ce que vous en pensez, vous ?

Ils restèrent silencieux un moment. Maya se sentait oppressée. Elle avait des fourmillements dans tout le corps. Il fallait absolument qu'elle prenne l'air.

— Je ne comprends pas bien. Vous voulez dire que… qu'ils ont soif de… personnes vivantes ?

— Oui, ils sont à la recherche du corps et de l'âme qui leur manquent.

Göran se pencha vers elle et la regarda droit dans les yeux. Ses pupilles se dilatèrent lorsque le faisceau lumineux de la lampe fut caché par sa tête.

— Le problème, c'est que les revenants n'ont pas de cerveau et qu'ils ne peuvent pas comprendre qu'à l'instant où leur victime meurt, ils n'ont plus la possibilité de profiter ni de son corps ni de son âme. Au lieu de ça, un nouveau revenant se crée qui, lui aussi, aura soif d'une victime. C'est totalement illogique. Mais, dès qu'il est question de fantômes, il ne faut pas s'attendre à une logique. C'est la seule chose que je puisse affirmer.

Maya ferma les yeux pour essayer de suivre le fil de sa pensée.

— Donc, vous voulez dire que ceux qui sont éventuellement enterrés là-bas sont soit, comme la Fille aux airelles, des êtres humains qui ont été sacrifiés pour apaiser les dieux, soit des êtres humains qui ont été dévorés par le sol et attirés par les morts, en fait ?

— Oui. Mais, à l'époque actuelle, je suppose qu'il ne s'agit que du second cas. Aujourd'hui, nous ne faisons plus de sacrifices aux dieux.

Maya se figea. Les muscles de son visage se contractèrent. Elle avait oublié que les gens ne connaissaient pas tous les paramètres concernant Johannes Ayeb et Stefan Wiik.

— Ou bien… ? reprit Göran qui sembla voir le doute dans ses yeux.

Il l'observa un moment tout en se caressant les lèvres avec l'ongle de son pouce.

— Des sacrifices humains ? chuchota-t-il. Vous croyez que Stefan Wiik a été sacrifié ?

— Je ne peux rien dire… désolée, dit-elle en écartant les bras.

— Vous n'avez pas besoin de dire quoi que ce soit, j'arrive à lire sur votre visage. Qu'avez-vous trouvé dans sa tombe ? Des outils ? Des bijoux ? D'autres objets de valeur ? De l'argent ?

Elle le regarda d'un air suppliant, mais il semblait déjà avoir tiré ses conclusions.

— C'est ce que j'ai toujours dit. On devrait enterrer avec eux le maximum de choses puisqu'ils vont de toute manière être sacrifiés.

— Avec qui avez-vous parlé de ça ? demanda-t-elle.

— Avec qui j'ai parlé de ça ? Je travaille dans ce domaine depuis bientôt trente ans. Je dirais plutôt : avec qui je n'ai pas parlé de ça ?

Il fit une pause avant de reprendre :

— Je peux vous poser une question ? Si vous êtes allée au musée de Karlstad, vous savez sans doute qu'on enfonçait un pieu dans le corps des sacrifiés pour qu'ils ne remontent pas à la surface et peut-être aussi pour qu'ils ne puissent pas venir nous hanter. Il n'y a, certes, que des exemples anecdotiques prouvant que les pieux neutralisent les revenants, mais je dois vous demander, le corps que vous avez trouvé, était-il lui aussi… transpercé par un pieu ?

Maya devinait que les rôles s'étaient inversés. Maintenant c'est lui qui voulait obtenir des informations d'elle.

— Dans très peu de temps, ces informations sortiront dans la presse, répondit-elle. En attendant, vous allez devoir patienter.

Il haussa les épaules.

— Mais ces revenants, continua-t-elle, à quoi ressemblent-ils, selon vous ? Sur le plan purement physique ?

— Pas comme on s'imagine un fantôme, si c'est ce que vous voulez savoir. Ce ne sont pas des bonshommes ou des bonnes femmes transparents, même si j'ai entendu dire que l'image d'un mort peut se refléter dans l'eau. Personnellement, l'unique forme que j'ai vue était… de la fumée ou de la brume. Qui glisse sur le sol. Et qui entoure sa victime.

— Vous avez vu ça ?

— Il y a longtemps. C'est à ce moment-là que j'ai commencé à prendre cette affaire au sérieux. En tant que physicien, j'ai du mal à imaginer que quelque chose sans corps puisse se matérialiser.

— Mais qu'est-ce que vous avez vu exactement ?

— Un petit coq de bruyère. C'était tôt un matin. Je l'ai vu avant qu'il ne me voie et je me suis faufilé vers lui. Il paradait, comme les coqs de bruyère ont l'habitude de le faire. Brusquement il s'est mis à battre des ailes, comme paniqué. Il était aspiré par le sol. Et c'est à ce moment-là que j'ai vu les volutes de fumée. En l'espace de quelques secondes, le coq a disparu. Littéralement absorbé par le sol. C'était choquant.

— Mais l'endroit était peut-être très marécageux ? Le sol devait être trop instable et il s'est embourbé ? hasarda Maya.

— C'est ce qu'on aurait pu croire, mais ce n'était pas le cas. Je n'ai pas pu m'empêcher d'aller vérifier après. Le sol était dur.

— Ce que vous dites va à l'encontre de votre théorie ; que les fantômes ont soif d'êtres humains ayant un corps et une âme.

— Et alors, qu'est-ce que j'en sais, moi ? Il n'y a peut-être pas besoin que ce soit un humain. Un coq de bruyère, ce n'est pas si mal. Comme je l'ai dit, il ne faut pas s'attendre à une logique quand il est question de fantômes.

Il se leva.

— Ça vous dit de faire un petit tour ? J'aimerais vous montrer quelque chose.

Maya hésita un bref instant.

— Dehors ? Du côté de la tourbière ?

Il répondit par un bref signe de tête.

On frappa à la porte. Deux coups violents. Nathalie venait de s'installer avec son ordinateur à la table de la cuisine. Elle ouvrit prudemment et découvrit sur le seuil Alex, l'homme à tout faire. Il avait une boîte à outils dans la main.

— La porte, dit-il en la pointant du doigt. La serrure.

— Oui, répondit Nathalie. Elle fonctionne mal. Parfois il faut batailler pour l'ouvrir. Comme si ce n'était pas la bonne clé.

Alex ne lui répondit pas. Il posa la boîte à outils dans l'entrée et commença à travailler.

Nathalie l'observa un moment puis partit dans sa chambre s'allonger sur son lit. Elle entendait le tournevis électrique bourdonner et des coups de marteau contre le chambranle. Il y avait quelque chose d'apaisant dans ces bruits. Quelque chose de quasi hypnotique.

Son portable sonna. Le labo. Ça devait être au sujet des analyses qu'elle leur avait envoyées quelques jours auparavant.

— Oui, c'est Nathalie Ström, dit-elle.

Elle sentit aussitôt que quelque chose clochait. La femme à l'autre bout du fil cherchait ses mots.

— Nous avons été un peu… déroutés par le résultat des analyses. Je voulais vous en parler avant de vous les envoyer.

— D'accord, dit Nathalie, étonnée. De quoi s'agit-il ?

— Il a dû y avoir un problème lors de vos prélèvements. Nous n'avons pas réussi à trouver le niveau des gaz que vous cherchez. L'azote, le protoxyde d'azote et le méthane.

Nathalie éclata de rire.

— Qu'est-ce que vous dites ? J'ai fait exactement comme d'habitude. C'est impossible.

— Je suis désolée, mais ça ne donne aucun résultat.

— Sur aucun des prélèvements ?

— Sur aucun des prélèvements.

Elle sentit sa bouche devenir sèche. Des pensées sombres remontèrent à la surface.

Ils ont fait une erreur, se dit-elle. Le labo a mal fait quelque chose. Ou alors, c'est Johannes au moment de la manipulation.

Non, ce sont les fantômes, c'est comme ça qu'ils font. Ils aspirent tout. Ils font tout disparaître.

— Pardon ? demanda la femme.

— Ce n'est rien, éluda Nathalie.

— Ils font tout disparaître ? dit la femme à l'autre bout du fil. Je ne comprends pas.

— J'ai dit que j'allais vérifier. Je vous enverrai de nouveaux prélèvements. Ou je trouverai une autre solution. Merci, au revoir.

Elle raccrocha avant que la femme ait le temps de répondre. Elle sentit monter les larmes et une grande fatigue l'envahit. Elle se rallongea et ferma les yeux. Peut-être s'endormit-elle.

Lorsqu'elle les ouvrit de nouveau, une forme se tenait au-dessus d'elle.

Elle tressaillit et poussa un cri.

— Mon Dieu, dit-elle en reconnaissant Alex. J'ai eu tellement peur… J'avais oublié que vous étiez là.

— J'ai fini.

Elle se redressa dans son lit.

— Bien. Merci pour votre aide.

Il ne bougea pas. La lampe l'éclairait par-derrière et lui donnait l'apparence d'une grande ombre.

— Merci beaucoup pour votre aide, répéta-t-elle.

Il se produisit alors quelque chose d'étonnant. Ce fut comme si toute sa personne se transformait. Comme si son regard absent se connectait l'espace d'un instant.

Était-il… *normal* ?

Il la regarda, peut-être lui fit-il un léger sourire. Puis il tourna les talons et s'en alla.

Maya et Göran suivirent un sentier étroit bordé d'une forêt clairsemée. La première demi-heure, ils croisèrent deux groupes. D'abord cinq ados et, un peu plus tard, deux femmes et un homme d'une trentaine d'années.

— Habituellement c'est désert ici, grommela Göran. C'est fou ce qu'un cadavre peut faire.

Maya savait à quel point les lieux de crime avaient une force d'attraction. Beaucoup de gens voulaient sentir l'ambiance, voir l'endroit de leurs propres yeux. Elle soupçonnait aussi que les vieilles histoires autour de la tourbière y étaient pour quelque chose.

Ils s'arrêtèrent à plusieurs reprises pour que Maya puisse prendre quelques clichés. Le résultat ne serait pas bon, elle le savait. Elle était tendue et se sentait forcée. La présence de Göran la mettait mal à l'aise sans qu'elle en comprenne vraiment la raison. En général, quand elle prenait des photos, elle n'était jamais dérangée par les gens autour d'elle. Mais il émanait de lui quelque chose d'étrange. Pour couronner le tout, elle ne portait pas les bonnes chaussures. Ses pieds étaient déjà trempés.

— C'est intéressant de voir comment vous travaillez, dit-il. Personnellement, je suis trop habitué et je ne vois plus tout ce qui m'entoure.

— Oui, répondit Maya, c'est souvent comme ça.

Ils marchèrent un moment en silence.

— Je peux vous poser une question ? demanda-t-elle. Que savez-vous sur ce qui est arrivé à la fille des Larsson ?

— Tracy ? Pas grand-chose. Personne n'a jamais voulu en parler. Mais je sais que certains s'amusaient à dire qu'elle avait été enlevée par les revenants. Les gens sont stupides. Plaisanter à propos de ce genre de choses…

— Mais vous, vous pensez vraiment que ce sont les revenants qui l'ont attirée vers eux ?

— C'est possible. Mais je ne sais absolument pas quel temps il faisait ce jour-là.

— Quel temps il faisait ? répéta Maya en s'arrêtant net.

— Une théorie dit que les fantômes choisissent leur victime lors d'un changement brusque du temps, expliqua Göran. Ou, au contraire, que ce serait le processus de sacrifice qui influencerait le temps. En général, ce qui se passe c'est que le mauvais temps arrive brutalement. Dès que la victime est désignée, le temps se calme.

— Je ne comprends pas. Qu'est-ce que le temps a à voir avec tout ça ?

Göran soupira.

— Vous vous focalisez sur les mauvaises choses. Ou plutôt, vous posez les mauvaises questions.

Elle frissonna. Il était si convaincant. Comme s'il était à cent pour cent sûr de la véracité de ses propres idées et qu'il ne se préoccupait pas de la manière dont les autres le percevaient.

— Et vous alors ? dit-elle. Et les Larsson ? Et tous les gens qui habitent autour de la tourbière ? Vous qui vous trouvez dans la zone à risque, pourquoi n'êtes-vous pas choisis ?

— C'est bien ce qui est arrivé à Tracy. Peut-être que nous autres avons eu de la chance. Mais vous avez remarqué vous-même les maisons vides. Qui sait ce qui est arrivé aux gens qui habitaient ici. En tout cas, je n'en ai aucune idée.

Il s'arrêta et balaya le paysage du regard.

— Ils n'ont pas tout simplement déménagé et abandonné leur maison ? suggéra Maya. Ce n'est pas très compliqué à vérifier. Je me souviens d'avoir entendu Yvonne Larsson dire qu'ils avaient essayé de vendre leur maison mais qu'elle ne valait plus rien.

— Qui voudrait venir s'installer ici ? On ne peut pas dire que les derniers événements aient fait remonter la cote de la région. Rien n'attire plus que les mystères non élucidés mais les gens préfèrent les suivre à distance.

— Il ne vous arrive pas d'avoir peur ? demanda-t-elle.

— Peur ? Absolument pas. Être aspiré par les fantômes serait l'apogée de ma carrière.

— Vous êtes donc déçu que ça n'ait pas été le cas ?

Il rit.

— Il n'est pas trop tard. Il faut bien mourir d'une façon ou d'une autre. Et, au moins, ce serait une mort intéressante.

— Mais, si j'ai bien compris, les victimes qui sont attirées par les fantômes de la tourbière ne peuvent pas être transpercées par un pieu, n'est-ce pas ?

Il éclata de rire comme si c'était la chose la plus drôle qu'il ait entendue depuis longtemps.

— C'est exact, ils n'ont quand même pas cette capacité-là. L'empalement n'est rien d'autre qu'une action concrète faite par des êtres vivants.

Il s'arrêta et fit un geste vers une partie plus boisée de la tourbière.

— C'est l'endroit que je voulais vous montrer.

Maya devina une masse sombre entre les pins. Une cabane ? Elle suivit Göran.

— C'est la vieille cabane de Nathalie dans laquelle Julia et elle avaient l'habitude de jouer.

Maya regarda la construction en bois qui venait de toute évidence d'être repeinte. Le toit en tôle n'avait pas plus de quelques années. Elle entra et ouvrit un petit placard. Il contenait des magazines et des paquets de gâteaux qui semblaient récents.

— Ça fait presque quinze ans que Nathalie est partie d'ici. Cette cabane a été utilisée récemment, non ? Elle est en parfait état.

— Je sais. C'est une histoire étrange. Leurs parents n'étaient pas au courant de son existence. Ils n'auraient sans doute pas été d'accord. Les filles n'avaient pas le droit de venir dans cette zone. Mais elles y allaient quand même. C'est moi qui les ai aidées à la construire. Je me disais qu'il valait mieux qu'elles aient un endroit à elles que je connaisse plutôt que de les laisser errer dans la tourbière. Depuis le temps, j'espère qu'il y a prescription.

— C'est vous qui avez continué à l'entretenir pendant toutes ces années ?

— Non, justement. C'est pour ça que je voulais vous la montrer. Il y a quelqu'un qui… a repris cette cabane après les filles.

— Vous savez qui c'est ?

— Oui, dit-il en baissant la tête.

— Qui ça ?

— Mon intention n'est pas de dénoncer la personne. Je n'ai vraiment rien contre elle, mais…

— Qui est-ce ?

— Il s'appelle Alex. C'est l'homme à tout faire du manoir.

— C'est un adulte ?

— Physiquement, Alex est un adulte mais son cerveau ne s'est pas bien développé. Il habite dans une maison à côté du manoir et il connaît la tourbière mieux que personne.

— Comment ça se fait ?

— C'est ici qu'il passe le plus clair de son temps. Il observe les oiseaux et les autres animaux. Et il prend des notes dans un carnet. C'est son endroit préféré.

Maya fit le tour de la cabane. De là, on voyait parfaitement les environs tout en restant à l'abri des regards.

— Comment le décririez-vous ?

— Qu'est-ce que vous voulez dire ?

— À quoi ressemble-t-il ? Comment se tient-il ? Comment marche-t-il ?

— Pourquoi vous voulez savoir tout ça ?

— J'ai vu quelqu'un rôder ici quand je prenais des photos. Quelqu'un qui… avait une façon particulière de bouger.

— Ça peut être Alex. Il marche toujours le dos courbé, dit Göran. Comme s'il voulait être moins grand que ce qu'il est.

Maya sortit son portable mais constata qu'elle n'avait pas de réseau.

— Je dois absolument passer un coup de fil.

— Alors il faut qu'on s'approche du manoir, ça capte mieux. On pourra en profiter pour parler à Alex.

*

— Nous venons de terminer notre repas mais il doit y avoir des restes si vous avez faim, dit Agneta lorsqu'elle vit Maya et Göran pénétrer dans le manoir.

Agneta serra Göran dans ses bras et fit un sourire à Maya.

— La police est de retour ? C'est mon cours *Créer votre vie rêvée* qui vous attire ? J'espère que vous ne venez pas avec de mauvaises nouvelles.

— Non, dit Maya. On aimerait juste parler à votre homme à tout faire.

— Alex ? Je viens à l'instant de le voir passer. Attendez une seconde, je vais le chercher.

Elle disparut mais revint très rapidement.

— Je ne le vois nulle part. Il a dû rentrer chez lui. Vous savez où il habite ?

— Oui, répondit Göran.

Au bout d'un chemin gravillonné partant de la cour, Maya aperçut une petite maison en bois rouge qui avait dû être un logement d'ouvrier.

— C'est là, dit Göran. Je suis venu plusieurs fois lui rendre visite. C'est un gars sympa. Pas très bavard mais c'est quelqu'un de bien.

Ils frappèrent à la porte. Alex n'était pas visible.

— Il se sert de cette remise comme d'atelier, dit Göran en pointant du doigt une dépendance située un peu plus loin.

La porte était ouverte. Maya passa la tête. L'atelier était impeccablement rangé. Des outils pendaient à des clous dans un ordre qui faisait presque peur. Et le sol était plus propre que chez elle.

— Alex ! appela-t-elle.

Aucune réponse. Göran ressortit pendant que Maya poursuivait son inspection. Sur le plan de travail était dépliée une carte plastifiée. Elle se pencha pour mieux la voir.

C'était une carte de la tourbière, couverte de notes et de symboles. Certains signes semblaient indiquer les endroits où certains oiseaux ou animaux étaient visibles. D'autres étaient incompréhensibles.

Elle prit une photo de la carte avec son portable puis l'agrandit avec son pouce et son index.

Six endroits avaient le même symbole. L'un d'eux, si elle lisait bien la carte, correspondait à celui où Stefan Wiik avait été trouvé.

— La mort de Tracy n'est pas le seul événement tragique qui a eu lieu cet été-là, dit Nathalie.

Elle était assise dans la chambre d'hôpital, le regard posé sur Johannes allongé dans son lit. Les bruits de la circulation lui parvenaient par la fenêtre ouverte. Quelqu'un dans la rue se mit à rire. Une voiture démarra.

— J'aimerais te raconter quelque chose. Ça ne va pas être simple pour moi, mais j'en ai déjà trop dit pour m'arrêter là. C'est aussi bien que tu sois au courant.

Elle resta ensuite silencieuse pendant une bonne vingtaine de minutes, caressant le poignet de Johannes avec son petit doigt. Elle allait maintenant aborder cette fameuse soirée d'août 2002. Le jour où tout avait pris fin. Le jour où Nathalie, âgée de douze ans, qui avait déjà perdu sa meilleure amie après avoir vu la grande sœur de celle-ci se noyer dans la tourbière, avait perdu tout le reste. Le long silence qui avait suivi. La douleur qui l'avait rongée jusqu'à la moelle épinière.

Pourquoi personne ne parlait ?
Pourquoi tout était devenu si silencieux ?

Ce dernier jour avait commencé dans sa chambre de la maison bordant la tourbière. Elle se souvenait d'avoir été réveillée par la radio et par le bruit du café qui coulait. Tous ces petits sons familiers qui autrefois étaient si chaleureux et qui aujourd'hui n'étaient plus que des grattements menaçants, des sifflements hostiles. Comme son lit autrefois si douillet était à présent froid et inconfortable. Les veinures du plafond en bois criaient pour de vrai, plus fort que jamais.

Quand elle était entrée dans la cuisine, un bol et une cuillère l'attendaient sur la table, ainsi que la boîte de corn-flakes et le lait.

— Bonjour.

La voix de sa mère qui aujourd'hui lui paraissait fantomatique.

— Où est papa ? avait demandé Nathalie au moment même où elle voyait passer son pull rouge devant la fenêtre.

Quelques instants plus tard, il était sur le seuil, les mains noires de cambouis.

— Bonjour, Natti. Bien dormi ?

Le souvenir des mots qui n'existaient plus. Les derniers mots de la journée. Ils tourbillonnaient en elle, se propageaient dans son corps puis s'enflammèrent et mirent fin à tout espoir. Comment des mots qui n'existaient plus pouvaient-ils faire aussi mal ?

Nathalie continuait à caresser le poignet de Johannes, mais ses mouvements étaient plus mécaniques. Sa respiration était devenue plus superficielle.

Tous ceux qui habitaient autour de la tourbière devaient se retrouver le soir chez les Nordström pour une réunion entre voisins. Après le dîner, ses parents avaient sorti les bouteilles et s'étaient servi un verre avant l'arrivée des gens.

— On va rester un moment à discuter entre adultes, lui avait expliqué sa mère. Si tu veux, tu pourras avoir des chips dans ta chambre.

Et puis les gens étaient arrivés. Göran. Agneta et Gustav. Yvonne et Peder. Et quelques autres des maisons du coin. Après cela, tout devenait flou.

Nathalie se souvenait qu'elle s'était endormie et qu'elle avait été réveillée par des éclats de voix. Des voix stridentes et indignées. Puis de nouveau le silence quand les invités étaient partis. Sa tête en était pleine. Et des cris. Une dispute. La voix de son père en furie.

Et les coups de feu.

Elle se souvenait des coups de feu.

Elle ne caressait plus le poignet de Johannes. Elle le tenait, maintenant. Fermement. Comme pour ne pas tomber. Comme s'il était son seul point fixe.

Elle se souvenait d'être allée dans la cuisine et d'avoir découvert le corps de sa mère gisant par terre dans une mare de sang. Elle portait la tunique bleue que Nathalie lui avait choisie quelques années plus tôt.

Bleu ? Tu trouves vraiment que ça me va ? Oui, c'est peut-être bien.

Son père Jonas allongé à côté d'elle.

Il est cassé. Sa tête est cassée. Appelle la police. La tête de papa est cassée et il est allongé par terre à côté de maman. Il y a du sang qui n'arrête pas de couler. Tout ce sang qui s'écoule de leurs corps. Je n'arrive pas à l'arrêter...

Attendre dehors.

J'attends dehors.

Elle se souvenait d'être allée se cacher dans la voiture en attendant que la police et l'ambulance arrivent.

Une brèche dans le temps s'ouvrit un instant, avant que tout en elle ne se referme et ne s'éteigne à jamais ; elle avait l'impression de planer dans les airs parmi les étoiles en compagnie de ses parents qui dansaient, eux aussi, qui riaient en se serrant dans les bras.

Était-elle morte ? Était-elle arrivée au ciel ?

Il n'y avait plus aucune frontière entre elle et eux. C'était comme s'ils n'étaient plus qu'amour. Ce sentiment puissant qui scintillait lors des fêtes de fin d'année scolaire, les jours ensoleillés d'automne, dans la voiture en route pour la plage, dans les yeux de sa mère et dans la voix de son père.

Et en même temps, une panique qui lui transperçait lentement le corps, comme de l'acier froid et tranchant. Une promesse qui était en train de se briser. La promesse de toute une vie qui gisait par terre dans une mare de sang. Et puis une lumière éblouissante. Bleue comme la tunique de sa mère. Tout ce bleu. Partout du bleu.

Le bruit des sirènes.

Et les questions.

Puis les réponses.

« Il n'y a pas de bonne manière de le dire, Nathalie. Nous pensons que ton père a tiré sur ta mère et qu'il s'est ensuite donné la mort. »

Je veux partir d'ici. Maintenant.

Vous pouvez me faire partir d'ici ? Maintenant ?

Comment on part de soi-même ?

Maya laissa encore un message sur le répondeur de Leif. N'en pouvant plus d'attendre qu'il la rappelle, elle finit par s'installer au volant de sa voiture et par prendre la route en direction de Karlstad.

Ce n'est qu'après s'être garée sur le parking devant son immeuble qu'elle le rappela :

— Tu es chez toi ?

— Oui.

— J'arrive. Je suis en bas.

Il l'accueillit dans le couloir, l'air interrogateur.

— Tu as fait tout le chemin jusque chez moi un jour de congé ? C'est que ça doit être important.

— Un café ? demanda-t-elle, essoufflée.

— Un café, répondit Leif en allant dans sa cuisine.

Maya s'assit à table pendant que Leif mettait en route la cafetière et sortait les tasses.

Elle lui raconta ce qu'elle avait trouvé dans l'atelier d'Alex. Leif l'écoutait attentivement, les mains croisées sur le ventre. Maya sortit son portable pour lui montrer la carte avec les symboles.

— Donc tu veux dire que… Tu penses que…

Maya le regarda dans les yeux.

— Je pense que ces symboles pourraient indiquer les endroits où sont enterrées d'autres victimes. En tout cas, il en a dessiné un exactement à l'endroit où Stefan Wiik a été retrouvé.

— Mais pourquoi ? demanda Leif. C'est qui, ce gars ?

— Il travaille comme homme à tout faire au manoir depuis des années. On dit qu'il a un léger retard mental.

— Qui ça, « on » ?

— C'est ce que j'ai entendu…

Ils restèrent silencieux un moment. Le coucou accroché au mur égrenait les secondes d'un petit bruit enroué.

— On va commencer par aller regarder les lieux qu'il a entourés sur la carte, finit par dire Leif. Pour l'instant, n'en faisons pas toute une histoire. On n'y va que toi et moi. Juste pour voir.

Ils imprimèrent la carte, prirent une boussole et une pelle dans la remise de Leif, puis s'installèrent dans leurs voitures respectives et roulèrent l'un derrière l'autre à travers la forêt. Maya avait oublié à quel point celle-ci était dense dans ce coin.

Lorsqu'ils arrivèrent sur le parking de la tourbière, elle alla retrouver Leif dans sa voiture. Ensemble, ils étudièrent la carte pendant un moment avant de décider quel lieu ils allaient repérer en premier.

Le jour déclinait et ils partirent d'un pas rapide sur les caillebotis. Au bout d'un quart d'heure, ils approchèrent du premier lieu indiqué sur la carte. Ils se séparèrent et commencèrent à inspecter le sol. Ils firent des allers-retours sur le sentier et tout autour. À cet endroit, le sol était ferme et ils avançaient sans difficulté. En revanche, le problème consistait à trouver l'endroit précis. Sur la carte, le symbole englobait une zone de près de cinquante mètres de diamètre.

— Merde ! cria soudain Leif. Là. C'est là. Maya ! Il y a quelque chose qui sort du sol !

Leif se mit prudemment à creuser pendant que Maya l'éclairait avec sa lampe frontale tout en arrachant les touffes d'herbes autour. Elle était accroupie et ne pouvait pas s'empêcher d'admirer le sol. Chaque touffe était un monde en soi. La mousse avait pris des teintes incroyables et était parsemée de petites fleurs en forme de clochette.

Au bout d'à peine une heure, quelque chose apparut dans la tourbe. Quelque chose qui n'avait pas sa place ici.

Leif s'agenouilla, commença par en caresser la surface avec sa paume puis le tapota doucement avec le bout des doigts. Ensuite il se redressa et se tourna vers Maya.

— Putain, Maya, je crois bien que c'est de la peau ! Peut-être que je me trompe, mais… je crois bien que c'est un corps, dit-il en s'essuyant le nez avec son poignet.

Une heure plus tard, une voiture de police se gara sur le parking. Juste après arriva un technicien. Le petit groupe vêtu de combinaisons de protection blanche partit en direction du lieu de la découverte, comme un cortège de fantômes. Ils commencèrent par poser la rubalise pour sécuriser le périmètre.

Les heures s'écoulèrent. L'après-midi se transforma en soir. Les seules choses qu'on entendait étaient le déclic de l'appareil photo et le froissement des combinaisons. Et parfois un commentaire ou une question.

— Comment on fait ici.

— La brosse, merci.

— Là, il y a quelque chose.

C'était bien un corps qui était enfoui dans le sol. À travers l'objectif, Maya le vit progressivement apparaître. Un bras, une tête, une oreille.

Une femme. Enveloppée dans la tourbe. Enlacée par la nature.

— Vérifie ses poches, dit Leif au technicien penché sur le corps.

Quelques minutes plus tard, l'homme retira un sachet en tissu des vêtements en lambeaux.

— Ça vous dit quelque chose ?

Leif saisit le sachet, l'ouvrit et contempla son contenu. Il hocha la tête lorsqu'il croisa le regard de Maya.

Celle-ci posa son appareil photo et alla s'asseoir un peu plus loin. Elle avait besoin de souffler, d'oublier, l'espace d'une seconde, ce qu'ils venaient de découvrir. Elle balaya la tourbière du regard ; le ciel terne, les arbres qui se détachaient sur lui, le vent qui s'était calmé et qui lui rendait le froid supportable bien qu'elle ne soit pas assez couverte.

Il était un peu plus de minuit quand elle entendit quelqu'un demander à Leif comment ils avaient pu découvrir le corps. Il expliqua alors la carte et les symboles.

— Ça signifie qu'il y a d'autres endroits ?

Leif s'accroupit, retira ses gants et se passa les mains sur le visage.

— Oui, ça signifie qu'il y a d'autres endroits.

5

Maya laça ses boots couvertes de boue, mit son sac avec son appareil photo en bandoulière et partit dans la matinée glaciale. Le bruit d'un pic-vert frappant du bec le tronc d'un arbre lui parvint. Le son mécanique se faisait entendre dans toute la zone marécageuse.

Sa tête bourdonnait de manque de sommeil.

Cette nuit-là, elle n'avait dormi que trois heures. Et aussi peu la nuit précédente. Elle avait vécu beaucoup de choses dans sa vie, mais ce qui se produisait aujourd'hui dépassait tout ce qu'elle aurait pu imaginer : l'aboiement fier des chiens qui résonnait dans la nuit, les corps qu'ils trouvaient les uns après les autres, les projecteurs qui s'allumaient telles des étoiles tristes au-dessus de chaque nouvelle zone, les barrages de police qui poussaient comme des champignons.

La police n'avait plus assez d'équipements ni suffisamment d'hommes. Leif avait été obligé de demander du renfort et des ressources supplémentaires.

En l'espace d'une semaine, ils avaient déterré cinq cadavres dans la tourbière. Et il ne s'agissait pas là de découvertes historiques :

Tina Gabrielsson, quarante-huit ans, de Trollhättan, disparue lors d'un voyage d'affaires à Karlstad en mars 2004.

Sergio Manchini, cinquante-huit ans, disparu alors qu'il faisait un jogging dans la forêt de Hunneberg à Vänersborg en mars 2008.

Eira Wallgren, soixante-sept ans, disparue après être allée sur la tombe de son mari au cimetière de Nygård à Åmål en octobre 2010.

Karl Fahlén, soixante-deux ans, vu pour la dernière fois devant sa maison à Mellerud où il vivait seul, en octobre 2014.

Le dernier corps retrouvé était celui de Sara Månsson. Une jeune fille de vingt et un ans disparue alors qu'elle était en route pour Edsleskog, en octobre 2006.

Son visage avait l'aspect du cuir mais, à part ça, il était intact. Ses parents avaient pu l'identifier sans aucun problème. Comme si elle venait tout juste de mourir.

Oui. C'est elle.

Après dix ans.

Maya les avait rencontrés au commissariat. Ils étaient assis dans la salle d'attente quand elle était passée devant eux. Elle les avait salués et leur avait demandé s'ils voulaient quelque chose à boire.

— Non merci, avaient-ils répondu en chœur.

Leur ressemblance était stupéfiante. Ils avaient les mêmes cheveux courts ondulés, la même pâleur, la même constitution frêle, les mêmes gestes exprimant le devoir, le même timbre de voix amical mais vidé de toute joie. Ils s'étaient soutenus dans l'épreuve à tel point qu'ils avaient fondu l'un dans l'autre. Comme s'ils avaient besoin d'être deux personnes presque identiques pour ne pas s'effondrer.

— En réalité, j'ai toujours su qu'elle ne reviendrait jamais, dit sa mère.

Maya s'assit en face d'eux.

— D'une certaine manière, c'est comme si ce qui se passe aujourd'hui permet une réconciliation avec l'horreur, continua-t-elle. Avoir la possibilité de lui donner une sépulture et savoir peut-être enfin ce qui lui est arrivé. Et avant tout, c'est un rêve que j'ai toujours cru irréalisable : la voir une dernière fois. La toucher une dernière fois.

Elle insista sur les trois derniers mots.

Une. Dernière. Fois.

— Pour moi, c'est exactement l'inverse, dit le père. Pendant toutes ces années, j'étais sûr qu'elle était encore en vie, qu'un jour je la reverrais. J'ai refusé de croire qu'elle était morte. À chaque année qui passait, je l'imaginais avec un an de plus. Et aujourd'hui..., fit-il avant de s'interrompre et de fixer le mur derrière Maya, je la revois et elle a toujours vingt et un ans. Elle n'a pas un jour de plus que le matin où je lui ai dit au revoir, avant qu'elle disparaisse. Tout ce que j'ai imaginé, tout ce que j'ai construit et cru pendant tout ce temps vient de s'effondrer.

Il se frotta les yeux et fit une courte pause avant de reprendre :

— La veille de sa disparition, je lui avais coupé les cheveux. C'est elle qui me l'avait demandé. Quand je l'ai vue tout à l'heure, elle avait encore cette coupe. C'était..., expliqua le père en passant une main sur ses tempes, court ici et plus long dans la nuque. Ce n'était pas particulièrement joli mais Sara s'en fichait. C'est parfait, papa, m'avait-elle dit.

Il se tassa sur sa chaise et se toucha plusieurs fois le crâne.

Rien n'est comparable à la douleur de quelqu'un dont le dernier espoir vient de s'envoler. L'espoir de revoir en vie son enfant ou un proche. Les circonstances peuvent varier, les détails sont toujours différents mais la sphère touchée semble être la même. Il n'y a plus rien à quoi se raccrocher. Plus rien.

— Vous êtes de la police ? demanda la mère d'une voix basse.

— Je suis photographe, expliqua Maya. C'est moi qui ai photographié le lieu de la découverte.

— Vous êtes au courant des pièces de monnaie ? On m'a dit qu'elle en avait plein les poches.

Maya la regarda droit dans les yeux.

— Je ne suis pas la bonne personne pour répondre à cette question.

— Mais qu'est-ce que ça signifie ? Pourquoi avait-elle toutes ces pièces ? Où les avait-elle eues ?

Maya fit un geste de la main vers le bureau de Leif. Au même moment, la porte s'ouvrit.

— C'est avec lui que vous devez parler de ça.

*

— En comptant Stefan Wiik, qui a disparu en 2012, nous avons à l'heure actuelle six corps, dit Leif Berggren lorsqu'ils furent tous installés dans la salle de réunion du commissariat de Karlstad, un peu plus tard dans la journée.

Il pointait du doigt une carte où tous les lieux de découverte étaient entourés. À côté de chacun était scotchée une feuille avec la photo et le nom des victimes. Maya remarqua qu'il avait ses nouvelles lunettes sous le menton. Une paire de rouges.

— Tous ont été enterrés ici dans un laps de temps de dix ans, continua-t-il. Tina Gabrielsson est la plus ancienne puisqu'elle a disparu en 2004. Les corps présentent tous des blessures similaires sur le crâne, provoquées par un coup brutal, tous ont été transpercés par un pieu et avaient dans les poches un sachet en tissu rempli de monnaie. Presque exclusivement des pièces de dix couronnes. Tous ont disparu entre mars et octobre et, comme vous pouvez le voir ici, il est question d'un meurtre commis tous les deux ans. Pour une raison que nous ignorons encore.

— Ce qui renforce la théorie selon laquelle Johannes Ayeb aurait dû être une nouvelle victime, ajouta Maya. Deux années se sont écoulées depuis la disparition de Karl Fahlén.

— Absolument, confirma Leif.

Depuis le début des fouilles, Maya avait travaillé bien plus que les seize heures par semaine dont ils étaient convenus au départ. Elle essayait d'être présente à chaque réunion et, le reste du temps, elle se trouvait sur le terrain. Elle était maintenant entourée d'une douzaine de personnes.

— Comment ça s'est passé avec Alex Hagman ? demanda quelqu'un de l'équipe d'investigation.

— J'y viens, dit Leif. On a fait une perquisition chez lui. On a saisi des outils, des vêtements, des chaussures. Enfin, tout ce qui peut avoir un lien avec les victimes. Alex a choisi de se taire. Pour l'instant, nous n'arrivons pas à lui faire dire quoi que ce soit.

Maya était épuisée. Ses paupières se fermaient et tout s'embrouillait dans sa tête. Elle fit distraitement une esquisse de la tourbière sur la feuille devant elle puis entoura trois des endroits habités qu'elle connaissait le mieux : la maison de Göran, le manoir et la ferme des Larsson. Elle traça ensuite une ligne les reliant. Les lieux de crime, excepté deux d'entre eux, étaient proches du sentier. Pratique si on ne voulait pas porter un corps trop longtemps.

Elle contempla le triangle que les lignes avaient formé et nota que tous les lieux de crime se trouvaient dans la même zone.

C'est comme le triangle des Bermudes, se dit-elle.

— Mais pour en revenir aux victimes, comme je viens de le dire, il y en a eu une tous les deux ans. La première en 2004. Et si nous reculons encore de deux ans, on arrive à quelle année ? 2002. Quelqu'un se souvient de ce qui s'est passé en 2002 ? Deux événements tragiques ont eu lieu dans la tourbière. Mais c'est aussi cette année-là qu'a été trouvée…

— La Fille aux airelles, compléta l'un des policiers.

— Exactement, acquiesça Leif. Un sacrifice humain datant de l'âge du fer. Le corps transpercé par un pieu. Ce n'est donc pas une supposition risquée de prétendre que les corps que nous avons trouvés ont un lien avec la Fille aux airelles. Peut-être est-ce une forme inhabituelle de copycat. Un fou doté d'un humour macabre. Ou alors c'est autre chose. Peut-être y a-t-il un lien entre toutes les victimes. À moins qu'elles ne soient membres d'une secte ou de je ne sais quoi. Mais le motif peut aussi être très différent et les victimes des personnes choisies au hasard. Ce qui signifie que ça pourrait frapper n'importe qui.

Il se pencha en avant et parcourut ses notes.

— De plus, comme vous le savez, le médecin légiste a trouvé des traces d'anesthésiques dans le corps de Karl Fahlén. L'injection aurait été intramusculaire, ce qui peut fournir des indices sur la façon d'agir de l'auteur du crime.

— Mais est-ce que ça pourrait correspondre à Alex Hagman ? demanda un des policiers.

— Non, justement. Aussi bien le motif que le procédé ne correspondent pas à Alex. Il souffre d'un handicap mental léger, ce qui s'accorde mal avec ce que nous savons pour l'instant.

Leif avait discuté avec la gérante du manoir, qui avait été indignée par les accusations. Ce n'était pas une bonne publicité pour le Manoir de la Tourbière. Elle affirmait avec détermination qu'elle était convaincue de l'innocence d'Alex.

— Je peux vous garantir que ce n'est pas un meurtrier, avait-elle dit. Il n'existe pas d'homme plus gentil que lui sur cette terre. C'est la gentillesse incarnée. Et, en plus, il est fiable. Et travailleur. Cela fait des années qu'il travaille pour moi, je peux donc affirmer que je le connais bien.

Maya était présente durant l'interrogatoire. Quand Agneta avait commencé à parler d'Alex, une ombre était passée sur son visage. *Le doute.* Une toute petite goutte d'incertitude dans un océan de conviction.

Cela pouvait-il malgré tout être lui ?

Alex n'avait certes pas le profil du meurtrier calculateur mais le qualifier de *gentillesse incarnée* n'était tout de même pas une description totalement juste.

Enfant, il avait dû changer d'école plusieurs fois à cause de son comportement violent. Il ne supportait pas de devoir rester assis toute une journée à suivre des instructions. Son retard mental n'avait jamais été vraiment évalué puisque ses parents et lui s'étaient toujours opposés à tout examen.

Ce n'est qu'après le collège, quand il obtint un travail chez un bûcheron, qu'il se calma ; lorsqu'il put passer ses journées dans la nature et faire un travail physique. Sa mère était morte peu de temps après et son père l'avait suivie dans la tombe juste avant qu'Alex soit embauché au manoir. Il n'avait pas d'amis. Il paraissait être seul au monde, son unique hobby étant la nature et les oiseaux.

Dans son dossier médical, il était noté qu'il aimait chercher et établir des schémas dans la nature. Ce que confirmait Agneta. Une fois, il avait découvert que la grille était abîmée à trois endroits différents. Il l'avait alors abîmée à deux autres endroits, sans doute pour que cela corresponde mieux au schéma qu'il avait dans la tête.

— J'ai alors dû lui remonter les bretelles, avait dit Agneta, un petit sourire aux lèvres. Je lui ai expliqué que s'il voulait continuer à travailler ici il fallait qu'il répare et non qu'il abîme.

Il faisait maintenant une chaleur étouffante dans la salle de réunion. L'un des policiers se leva pour ouvrir une fenêtre.

— Alex est notre seule piste ? demanda un des enquêteurs.

Leif opina du chef et passa une main sur son visage fatigué.

— Évidemment, les habituels témoignages de détraqués continuent à affluer, en même temps que tout un tas de coups de fil de gens qui disent s'être trouvés dans les environs au moment des disparitions ou avoir vu des gens au comportement suspect. Mais, pour l'instant, on se concentre sur Alex Hagman qui a encore pas mal de choses à nous dire.

— Et comment va Johannes Ayeb ? s'enquit un des policiers.

— Nous espérons qu'il va bientôt se réveiller, mais malheureusement les médecins ne peuvent pas dire quand. Il faut être patients.

Au même moment, le portable de Leif vibra.

— Ah, des nouvelles, dit-il à l'équipe avant de répondre. Le résultat des analyses faites sur les objets trouvés dans l'atelier d'Alex Hagman.

Tous se turent, concentrés sur les mimiques de Leif.

— OK, merci. Maintenant, je sais, dit-il avant de raccrocher.

Il balaya l'assistance du regard avec une expression indiquant qu'il était plus interloqué que satisfait.

— Bon. Le piège se referme. On a une touche. Ils ont trouvé l'ADN de Johannes sur une des pelles d'Alex.

Nathalie n'arrivait pas à trouver le sommeil. Le vent hurlait dans la cheminée, les branches des arbres du jardin fouettaient les carreaux, l'obscurité tournait à pas de loup autour d'elle. Les événements de ces derniers jours la perturbaient. Comment allait-elle s'en sortir ?

Tous ces morts.

Tout ce qui remontait à la surface.

Elle s'était rendue deux fois au commissariat pour un interrogatoire. À titre informatif, lui avait-on expliqué. Au sujet de son travail de recherche et de ses observations autour du manoir et de la tourbière.

Plusieurs fois, les policiers lui avaient demandé de raconter comment elle avait découvert Johannes, et la tombe qui avait ensuite disparu.

Ils lui avaient posé des questions sur ses liens avec la région et sur ce qu'elle y faisait. Elle n'avait rien voulu cacher. Elle leur avait tout raconté sur ses parents et sur le fait qu'elle avait vécu près de la tourbière dans son enfance. Elle commençait à s'habituer à en parler. Elle arrivait enfin à exprimer ce qu'elle avait tu si longtemps.

Ils lui posèrent aussi des questions sur Alex, l'homme à tout faire. Ils voulaient savoir comment elle le voyait et si elle avait remarqué quelque chose.

— Comme quoi ? avait-elle demandé.

— S'il a eu un comportement étrange, par exemple.

— Il est un peu spécial, mais ça vous le savez déjà.

Un jour, il était venu lui apporter un peu de bois, avait-elle dit. À une autre occasion, il avait réparé le crochet d'une fenêtre. Il était peu communicatif mais très serviable. Était-ce considéré comme un comportement étrange ?

Les policiers l'avaient regardée avec une certaine compassion doublée d'une pointe de suspicion. Elle remarqua que ça la rendait inutilement obséquieuse. Elle raconta alors qu'Alex était venu réparer la serrure de sa porte et qu'elle avait vécu la situation comme une légère menace. L'espace d'un instant, elle s'était dit qu'il avait peut-être toute sa tête, après tout. Qu'il faisait semblant d'avoir un retard mental.

— Mais vous croyez qu'il a un rapport avec tous ces meurtres ? avait-elle ensuite demandé.

— Dans l'état actuel des choses, nous ne croyons rien. Nous récoltons des informations, c'est tout, avait répondu l'inspecteur.

Pour finir, elle avait expliqué ce qu'elle avait vu et entendu lorsqu'elle était partie à la recherche de Johannes dans la tourbière. Elle avait aperçu des ombres diffuses dans l'obscurité et senti le brouillard qui s'était abattu au moment où la tempête s'était subitement calmée. Oui, c'est bien ce qu'elle avait cru voir maintenant qu'elle y repensait. Mais c'était difficile à dire, on n'y voyait presque rien. Peut-être était-ce juste une illusion d'optique. Il y avait aussi eu des bruits.

Des bruits ? Oui, des chuchotements et des pas qui s'éloignent.

Les policiers s'étaient tous tus mais elle avait bien compris ce qu'ils pensaient : *Et tu dis ça seulement maintenant ?*

Tout ça a commencé avec Johannes.

Allongée dans son lit, elle avait la tête qui bourdonnait de mots. *Si elle n'était pas partie à sa recherche, si elle l'avait laissé se faire engloutir par la tourbe...* Les pensées la transperçaient comme des couteaux, la paralysaient... *Alors tout serait resté enfoui.*

Comment pouvait-elle penser ça ?

Elle fit un gros effort pour se lever. Elle enfila sa robe de chambre et ses bottes en caoutchouc, attrapa la lampe de poche et sortit dans la nuit pour faire pipi.

Une nappe nuageuse recouvrait le ciel.

Au manoir tout était éteint. L'heure du loup.

Elle se dépêcha de rentrer et de verrouiller la porte derrière elle. Elle s'apprêtait à aller se recoucher lorsqu'elle aperçut une silhouette dans l'obscurité à la lisière de la forêt.

Elle éteignit la lampe et s'approcha prudemment de la fenêtre. À une dizaine de mètres seulement se tenait un homme vêtu d'un manteau sombre qui regardait dans sa direction.

Elle n'arrivait pas à voir qui c'était.

Gustav ?

Pour quelle raison se tiendrait-il à cet endroit et à cette heure-ci ? À moins que ce ne soit un invité du manoir qui faisait une petite promenade nocturne ?

Elle recouvrit minutieusement les trois fenêtres de la chambre au moyen de couvertures puis attrapa son portable et se glissa sous les draps. Avait-elle un ami qu'elle pouvait appeler, quelqu'un étant à mille lieues de ce qu'elle vivait mais qui pourrait quand même la réconforter ?

Le réseau était très mauvais et elle abandonna l'idée. À la place, elle posa sa tête sur l'oreiller et ferma les yeux.

Elle n'entendait que sa propre respiration. Superficielle et saccadée. Au bout d'un long moment, elle réussit à se décontracter et plongea dans un sommeil profond et sans rêve.

Maya se rendit tôt au commissariat pour faire des photos.

La pelle d'Alex Hagman avec l'ADN de Johannes Ayeb était une priorité. Plusieurs empreintes digitales y étaient fixées et teintées avec un colorant fluorescent. De son côté, Alex Hagman avait été arrêté et son logement était maintenant envahi de policiers qui procédaient à des analyses approfondies.

Maya posa la pelle sur la table et plaça un filtre sur son objectif afin que la substance fluorescente soit plus visible à l'image.

La pelle semblait presque neuve. La poignée et l'extrémité plate étaient en métal rouge vif. Elle photographia l'outil sous toutes les coutures, le souleva quand c'était nécessaire et réduisit la brillance du métal pour que les empreintes soient aussi apparentes que possible.

Au bout d'une demi-heure, elle avait obtenu de bonnes photos des trois empreintes digitales. Elle les scanna pour créer des versions numériques destinées aux archives des enquêteurs.

Elle appréciait d'être de retour sur son ancien lieu de travail. Beaucoup de choses avaient changé après toutes ces années. La plupart des salles avaient été rénovées et tout l'équipement modernisé, mais l'atmosphère restait, malgré tout, la même.

— Il nous manque un truc, dit Leif assis sur le canapé de Maya. Excepté les histoires concernant la violence d'Alex pendant ses années d'école, la seule chose un peu intéressante que nous avons trouvée sur son ordinateur est une photo légèrement pornographique. Une femme nue sur une plage en train de boire dans une noix de coco.

Maya avait insisté pour que Leif quitte son travail de bonne heure et vienne dîner chez elle. Il avait commencé par décliner l'invitation : s'il se libérait, ce serait pour être avec sa femme qu'il avait à peine vue depuis le début de l'affaire. Maya appela alors Birgitta pour l'inviter elle aussi. Ils pourraient même dormir dans la chambre d'amis s'ils le voulaient.

Installés dans le salon, ils buvaient un café accompagné d'un cognac. Ils avaient beau essayer, ils n'arrivaient pas à lâcher le travail.

— Rien dans ce que nous avons trouvé chez Alex ne pourrait répondre à la question *pourquoi*, continua Leif pendant que sa femme feuilletait un livre de photos de Maya.

— Agneta affirme qu'il cherche des schémas dans tout ce qu'il voit et fait, dit Maya. Des oiseaux qui apparaissent dans différents lieux à différentes heures de la journée, les mouvements d'un animal…

— Oui, je sais. Mais quel rapport avec les victimes ?

— Toutes ont été immergées et transpercées par un pieu exactement de la même façon. Je veux dire, c'est peut-être la réponse à la question *pourquoi* : Alex crée des schémas.

— Ça semble un peu tiré par les cheveux, rétorqua Leif en se redressant pour saisir son verre de cognac.

— Je sais. Mais est-ce que quelque chose indique qu'Alex serait… mettons superstitieux ou intéressé par l'Histoire ?

— Non. C'est bien ça le problème. On n'a rien trouvé. Et Alex refuse toujours d'ouvrir la bouche.

— Mais ce n'est pas un hasard si toutes les victimes ont été tuées après la découverte de la Fille aux airelles. Et que presque deux ans séparent chaque disparition. Tout est probablement lié.

— Absolument, mais la question est de savoir quel est le lien avec Alex. Est-ce que c'est son intérêt pour les schémas et l'ordre ? Il n'habitait même pas ici quand les disparitions ont commencé, fit remarquer Leif d'un air sceptique.

— Non, moi non plus je n'y crois pas. La personne qui commet ces meurtres ne cherche pas à copier la Fille aux airelles pour s'amuser ou pour créer de nouveaux schémas. En revanche, ce qui est clair, c'est que c'est un rituel. Faire un sacrifice est un acte très particulier.

— Et assez vieux jeu, si tu veux savoir le fond de ma pensée.

— Le plus souvent, il s'agit de maintenir une relation avec des forces invisibles, de communiquer avec elles. C'est peut-être ce que fait le meurtrier, ou plutôt qu'il croit faire. Afin d'obtenir ce qu'il veut, ou de se protéger contre ce qu'il ne veut pas. Et je suis tout à fait d'accord avec toi, ce mode opératoire ne correspond absolument pas à ce que nous savons d'Alex Hagman. Je ne l'imagine pas faire ça.

— Mais il a quand même inscrit sur une carte les endroits exacts où étaient enterrées toutes les victimes.

— Peut-être avait-il repéré les pieux. Et c'est pour cette raison qu'il les a notés sur la carte. Exactement comme il fait avec les différentes espèces d'oiseaux. Ils ont peut-être constitué un point de repère pour lui.

Ils demeurèrent silencieux un moment. Birgitta leva les yeux de son livre.

— Vous devriez vous entendre.

— Comment ça ? fit Leif.

— Communiquer avec des forces invisibles, les singea-t-elle.

Maya éclata de rire.

— Tu sais..., soupira Leif en secouant la tête d'un air résigné. Je sens qu'aujourd'hui je... je pourrais croire à n'importe quoi. Je n'ai plus rien à donner. Je le pensais déjà, mais là, je n'ai plus les épaules assez larges. Je suis tout simplement épuisé. Je n'ai plus la force de réfléchir. J'ai envie de jardiner ou de faire n'importe quoi d'autre sauf ça. De jouer au golf.

— Tu n'as jamais joué au golf de ta vie, rétorqua Birgitta. Et le jardin est au repos. C'est l'automne.

— Alors jouer avec mes petits-enfants.

— On n'en a pas, Leif.

Il fit tourner son verre de cognac dans sa main avant de boire une gorgée.

— Quoi qu'il en soit, bientôt j'arrête, dit-il en regardant Maya.

— C'est quoi, ces plaintes ? On a deux ans pour résoudre cette affaire, c'est ça ? dit cette dernière en se penchant vers lui et en donnant une pichenette à son verre. On a le temps d'en faire des choses, en deux ans.

Man Ray sauta et se mit en boule sur ses genoux.

— Tout, excepté le motif, indique qu'Alex est le coupable, reprit Leif. N'empêche, j'ai l'impression qu'on est sur la mauvaise piste.

— Si on oubliait Alex l'espace d'un instant et qu'on se concentrait sur ce qui s'est passé dans la tourbière avant tous ces meurtres ? Exactement deux ans plus tôt, la Fille aux airelles était découverte. Le même été, Tracy Larsson mourait et la tragédie familiale Nordström avait lieu.

Maya caressa le chat et tourna la tête vers le feu dans la cheminée.

— Il y a tellement de points d'interrogation dans cette affaire. Pourquoi Tracy Larsson s'est-elle laissé engloutir par la tourbière ? Pourquoi le père de Nathalie a-t-il tué sa mère et s'est-il ensuite donné la mort ? Et pourquoi a-t-il épargné sa fille ? Je pense que c'est plutôt là que nous devrions chercher des réponses.

Le soleil d'octobre répandait une lumière douce sur le cimetière. Devant une tombe familiale était assise une vieille femme et, un peu plus loin, deux enfants jouaient dans l'allée gravillonnée. À part eux, le lieu était désert.

Nathalie regarda le plan que le gardien lui avait gentiment dessiné.

Là-bas. Elle devait être là, la tombe de ses parents. Nathalie sentit une vague de sueur froide la submerger.

Enfin, elle aperçut la tombe.

Nordström, gravé dans la pierre.

Elle ne portait plus ce nom depuis si longtemps… Aussitôt après, elle en avait changé. Elle n'avait gardé que la seconde partie, comme le lui avaient suggéré Harriet et Lars. Pour prendre de la distance. Mais la symbolique avait été tout autre. C'était finalement comme si une partie d'elle avait été gommée, effacée de la surface de la terre. Elle avait fui en silence une honte qui n'avait jamais été la sienne.

La tombe était petite et modeste. Les noms et les dates, rien de plus. Quelqu'un l'avait décorée avec une lanterne et quelques branches de sorbier dans un vase. Elle se demanda qui cela pouvait bien être. Sans doute un des frères de son père. Ses grands-parents étaient tous morts et sa tante, qui avait essayé de garder le contact avec elle, avait déménagé dans le Västerbotten.

Son autre tante, Eva, était célibataire et avait proposé que Nathalie vienne vivre chez elle à Åmål. Mais elle avait refusé. Pour elle, il n'y avait qu'une seule route possible. Elle voulait tirer un trait sur son ancienne vie, sur son école, sur Åmål. Être aussi loin que possible de la tourbière. Aujourd'hui, elle ressentait une pointe de regret. À l'époque, elle avait été dure et décidée.

Elle s'agenouilla et essaya de se rappeler comment on devait se comporter devant une tombe. Puis elle repensa à la raison de sa présence.

— Bonjour, commença-t-elle d'une petite voix.

Elle regarda avec inquiétude autour d'elle mais il n'y avait personne à proximité.

— C'est moi.

L'effet que lui firent ses propres paroles était choquant. Elle sentit aussitôt des émotions sauvages et incontrôlées bouillonner en elle. Elle fut prise de tremblements.

Puis arriva une larme. Une seule larme. Elle l'attrapa du bout du doigt et la contempla comme si c'était un objet précieux.

Elle regarda de nouveau la tombe.

— Ça fait… si longtemps.

Silence.

— Maman. Papa. Putain, mais qu'est-ce qui s'est passé ?

De nouveau un silence.

— Vous me manquez.

C'est à ce moment-là que tout arriva. Son corps se détendit, ses larmes jaillirent et dévalèrent en torrent ses joues. Elle enleva son blouson et s'assit dessus.

Une demi-heure plus tard, elle était toujours assise devant la tombe. Le vent avait séché ses larmes et son regard survolait les autres sépultures. Tout d'un coup, il fut attiré par l'une d'elles.

« *Tracy Larsson.* » Le nom et la date. C'était sans comparaison la plus décorée de tout le cimetière. Elle se leva et alla s'asseoir sur un banc de l'allée. De là, elle contempla les deux tombes et pensa à toutes ces années où elle avait tenté de se protéger, d'oublier cette réalité. Elle en avait eu si peur. Aujourd'hui, c'était apaisant de ne plus avoir à lutter. De regarder enfin la réalité en face. Une réalité qui avait pris la forme de deux pierres tombales. Ce n'était au bout du compte pas si dangereux.

Rien n'était plus dangereux que la fuite.

Un homme apparut dans l'allée. Elle le reconnut aussitôt. Bizarrement, il n'avait pas changé. Avec sa barbe soignée et sa forte corpulence. De nombreuses années de dur travail.

Il s'approcha de la tombe de Tracy et se mit à la nettoyer. Il arracha deux trois mauvaises herbes et planta quelque chose. Puis il se retourna et aperçut Nathalie.

— Bonjour, Peder, dit-elle. Ça fait longtemps. Tu te souviens de moi ?

Sa voix était étrangement claire. Égale.

Il se leva et s'approcha d'elle puis se pencha en avant pour mieux voir.

— C'est toi, Nathalie ?

— Oui.

— Oh, c'est… On m'a dit que tu étais dans le coin. Je ne t'aurais sans doute pas reconnue.

— Je comprends. Ça fait tellement longtemps.

C'était étonnamment simple de parler avec Peder. Il semblait avoir peu d'occasions de discuter et parut content d'avoir de la compagnie.

Ils échangèrent sur les découvertes tragiques qui avaient été faites ces derniers jours dans la tourbière, sur tous ces cadavres subitement remontés à la surface. Tout cela était totalement irréel, se firent-ils la réflexion. Puis Nathalie demanda des nouvelles de Julia.

— Ça lui ferait sans doute plaisir que tu l'appelles, dit-il.

Son sourire la surprit. Elle se souvint que, lorsqu'elle était jeune, elle le trouvait plus renfrogné. Ce sourire le transformait, adoucissait ses traits vieillissants.

— Ça lui ferait sans doute très plaisir, répéta-t-il. Vous étiez si proches.

— J'avais prévu de le faire. Bientôt.

Après cela, elle prit son élan et lui posa la question qui l'obsédait depuis toujours. Maintenant qu'elle l'avait enfin en face d'elle, il fallait qu'elle se lance.

— Peder, dit-elle d'une petite voix, tu ne pourrais pas me parler un peu de mes parents ? Tu sais pourquoi mon père a fait ce qu'il a fait ? Je suis consciente que tu ne peux pas répondre à sa place et que ce n'est que ton point de vue personnel mais ça signifierait beaucoup pour moi d'avoir au moins quelques pistes. Je me souviens à peine d'eux…

Il la dévisagea longuement avec un regard compatissant.

— On ne se connaissait pas de cette façon-là, commença-t-il. J'avais l'impression qu'ils s'entendaient bien, tes parents ; je veux dire, il leur arrivait sans doute de se disputer mais c'est le cas de la plupart des couples, non ?

Il passa sa main dans sa barbe avant de poursuivre :

— On en a beaucoup discuté, Yvonne et moi.

— Vous étiez ensemble le soir où c'est arrivé, non ?

— Il y avait une réunion des voisins chez toi, dit-il en hochant la tête.

— Ils s'étaient disputés ?

— Ça fait si longtemps, Nathalie. Et cet été-là était tellement éprouvant pour nous, dit-il avant de se lever. Bon, il faut que j'y aille. Promets-moi de rendre visite à Julia. Et passe nous voir. Tu vis à Göteborg maintenant ?

— Oui, mais en ce moment j'habite dans la petite maison du manoir.

— Bon, alors peut-être qu'on se verra demain. Agneta a organisé une réunion des voisins. Ce sera la première depuis quatorze ans.

— Bienvenue ! Entrez ! Je suis content de vous revoir !

Göran se tenait sur le seuil de la porte, vêtu d'un tablier et avec une manique dans la main.

— Merci, lui dit Maya dans un sourire.

Elle se débarrassa de son manteau et le suivit dans la cuisine qui embaumait l'ail et les épices.

C'était à son initiative. Il l'avait appelée dans l'après-midi pour lui proposer de venir dîner chez lui. Elle était tout à fait consciente de la raison sous-jacente à cette invitation : avoir des informations *de l'intérieur* sur l'enquête en cours. Après leur dernière rencontre, Maya s'intéressait également bien plus à lui. Non seulement parce qu'il lui avait montré le chemin jusqu'à Alex Hagman mais aussi pour sa connaissance de la tourbière. Bien qu'Oskar soit en visite chez elle, elle avait accepté l'invitation sans hésiter.

C'est donc Oskar qui s'était chargé de la conduire jusqu'à la maison de Göran bordant la tourbière.

Appelle-moi quand tu voudras que je vienne te chercher.

OK.

Elle se trouvait maintenant dans la cuisine de Göran et le regardait déboucher une bouteille de vin.

— Je vous sers un verre ? demanda-t-il.

— Volontiers. On viendra me chercher.

— C'était votre mari dans la voiture ?

— Oui, on peut dire ça, dit-elle avec un petit rire.

Elle but une gorgée de vin et s'adossa au chambranle de la porte.

— Et vous, vous vivez seul ?

— Oui. Et cela depuis que ma femme a disparu. Donc, vous êtes mariée ?

— Non, en fait ce n'est pas mon mari, je plaisantais, rit-elle. Je vis seule. Avec mon chat.

— Qui vous a déposée ici alors ? demanda-t-il.

— Eh bien…, commença-t-elle en se dirigeant vers le salon. C'est un garçon qui s'appelle Oskar. Mon assistant.

Son regard parcourut les murs. Elle voulait emmagasiner le maximum d'informations. Elle aimait cette grande pièce aux murs tapissés de livres sur les fantômes. C'était la représentation de la douce folie de Göran.

Elle but encore une gorgée. Sur une étagère au-dessus de la cheminée étaient posés deux énormes bocaux en verre. Elle s'approcha pour les regarder de plus près. Elle lut les étiquettes : « 22 juin 2015 » et « 2 fév. 2016 ».

— C'est quoi ? demanda-t-elle.

Göran passa la tête par la porte pour voir de quoi elle parlait.

— C'est juste quelques prélèvements provenant de la tourbière. J'essaie toujours de récupérer un peu de matière si je tombe sur quelque chose de notable.

— Quelque chose de notable ?

— Ça peut être quand je ressens une présence, ou si je vois ces fameuses nappes de brume dont je vous ai déjà parlé. Je capture alors un peu d'air avec un sachet de prélèvement que je transvase dans ces bocaux.

Il parlait fort pour qu'elle l'entende depuis le salon.

— C'est donc… de l'air ?

Il apparut avec une marmite dans les mains qu'il posa sur la table.

— Oui, c'est sans doute juste de l'air. En tout cas, ça y ressemble. Cela fait longtemps que ces bocaux sont là, et… il ne s'est rien passé.

Maya se détendit aussitôt, se disant qu'il n'y avait, en fait, qu'à lâcher prise. Dans tout ce que disait Göran, elle ne trouvait absolument rien à quoi se raccrocher. Ce n'était même pas la peine d'essayer. Il lui suffisait seulement de se laisser aller et de le suivre. D'une certaine manière, c'était libérateur. C'était à l'opposé de ce qu'on pouvait parfois ressentir quand on se trouvait face à quelqu'un ayant des idées arrêtées sur des phénomènes prétendus réels. Des opinions que l'autre défendait comme s'il était question de vie ou de mort.

Elle avait souvent vécu ce genre de situation. Il lui arrivait parfois de s'excuser et de quitter brusquement la pièce dans laquelle elle se trouvait. Elle ne le faisait pas de façon démonstrative. Non, c'était une réaction purement physique. Subitement, elle suffoquait.

— Servez-vous ! Un poulet en cocotte. J'espère que ça vous plaira.

— Si c'est aussi goûteux que ça sent bon, vous êtes un génie.

Elle s'installa à table et se servit, y goûta aussitôt et ferma les yeux.

— Vous êtes un génie.

— Il ne faut pas exagérer. Mais vous n'êtes pas la première à apprécier ma cuisine.

Il se servit à son tour puis s'adossa à sa chaise.

— Comment va votre projet photo ?

— Bien. Ça va aboutir sur une expo. Pas une grosse. Juste une petite, pour le plaisir. Même s'il s'agit d'un thème sérieux.

— Ah oui, quand même ! Une expo ? Vous êtes aussi reconnue que ça… en tant qu'artiste ?

Il ne savait donc pas qui elle était. Elle sentit aussitôt sa poitrine se serrer. Tous ces reportages sur elle dans le journal local, toutes ses photos publiées. Un homme comme Göran aurait dû la connaître.

— Je plaisante, sourit-il. J'ai lu beaucoup de choses sur vous. Vous êtes dans le journal environ tous les quinze jours. Même avant que vous emménagiez ici.

— Je sais. Surtout au moment où j'ai fait cette expo de portraits d'enfants nus. Ça a suscité tellement de débats.

— Aujourd'hui, vous habitez à Fengerskog, n'est-ce pas ?

— Je viens d'y acheter une maison.

— L'école d'art a fait beaucoup pour la région.

— Oui, vraiment.

— Ou plutôt, les écoles d'art. Il y en a deux maintenant, n'est-ce pas ?

— Oui. Au fait, le vin est délicieux, dit Maya en tournant la bouteille pour regarder l'étiquette. Il est italien ?

— Absolument, répondit Göran avec un sourire.

Après être restés plusieurs heures à table à discuter des événements de ces derniers jours, ils s'installèrent dans le salon et vidèrent encore une bouteille de vin italien. Maya se rappela subitement qu'elle avait oublié d'appeler Oskar. Elle alla aussitôt chercher son portable qui se trouvait dans son sac dans l'entrée.

— Il est bientôt minuit. J'ai reçu plusieurs messages, dit-elle d'un air coupable. La personne qui devait venir me chercher aimerait aller se coucher.

— Vous ne pouvez pas prendre un taxi ? Ou dormir ici ? Ça ne me pose aucun problème.

— Vous êtes sûr ? Ça ne serait pas étrange ?

— Ce serait surtout plus raisonnable, rit Göran. Comme ça, on pourrait continuer notre discussion. On est loin d'avoir terminé.

Maya envoya un SMS à Oskar pour lui expliquer la situation. Puis ils se remirent à bavarder tout en sirotant leur vin. Göran entreprit de lui parler d'un essai qu'il avait lu il y avait déjà un moment et qui s'appelait *Fréquenter les fantômes*. Il y était question de fantômes qui côtoyaient les milieux de la littérature, de la science et de la politique. Curieusement, l'auteur portait le même nom que lui. Göran Dahlberg.

— Ce n'est pas votre livre ?

— Si. Mais ce n'est pas moi qui l'ai écrit.

— C'est sûr ?

— Absolument sûr. Il est composé d'une centaine de petits essais tous aussi incroyables les uns que les autres. Pour être honnête, c'est sans doute de là que me vient toute ma connaissance de la nature des fantômes.

— On y explique par exemple comment éviter de les affronter physiquement ?

— Non. Pour ça, d'autres livres traitent mieux de la question. Mais sinon, cet ouvrage couvre beaucoup de champs.

Maya renchérit en parlant de sa photographe préférée, Francesca Woodman, qui, selon elle, avait une esthétique pour le moins fantomatique.

— C'est sans doute ce que j'apprécie le plus chez elle, dit-elle en googlant quelques photos sur son portable.

Celles-ci étaient principalement en noir et blanc. Des photos datant des années 70, ayant souvent pour sujet le corps nu de la photographe elle-même, qui s'estompait, se dissolvait et disparaissait de l'image.

— Regardez, dit Maya. Ce n'est pas qu'elle prend simplement le contrôle et qu'elle bouleverse les perspectives traditionnelles. C'est surtout sa manière de le faire. En exhibant son corps d'une manière si évidente et si intransigeante, elle se rend invisible. Son corps devient transparent. Un canal neutre au service de ce qu'elle veut transmettre.

Ils s'approchèrent de l'écran et contemplèrent les photos.

— Beaucoup interprètent sa manière de représenter la dissolution de la forme et de l'identité comme de l'autodestruction et du désespoir, poursuivit Maya. Ce qu'on peut comprendre puisqu'elle s'est suicidée à l'âge de vingt-deux ans. Mais même un désir de mort n'a pas besoin d'être destructif, d'après moi.

— Ah bon ? dit Göran en se redressant sur sa chaise.

Maya se mit à réfléchir un moment les yeux dans le vague.

— Non, je vois ça plutôt comme… le désir secret de rentrer chez soi. De retourner à ce qu'on est au fond de soi. À mes yeux, ses photos sont une exploration malicieuse de la relation entre le corps et l'Être existant, entre la forme et l'informe.

— Un désir de rentrer chez soi ? Comment ça ?

Elle saisit une des bougies allumées sur la table et souffla sur la flamme.

— Voilà ce que je veux dire. Vous voyez la fumée qui s'élève et se dissipe ?

— Oui…, dit-il après un temps d'hésitation. Ou plutôt non, vu qu'elle a disparu.

— Exactement. Et vous ne vous reconnaissez pas ?

Göran la regarda, un sourire désabusé aux lèvres.

— Votre histoire me semble un peu fumeuse.

Maya éclata de rire.

— Quoi ? fit Göran.

— Rien. C'est tellement drôle que cette phrase sorte de votre bouche. Göran, je peux vous poser une question ?

Elle se pencha en avant, ce qui fit craquer le fauteuil en cuir dans lequel elle était assise.

— Bien sûr.

— Vous vous souvenez de la période qui a suivi la mort de Tracy ?

Il sembla chercher dans sa mémoire puis secoua lentement la tête.

— Je dois commencer à perdre un peu la boule… Non, très peu. Enfin, ça dépend de quoi vous voulez parler.

— La réunion des voisins chez les parents de Nathalie ? Qui était la dernière, d'après ce que j'ai compris.

Maya sentit subitement que la tête lui tournait. Le vin avait sérieusement commencé à faire son effet.

— Oui, ça a été la dernière, soupira Göran. Ce drame nous a tous anéantis. Après, tout le monde voulait déménager.

Il expliqua qu'à l'époque il y avait des réunions de propriétaires au moins une fois par an, chez les uns et les autres, pour discuter des affaires communes. En ce temps-là, ils étaient plus nombreux à habiter autour de la tourbière, mais ce fameux soir tout le monde n'était pas présent.

Göran croyait se souvenir qu'il y avait deux propriétaires en plus, outre les parents de Nathalie et ceux qui vivaient ici encore aujourd'hui. Texas et Laila avaient la trentaine et n'habitaient pas encore dans leurs maisons respectives mais leurs parents étaient souvent présents aux réunions.

Une année, il avait été question d'installer une nouvelle conduite d'évacuation plus loin vers le ruisseau. Une autre année, le problème du déneigement du chemin commun avait été soulevé. L'objet de cette dernière réunion était de discuter de la construction d'un éventuel mirador pour la chasse. Mais, au rythme des bouteilles d'alcool descendues, la conversation avait progressivement glissé sur les différents événements qui avaient eu lieu durant l'été.

— Nous avons commencé à parler de la momie de la tourbière et aussi, bien sûr, de ce qui était arrivé à Tracy. C'était tellement douloureux. J'ai refoulé presque tout ce qui s'est dit ce soir-là. Et, en plus, j'étais dans un état d'ébriété avancé.

— Mais il y a eu une engueulade, non ?

Maya avait lu dans le rapport de police qu'il s'agissait plus d'une soirée trop arrosée qui avait mal tourné que d'une banale dispute entre propriétaires.

Göran resta silencieux un long moment.

— On a parlé de différentes choses, mais je me souviens que les autres ont essayé de m'extorquer des informations sur les revenants. En gros, ils voulaient savoir ce qu'ils étaient capables de nous faire. Et aussi, s'ils pouvaient avoir causé la mort de Tracy. Ils disaient que s'il y avait quelqu'un qui pouvait répondre à ces questions, c'était bien moi, dont la femme avait également disparu.

— Qui disait ça ? Tous ?

— Non. Certains ne croyaient pas du tout à mes théories et ça les a mis en colère. Oui. C'est à ce moment-là qu'on a commencé à s'embrouiller. Je m'en souviens. Mais ensuite on s'est séparés et chacun est rentré chez soi.

— Qu'avez-vous dit exactement ?

— Je ne me souviens pas. Pourquoi voulez-vous le savoir ?

— Ça peut être important.

— Désolé. Il faudra que vous demandiez aux autres.

— Mais vous avez expliqué que les revenants existent, non ? Vous vous souvenez de qui était d'accord avec vous ?

— Non, pas du tout. Il y a tellement longtemps. La seule chose que je me rappelle avoir dite, c'est qu'il n'y avait pas grand-chose à faire. Qu'il fallait seulement être très prudent. J'ai sans doute aussi expliqué comment faire pour s'en protéger.

— Et après ? Il n'y a pas eu d'autres réunions ?

— Non, mais c'est étrange que vous parliez de ça. Agneta a justement organisé une réunion demain au manoir. Je crois qu'elle aimerait recréer un esprit de communauté, vu ce qui se passe…

— Je suis invitée moi aussi.

— Ah bon ? s'étonna Göran.

— Oui. Pour prendre des photos. Agneta m'a promis que je pourrais en prendre quelques-unes durant vos discussions et aussi une du groupe. Elles pourront faire partie de mon projet. Une dernière chose… À votre avis, qu'est-il arrivé aux parents de Nathalie ?

— Qu'est-ce que vous voulez dire ? demanda-t-il en haussant les sourcils.

— Pourquoi son père a-t-il tué sa mère pour ensuite se suicider ? Pile la nuit qui a suivi votre réunion ? Vous avez quand même dû y réfléchir, non ?

Göran secoua la tête.

— La seule chose que je peux dire, c'est qu'il y avait des problèmes dans cette famille qui ont abouti à cet événement dramatique. Nathalie avait l'habitude de venir chez moi quand ses parents se disputaient. Ils étaient adorables avec leur fille, mais ils étaient souvent en conflit. Et quand il avait bu, Jonas pouvait se montrer agressif. Donc… je ne sais pas. Parfois, les choses tournent au vinaigre sans qu'on sache pourquoi. Tout simplement. Bon, il est temps pour moi d'aller me coucher. Je vous prépare votre lit.

*

Au moment où Maya se glissait sous les draps, son portable sonna. Elle jeta un œil à l'écran. Il était une heure et demie et c'était un numéro inconnu.

— Vous êtes bien Maya Linde ? Bonsoir, c'est Nathalie Ström, la biologiste. Je suis désolée de vous déranger aussi tard mais je ne pouvais pas attendre. Il y a une chose qui me tracasse.

— Allez-y, dites-moi.

— Il faut que je vous pose une question. C'est vrai que vous avez trouvé l'ADN de Johannes dans l'atelier d'Alex ? Que c'est la preuve la plus importante que vous ayez contre lui ?

— Vous tenez ça d'où ?

— Je l'ai lu sur Internet.

Maya poussa un grand soupir.

— Pourquoi cette question ?

— Est-ce qu'il s'agit d'une pelle rouge ? Rouge vif ? Et presque neuve ?

— Dites-moi d'abord à quoi vous pensez, demanda Maya.

— Voilà, j'ai emprunté une pelle à Alex quand je suis allée faire des prélèvements dans la tourbière. Johannes était avec moi. Je crois en plus me souvenir que c'est lui qui portait la pelle.

— Merci, Nathalie. Ne vous inquiétez pas. C'est bien que vous m'ayez appelée. Essayez de dormir maintenant. Leif vous contactera demain. D'accord ?

— D'accord. Bonne nuit.

— Bonne nuit.

Maya envoya aussitôt un SMS à Leif avec cette nouvelle information.

Merde, se dit-elle ensuite presque avec soulagement. Une preuve qui tombe à l'eau.

Alex est peut-être une personne à part qui voit des schémas, un ordre particulier et des contradictions dans la nature, mais il n'est pas celui que nous recherchons.

La fatigue s'était dissipée d'un coup. Maya était allongée dans la chambre d'amis, les yeux rivés au plafond, à penser à Alex et à réfléchir à sa discussion avec Göran. Elle regarda les tableaux accrochés aux murs. Des peintures de paysage étonnamment insignifiantes. Ça ne ressemblait pas à Göran.

Elle avait soif et elle se leva pour aller boire.

Dans un coin de la pièce, à côté des toilettes, se trouvait un vieux secrétaire. Sur une pile de feuilles, Göran avait posé le classeur contenant ses recherches sur les disparus.

Elle le saisit et, au moment où elle allait l'ouvrir, elle remarqua une photo qui dépassait en dessous. Celle-ci représentait une femme qu'elle reconnut immédiatement.

Tina Gabrielsson, de Trollhättan. Celle qui avait disparu à Karlstad en 2004 pendant un voyage d'affaires.

Göran avait un portrait de tous ceux qui, selon lui, avaient disparu dans la tourbière. Il n'y avait donc rien d'étrange à trouver cette photo ici. En revanche, elle se différenciait des autres qui étaient toutes des copies ou avaient été découpées dans un journal. Celle-ci était un original de Tina Gabrielsson prise chez un professionnel à Göteborg. Maya la retourna et lut ce qui était écrit au verso.

Merci pour ce merveilleux week-end. Tina

Elle se figea, comme paralysée. Subitement elle eut le sentiment que chacun de ses mouvements comportait dorénavant un risque. Qu'elle se trouvait au fond d'un trou. Ou emprisonnée dans une cage.

Göran connaissait Tina Gabrielsson.

Maya avait-elle été naïve ? Göran était-il réellement fou ?

Elle rassembla rapidement ses affaires et se dépêcha de descendre l'escalier. Un peu trop rapidement. Elle se prit le pied dans la manche du pull qu'elle tenait et tomba la tête la première.

Allongée par terre, elle leva la tête et tendit l'oreille.

— Maya ? C'est vous ? appelait Göran depuis sa chambre.

Elle se redressa aussitôt, enfila ses chaussures et son manteau et se précipita dehors. Arrivée dans la cour, elle sentit toute son énergie la quitter. La voiture. Elle n'avait pas sa voiture.

Au même moment, la lampe de l'entrée s'alluma.

Elle courut jusqu'à l'angle de la maison, sortit sur le chemin et se cacha derrière la haie.

La porte d'entrée s'ouvrit. Elle vit de la fumée provenant de la respiration de Göran.

— Maya ? cria-t-il dans la nuit. Où êtes-vous, Maya ?

Elle se mit à courir sur le chemin, redoutant qu'une voiture ne la rattrape. En même temps, elle téléphona à Oskar.

Il ne répondit pas. Elle le rappela. Encore et encore. Finalement sa voix endormie lui parvint à l'autre bout du fil.

— Allô ?

— Viens me chercher ! Tout de suite !

Quand Nathalie entra dans la chambre d'hôpital, Maria était assise à côté de Johannes. Elle lui chantait quelque chose qui ressemblait à une comptine arabe.

— Faites comme si je n'étais pas là, lui dit Nathalie lorsqu'elle se tut.

Maria lui sourit en secouant la tête.

— J'ai terminé. C'est une chanson qu'il aimait beaucoup quand il était petit.

— C'est beau, dit Nathalie en prenant une chaise. Comment ça va ?

— Oh, il s'est passé quelques petites choses. Il paraît que la police a un suspect, on verra bien ce que ça donne.

Nathalie acquiesça d'un signe de tête. Elle n'avait pas la force de parler de son témoignage au sujet des preuves à l'encontre d'Alex Hagman.

— Et les médecins ont de bonnes nouvelles, poursuivit Maria. Ils disent qu'il est possible qu'il se réveille bientôt.

— C'est vrai ?

Nathalie sentit une vague de sentiments mêlés l'envahir. Elle regarda Johannes, voulut lui caresser la jambe avec le bout de ses doigts, se ravisa.

— Il va donc bientôt se réveiller, dit-elle.

Maria sourit.

— En tout cas, certains signes l'indiquent. On verra bien, je ne veux pas considérer la victoire comme déjà acquise. Mais merci d'être là, j'apprécie beaucoup ce que tu fais pour Johannes, dit-elle en posant sa main sur son cœur.

Et moi, j'apprécie d'avoir le droit d'être ici, pensa Nathalie pendant que Maria rassemblait ses affaires. Elle avait l'impression d'avoir trouvé un endroit où se cacher, un refuge, un espace où elle pouvait en toute tranquillité réfléchir à ce qui était en train de se passer en elle.

La visite de la tombe de ses parents au cimetière et sa rencontre avec le père de Julia avaient déclenché quelque chose en elle. Dorénavant, elle n'avait plus aussi peur.

Elle était de nouveau là. Elle avait douze ans. C'était le dernier jour.

Les effets de la fin de l'été commençait à se faire ressentir sur les plantes fatiguées du jardin. Après le dîner, son père était allé se reposer sur le canapé et sa mère avait entrepris de débarrasser. Elle se demandait pourquoi Julia ne l'appelait plus jamais. Julia qui, malgré tout, était sa meilleure amie.

Elle sortit dans le jardin et alla jeter un œil à la fenêtre de chez Göran. Il était assis dans la cuisine, comme d'habitude. Les rideaux étaient tirés, si bien qu'on ne voyait que sa silhouette. Une autre personne était avec lui et l'écoutait avec attention, hochant la tête de temps à autre et prenant des notes.

Elle décida d'aller à la chasse aux mégots sur le chemin gravillonné devant la maison. À la place d'argent de poche, ses parents lui donnaient une couronne pour chaque mégot ramassé.

Après en avoir récolté un certain nombre, elle alla travailler sa puissance de tir au handball sur la pelouse. Le week-end suivant, il y avait un tournoi. Le tournoi de l'été à Åmål. Elle voulait marquer de beaux buts. Peut-être pourrait-elle impressionner quelqu'un dans les tribunes.

Elle ramassa un caillou, courut, sauta et tira. Maintenant, elle maîtrisait bien le geste.

De retour chez elle, les invités ne tardèrent pas à arriver. Agneta et Gustav, Yvonne et Peder. Puis Göran et, tout de suite après, encore une autre personne. Au début, l'ambiance était gaie et animée. Sur la table il y avait un grand plateau de fromages, du pain et des bouteilles de vin. Nathalie eut le droit à un sachet de chips et l'emporta dans sa chambre.

Elle s'installa sur son lit et commença à feuilleter distraitement le dernier numéro de *Buster*. Elle s'imaginait être un goal qui arrêtait tous les buts. Être l'héroïne du jour.

Au bout d'un moment, elle sentit la fatigue arriver et dormit pendant peut-être quelques heures.

« S'il te plaît, maintenant tu te reprends ! C'est pas possible d'être aussi con ! »

Quelqu'un hurlait et semblait complètement ivre. Un tumulte s'ensuivit.

« Mais je suis sérieux ! cria quelqu'un d'autre. Vous devez m'écouter ! »

Elle entendit son père essayer de les calmer.

« Hé, il est temps de rentrer chez vous. On reprendra cette discussion une autre fois. »

Un peu plus tard, Nathalie se rendit dans la cuisine pour prendre un verre d'eau. Des verres et des bouteilles vides encombraient la table. Elle vit quelques invités se bousculer dans l'entrée en quête de leurs manteaux. Elle croisa le regard de Göran et lui fit un petit signe de tête.

Puis elle retourna discrètement dans sa chambre et se glissa dans son lit. Elle entendit les invités quitter la maison les uns après les autres. Puis les pas de ses parents qui montaient l'escalier pour aller se coucher.

— Et je me suis rendormie, chuchota-t-elle à Johannes. J'ai dormi un moment. Mais un peu plus tard, j'ai entendu un…

Elle posa sa main sur sa bouche et s'aperçut qu'elle tremblait.

— J'ai été réveillée par un bruit.

Nathalie se leva et alla se poster devant la fenêtre. Un instant plus tard, elle se tourna vers Johannes.

— Je n'ai pas été réveillée par un coup de feu… J'ai toujours cru que c'était le cas, mais non. Je me suis réveillée avant. C'est un autre bruit qui m'a réveillée. Quelqu'un est arrivé.

Elle eut soudain la sensation qu'un marteau cognait dans sa tête.

Toc, toc, toc.

Toc, toc, toc.

Quelqu'un est arrivé. Quelqu'un a cogné à la porte. Avant les coups de feu.

J'ai entendu les cognements. J'ai entendu la voix.

Nathalie regarda longuement Johannes puis elle attrapa son manteau et quitta la chambre. Elle prit l'ascenseur, sortit de l'hôpital, s'installa au volant de sa voiture et partit en direction de la tourbière.

*

La vigne vierge avait étendu ses longs bras fins à travers la vitre cassée et s'était emparée de la porte de service, l'enserrant de tous côtés. Grâce à des années de patience, elle avait réussi à la forcer.

La maison semblait l'attendre. Nathalie se sentait attirée à l'intérieur. Comme aspirée. Elle se souvenait de la quantité de fois où elle était rentrée par cette porte. C'était quand elle ne voulait pas qu'on la voie. Elle pouvait alors monter au premier étage en empruntant un escalier très étroit. Elle arrivait à côté de la salle télé et de la grande salle de bains. Qui plus est, elle pouvait rejoindre directement sa chambre sans passer par la cuisine.

Il faisait sombre à l'intérieur et ça sentait l'humidité et la pourriture. Elle se fit la réflexion que son passé était en décomposition, littéralement parlant. Tout simplement en train de disparaître. Où qu'elle se tourne, le contour des choses s'évaporait lentement. Ses yeux furent attirés par la grande armoire dans l'entrée. Les tiroirs étaient fermés mais elle savait ce qu'ils contenaient : les vieux annuaires tout en bas. Au-dessus, les gants et les bonnets. Et enfin les bombes de laque et les tubes de gel.

Ses yeux tombèrent ensuite sur le miroir. Derrière la poussière, les toiles d'araignée et les fissures, elle vit son reflet. Elle avait de nouveau douze ans. Elle était de nouveau à la maison.

Elle était de retour chez elle.

Maintenant, elle voulait se souvenir. Elle avait toujours voulu oublier, mais là, elle voulait se souvenir. Il y avait une vérité cachée dans ce qui était arrivé cet été-là. Et cette vérité était sur le point de remonter à la surface.

Le bruit de la cafetière qui se mettait en route automatiquement à sept heures du matin. L'odeur de graillon après le déjeuner à cause de la hotte qui n'avait jamais été réparée. Tout se confondait. Tout se dissociait.

Nathalie se dirigeait à l'aide de la lampe de poche de son portable et des phares de la voiture qui l'attendait dans la cour. Celle-ci tournait au ralenti comme un animal montant la garde.

Elle prit le couloir qui desservait la cuisine et sa chambre.

Sur la table, il y avait toujours les verres vides et les cadavres de bouteilles de la dernière soirée. Abandonnés, délaissés, recouverts d'années et d'années de poussière.

Elle entra dans sa chambre et s'assit sur son lit. Le plancher verni. Le papier peint qu'elle avait choisi elle-même avec son motif de petites cerises. Son couvre-lit en velours beige qu'elle avait reçu en cadeau de Noël. Le bureau à côté. Les affiches sur les murs : Le groupe de glam rock The Ark. La championne de saut en hauteur Kajsa Bergqvist.

Aujourd'hui, les animaux avaient élu domicile ici. Une fine pellicule par-dessus tout ça.

Elle ne voyait plus le délabrement. Elle avait douze ans et elle était là. Dehors, il faisait nuit. Elle s'était réveillée à cause de cognements.

Toc, toc, toc.

Toc, toc, toc.

Elle entendit des pas rapides dans l'escalier. Elle se leva, entrouvrit la porte et s'assit par terre, le regard tourné vers l'entrée.

Elle entendit son père :

« C'est encore lui. Il est revenu. »

Un silence. Puis la voix de sa mère :

« Il vient encore nous emmerder, ce con. »

La porte d'entrée s'ouvrit.

D'abord elle ne vit pas qui c'était, elle entendit uniquement des voix étouffées, des chuchotements forcés.

« Vous êtes des gens sensés, contrairement à certains. Nous ne pouvons pas continuer à perdre nos proches. Vous comprenez ça, quand même !

— Comment ça, "perdre" ? entendit-elle son père demander.

— Nous savons tous ce qui est arrivé à Tracy. Nous devons apaiser la faim de la tourbière. Et, avant tout, protéger ceux qui nous restent. »

Un silence s'ensuivit.

Puis la voix de son père :

« Tu es devenu complètement cinglé. Tu ne peux pas penser sérieusement ce que tu dis…

— Écoutez-moi, l'interrompit l'autre voix. Vous connaissez la tourbière, vous savez ce qu'elle est capable de faire. Si nous voulons continuer à habiter ici, nous devons agir !

— Ce qui est arrivé est arrivé, rétorqua son père. C'est une immense tragédie. Mais ça n'arrivera plus.

— Oh que si ! La tourbière veut ses offrandes. Mais, à partir d'aujourd'hui, ça ne devra plus être l'un des nôtres qui sera sacrifié. Ça ne peut plus être l'un d'entre nous !

— T'as pété les plombs ou quoi ? Fous-moi le camp ! Je ferme maintenant, dit son père.

— Nous ne pouvons plus nous voiler la face, tu sais ce qui est arrivé à Tracy. Tu es prêt à sacrifier ta Nathalie ?

— Bon, ça suffit, tu sors de chez moi ou j'appelle la police. Fous le camp. Dehors. Dehors, je te dis ! »

Un tumulte dans l'entrée.

« Merde, dit l'autre voix. T'es… c'est toi, le cinglé… »

Puis le coup de feu.

Et ensuite un silence absolu.

Après ça, des corps qui s'agitent.

« Quoi… C'était… Il avait un… un fusil chargé… ? » bégaya l'autre voix.

La voix stridente de sa mère résonna alors :

« Qu'est-ce que tu as fait ?

— Je ne comprends pas ce qui s'est passé… »

Et là, un deuxième coup de feu.

Des corps traînés sur le sol. Le fusil placé dans les mains de son père.

Personne ne faisait attention à elle. Personne ne pensait même qu'elle était dans la maison, qu'elle était assise par terre à l'entrée de sa chambre, qu'elle était témoin de ce qui venait de se passer. Qu'elle avait *vu*.

Le seul bruit qui demeura après que la voix s'était tue fut le moteur de la voiture qui attendait dehors et qui démarra quelques minutes plus tard. Et aussi les mots de l'homme qui venait de tuer ses parents. Sa voix. En écho. Elle s'en souvenait maintenant. En réalité, elle ne l'avait jamais oubliée.

La tourbière veut ses offrandes. Mais, à partir d'aujourd'hui, ça ne devra plus être l'un des nôtres qui sera sacrifié.

6

La grande pièce embaumait le jasmin. La tapisserie en velours et les lourds rideaux couleur terre enveloppaient les invités dans un cocon de douceur et de sérénité.

Gustav était assis sur une chaise, à côté de la porte. Laila et Texas s'étaient installés dans les fauteuils autour de la table basse. Peder et Yvonne partageaient un canapé style victorien plaqué contre un mur.

Göran était seul dans un coin. Quand Maya était entrée, il avait évité de croiser son regard et elle se demandait ce qu'il pensait. Pourquoi n'avait-il pas répondu à ses SMS ? Pourquoi n'avait-il même pas réagi à son départ précipité ?

Face à Oskar, elle avait essayé d'atténuer la gravité de ce qu'elle venait de découvrir. Elle ne voulait pas que des rumeurs circulent dans l'école. Lorsqu'il était arrivé au volant de sa voiture, il avait paru très inquiet.

— Qu'est-ce qui s'est passé ? avait-il demandé d'une voix paniquée.

— Göran s'était juste imaginé un truc. Il valait mieux que je m'en aille, avait-elle menti. Merci d'être venu aussi vite.

Elle avait ensuite envoyé un SMS à Göran lui racontant qu'elle avait vu la photo de Tina Gabrielsson et qu'elle avait compris qu'il la connaissait. S'il était innocent comme il prétendait l'être, il aurait au moins pu faire l'effort de lui donner une explication, se dit-elle. Lui dire pourquoi il avait omis de parler de cette relation.

Elle avait aussi appelé Leif pour qu'il arrête immédiatement Göran. Puisqu'il savait maintenant qu'elle savait.

Mais Leif voulait attendre le moment propice.

— Pas tout de suite, Maya. Ce n'est pas criminel de connaître une victime. Nous devons garder notre calme. Ne nous emballons pas.

— Mais c'est étrange qu'il n'ait rien dit, avait-elle soutenu. Lui et moi avons été souvent en contact ces derniers jours. On a longuement discuté de ce qui est arrivé dans la tourbière. À aucun moment il n'a parlé de cette femme. Quand je vais le croiser au manoir, qu'est-ce que je vais lui dire ?

— Du calme, Maya. On l'arrêtera en temps voulu.

Elle avait installé son objectif grand angle, fixé son appareil sur un trépied et sorti son tabouret portatif pour être elle-même un peu surélevée. De cette façon-là, tout le monde entrait dans le cadre.

Agneta apparut et s'installa à une place où tout le monde pouvait la voir.

— Comme vous l'avez remarqué, Maya est avec nous aujourd'hui, dit-elle d'une voix solennelle avec un geste vers elle. Elle va prendre quelques photos. Je crois que vous l'avez toutes et tous déjà rencontrée. Pendant qu'elle installe son matériel, j'aimerais commencer par vous expliquer la raison pour laquelle je vous ai convoqués aujourd'hui. Nous sommes là pour discuter de certaines choses, discuter ensemble de… des affaires urgentes, si on peut dire.

La porte s'ouvrit alors doucement et Nathalie apparut sur le seuil. Elle avait une expression particulière sur le visage. Comme si quelque chose s'était libéré en elle. Une tristesse, mais qui semblait à la fois forte et assurée.

Les autres enregistrèrent son arrivée puis se tournèrent de nouveau vers Agneta.

Une seule personne ne put détourner le regard de Nathalie. Cette personne avait été comme épinglée par les yeux perçants de la jeune femme et n'avait aucune possibilité de fuir. Elle essayait de se libérer mais en vain. Une sorte de résignation s'inscrivit alors sur son visage. C'est à ce moment-là que Maya appuya sur le déclencheur.

Au même instant, la porte à deux battants s'ouvrit et Leif Berggren apparut dans l'entrebâillement.

— Bonjour ? dit Agneta d'un air interrogateur. Nous sommes occupés, veuillez nous excuser.

— Ah bon ? fit Leif. Par quoi ?

— Nous… nous allons discuter des événements de ces derniers temps. Ce qui s'est passé nous a tous bouleversés. Ce n'est pas la première fois que nous vivons des moments difficiles ici, comme vous devez le savoir, dit-elle en se tournant vers les autres pour chercher une confirmation.

— Je peux attendre. Continuez.

Leif prit place dans un fauteuil libre, chercha Maya des yeux et la trouva perchée sur un tabouret dans un coin de la pièce avec son appareil photo.

Les autres échangèrent des regards hésitants.

— Je pourrais au moins connaître la raison de votre présence ? demanda Agneta avec une amabilité forcée. Cette réunion est privée. Vous attendez quoi ?

— En premier lieu, des collègues qui ne devraient pas tarder. Nous allons bientôt devoir interrompre votre réunion.

— Comment !? s'exclama Agneta. De quoi est-il question ?

— De quoi est-il question ? répéta Leif. Il est question d'un certain nombre de personnes qui ont été retrouvées mortes dans la tourbière. Des personnes que quelqu'un a tuées et enterrées, sur une période de douze ans. Il est aussi question d'un jeune homme qui a reçu un très mauvais coup et qui vient juste de sortir du coma. Il nous a communiqué des informations intéressantes.

— Il s'est réveillé ? En tout cas, c'est une bonne nouvelle !

— Une bonne nouvelle ? répéta de nouveau Leif.

Maya voyait bien qu'il était énervé et qu'il commençait à perdre son sang-froid. Il n'aurait pas dû. Mais il avait sans doute trop de sommeil en retard.

— Il y a des gens dans cette pièce, poursuivit-il, qui ne doivent pas trouver que c'est une bonne nouvelle.

Leif balaya ensuite lentement l'assemblée du regard. D'abord Agneta et son mari puis Peder, Yvonne, Texas, Laila et enfin Göran. Il baissa ensuite la tête.

Les regards se croisèrent. L'inquiétude était palpable.

— L'un d'entre nous serait…, commença Agneta. Mais c'est insensé. Nous qui vivons ici autour de la tourbière, nous souffrons presque autant que les proches des victimes de ce qui s'est passé.

— C'est insensé, c'est vrai. La question est, en fait, de savoir comme ça a pu avoir lieu, dit Leif. Mais j'espère avoir bientôt la réponse. Nous parlons de six assassinats et d'une tentative d'assassinat. En tout cas, pour l'instant.

— De *huit* assassinats, rectifia une voix derrière lui.

Au même moment, deux hommes en uniforme firent leur entrée.

— Hein ? dit Leif en se tournant vers Nathalie.

— De *huit* assassinats et d'une tentative d'assassinat, répéta-t-elle.

— Vous pouvez nous expliquer ce qui se passe ? rugit Laila.

Les policiers traversèrent la grande salle et se postèrent devant Peder et Yvonne.

— Il faut peut-être que je vous explique quelque chose…, dit Peder en se levant.

Son épouse, Yvonne, l'imita aussitôt et se posta devant lui comme pour le protéger.

Quelques secondes plus tard, un bruit métallique de menottes se fit entendre.

— Mais… qu'est-ce que vous faites ? fit Yvonne, effrayée. C'est vraiment nécessaire ?

— Est-ce qu'on peut nous dire ce qui se passe ? demanda Texas. Qu'est-ce que Peder a fait ?

— Je vous expliquerai, dit ce dernier. On reprendra cette petite réunion un autre jour.

Agneta se gratta plusieurs fois la commissure des lèvres avec ses ongles, semblant vouloir parler. Mais les sons qui sortaient de sa bouche ne réussissaient pas à former le moindre mot.

— J'aimerais juste dire quelque chose avant de partir, dit Peder en essayant de se débarrasser de la main du policier sur son épaule. Il n'y avait *aucune autre issue*. Il n'y avait *absolument aucune autre issue*. Nous n'avons pas fait ça par plaisir. Nous l'avons aussi fait pour vous, pour tous vous protéger, ne l'oubliez pas. J'aurais préféré m'en passer. Göran pourra vous expliquer. Il sait comment fonctionne la tourbière. Vous n'êtes pas libres comme vous le pensez.

— Quelqu'un peut nous expliquer ce qui se passe ? répéta Texas en regardant l'assemblée.

Göran était assis sur sa chaise, le dos bien droit et le visage livide.

— Je ne comprends pas, dit-il. J'aurais quelque chose à voir avec tout ça ?

— Oui, c'est bien ainsi que ça s'est passé, dit Yvonne Larsson pendant l'interrogatoire au commissariat de Karlstad.

Maya était assise dans la pièce d'à côté et suivait la discussion entre Yvonne, Leif et un autre officier de police.

Yvonne avait les mains posées sur ses genoux et les rentrait dans les manches de son pull comme si elle essayait de se sauver. De quitter ses vêtements. De quitter son propre corps. Ses yeux bougeaient dans tous les sens.

— Nous avons compris que nous étions… obligés d'agir. Nous savions ce qui se passait dans la tourbière, nous avions vécu ça nous-mêmes. Göran Dahlberg pourrait lui aussi vous parler de l'insatiabilité de la tourbière, de toutes les personnes qui ont disparu au fil des époques. Nous avions tellement peur. Nous savions que ça pourrait de nouveau être notre tour. Et cela, à n'importe quel moment. Comme je viens de le dire, la tourbière est insatiable. Les gens qui n'ont pas vécu ce que nous avons vécu ne peuvent pas comprendre. Et ils ne peuvent donc pas nous condamner. Nous avions perdu notre fille adorée. Nous ne voulions pas perdre un autre enfant, vous comprenez ? Vous non plus, vous ne voudriez pas. Si vous aviez des enfants, je veux dire. Vous en avez ? Donc vous comprenez.

Elle était agréable et prévenante et faisait appel à la compassion de Leif et de son collègue, comme s'ils pouvaient approuver ses actes.

— J'assume tout. J'assume ce que nous avons fait. Ça n'a pas tout le temps été simple. Mais rien n'est simple dans la vie. Parfois, on est obligé de faire ce qu'il faut. C'est comme ça, dit-elle en prenant une profonde inspiration. Ce qui m'inquiète le plus aujourd'hui, c'est que la tourbière attend ses offrandes et que personne… ne fait rien.

Au fil des jours, Peder se replia sur lui-même. Son corps imposant semblait perdu sur la petite chaise de la salle d'interrogatoire, comme s'il ne savait plus comment rester assis, tout simplement. Comme s'il était trop habitué à travailler, à se mouvoir, à s'affairer. À se tenir à l'écart.

— Pendant un temps, j'ai voulu arrêter, avoua-t-il. Vraiment. J'estimais qu'on pouvait se contenter d'avoir les enfants à l'œil quand le mauvais temps se levait. Et puis il y a eu cet événement tragique avec ce petit garçon qui a disparu. La tourbière nous… menaçait. C'était, avant tout, Julia que nous voulions protéger, et ensuite ses enfants. Se déconcentrer l'espace d'un instant pouvait être fatal. Pour nous, il semblait plus sûr d'être actif et d'apaiser la faim de la tourbière. La plupart du temps, on offrait des animaux en sacrifice mais parfois… parfois c'étaient des êtres humains. Nous savions que c'était nécessaire. Nous remplissions alors leurs poches d'argent, pour montrer notre déférence, pour montrer que nous comprenions la gravité de la situation. Je ne voulais pas devoir aller chercher un autre de mes enfants dans la tourbière. Nous avons fait ça pour nos enfants. Vous comprenez ? Nous n'avions pas le choix.

Nous avons fait ça pour nos enfants.

7

Emmitouflée dans sa grosse doudoune, Nathalie était assise à la terrasse du Manoir, le visage tourné vers le soleil, lorsque Maya arriva. Agneta avait laissé dehors quelques meubles de jardin, ce qui était une bénédiction un jour comme celui-ci.

— Quel temps merveilleux, dit Maya en regardant le ciel turquoise.

— Oui. C'est incroyable. Mais asseyez-vous, répondit Nathalie en faisant un geste vers une des chaises en face d'elle.

— Merci de m'avoir appelée, dit Maya. Ça m'a fait très plaisir.

— J'ai l'intention de rentrer bientôt à Göteborg. Il ne me reste plus que quelques prélèvements à faire. Mais je me suis dit que ça pouvait être sympa de se voir avant mon départ.

Elles discutèrent d'abord de la thèse de Nathalie puis de l'exposition à venir de Maya. Ensuite elles abordèrent le vrai sujet de leur rendez-vous : Peder et Yvonne.

— J'ai beaucoup de mal à accepter tout ça, dit Nathalie. Que les parents de mon amie d'enfance soient coupables de la mort de mes parents et de tout le reste. Peder ne *voulait* pas tuer papa, mais quand même…

Maya la regarda longuement et prit une profonde inspiration en même temps qu'elle choisissait ses mots.

— Mais vous ne vous sentez pas un tout petit peu soulagée ? Votre père n'a jamais été coupable, il n'a jamais tué personne. Ni votre mère ni lui-même.

Nathalie tourna de nouveau la tête vers le soleil et ferma les yeux.

— Si, bien sûr, dit-elle d'une voix presque inaudible. Au milieu de toute cette folie, je peux quand même éprouver du soulagement. J'ai l'impression qu'on m'a rendu mon père. Qu'on m'a rendu mes parents. Tout l'effroi a disparu. La pression aussi. En fait, je me sens… épuisée. Mais d'une bonne manière.

Elle lâcha un petit rire.

— Je comprends, dit Maya avec un sourire. En tout cas, ça fait du bien.

— En même temps… j'éprouve un chagrin que je n'avais encore jamais ressenti. À cause de ce qui s'est passé. J'ai perdu tellement de choses de mon enfance. C'est nouveau pour moi de ne pas refouler mes émotions. C'est… douloureux, d'une certaine manière.

Maya laissa son regard s'attarder un moment sur la jeune femme.

— Il ne faut pas avoir peur de cette douleur. Je suis sûre que vous vous en sortirez très bien. Il y a aussi une forme de soulagement à s'ouvrir à elle. À ne plus opposer aucune résistance. À l'autoriser à vous envahir, à prendre le dessus, à vous transformer pour ensuite diminuer et peut-être disparaître. Ce qu'on ressent alors, c'est qu'on est plus grand qu'elle. Qu'on est plus grand que tout ce qu'on vit.

Dans la douceur d'octobre, pendant que leur thé refroidissait, la conversation bifurqua sur le départ imminent de Nathalie.

— Au fait, chez qui avez-vous atterri ? demanda Maya. Lorsque vous avez déménagé pour Göteborg. C'étaient des parents à vous ?

— Non, je ne les connaissais pas. Ce qui me convenait tout à fait ; je voulais tout recommencer à zéro. Mais ça ne s'est pas très bien passé. Apparemment, on devait penser que plus ma nouvelle famille serait pieuse, mieux je me porterais. J'ai atterri chez les gens les plus religieux de Göteborg.

— Aha, fit Maya.

— Désolée. Vous croyez peut-être en Dieu ?

Maya éclata de rire en chassant l'idée de la main.

— C'est difficile de répondre à cette question quand on ignore ce que la personne en face de vous entend par *Dieu*. Dieu signifie différentes choses pour différentes personnes. Mais on ne va peut-être pas entrer dans ce sujet maintenant…

— Qu'est-ce que ça signifie pour vous ? l'interrompit Nathalie.

Maya la regarda d'un air fatigué puis elle se redressa.

— Pour moi, Dieu est… une sorte de réalité infinie qui ne peut être ni décrite ni expliquée… ni même atteinte par la pensée. Elle ne peut se dévoiler qu'en soi et ne peut être vécue qu'à travers diverses expériences.

Nathalie comprit que ce n'était pas la première fois que Maya parlait de Dieu.

— Et quand on sent sa présence en soi, poursuivit Maya, on sait de tout son être que toute séparation dans le monde n'est qu'illusion, que tout, dans le fond, n'est qu'Un.

— Et de quoi ce… *tout* se composerait-il ? demanda Nathalie.

— Un mot qui pointe dans la bonne direction serait qu'il se compose de « *vide* ».

Nathalie fronça les sourcils et se mit à rire.

— Sérieusement ? De « *vide* » ?

— Oui… Mais ce n'est pas un vide vide. C'est seulement vide de formes, de limites, de pensées, de concepts.

— D'accord…, dit Nathalie avec hésitation. Ce qui implique ?

— Comment dire…, commença Maya en semblant vouloir peser chacun des mots qu'elle allait prononcer. C'est une sorte de… d'espace de conscience pure d'où le monde naît à chaque instant. Une lucidité au-delà de l'intellect. Un état d'être immuable, une lumière primitive qui constitue la nature profonde de l'homme et dans lequel il puise sa source intérieure. Et ce que la recherche du spirituel a de si… comique, c'est le fait qu'on soit finalement frappé par la prise de conscience qu'on *est* ce qu'on cherche. Ce n'est rien qu'on puisse saisir, rien qui soit visible… *C'est ça qui voit.*

Maya et Nathalie se séparèrent bientôt. Mais les mots continuèrent à résonner en Nathalie. Un tintement clair venu d'un autre monde. Un monde où elle se voyait au bord d'un lac, à travers les yeux d'un chevreuil.

C'est ça qui voit.

*

La nuit venait de tomber et Nathalie faisait ses valises dans la petite maison à côté du manoir. Elle plia ses vêtements, rangea son matériel de biologie, ses classeurs, ses livres, son ordinateur avec sa thèse et les résultats de ses recherches.

Il était temps qu'elle rentre chez elle et qu'elle se tourne vers un futur qu'elle n'arrivait pas encore à se représenter. Un futur sans filet de sécurité.

Ou alors, c'était le contraire. Peut-être avait-elle pour la première fois de sa vie une base sur laquelle se poser. Quelque chose en elle avait changé, s'était détourné. La perspective s'était déplacée. Elle avait presque hâte de revoir ses parents adoptifs.

Elle entendit des coups à la porte et elle sut aussitôt qui c'était. Elle reconnut la légèreté de son poing. Une douce mélodie.

Lorsqu'elle ouvrit, il se tenait sur le seuil. Il était tout fin et semblait d'une grande fragilité mais son sourire dégageait une énergie incroyable. Un peu plus loin, derrière lui, attendait le taxi qui l'avait conduit jusqu'ici. Soutenu par un déambulateur, il la regardait sans rien dire.

Elle ne sut pas comment réagir. Elle était si habituée à être celle qui regardait.

— Johannes, parvint-elle seulement à articuler.

Elle ne pouvait même pas se résoudre à le prendre dans ses bras.

— Nathalie, répondit-il en souriant.

Il fit un pas en avant, tendit le bras pour attraper sa main qu'il posa sur sa joue.

— On m'a raconté tout ce que tu avais fait pour moi. Merci. Merci infiniment.

Elle lui fit un bref signe de tête et esquissa un sourire.

— Ce n'était… rien.

Elle se sentait si calme. Quelque chose en elle lui semblait totalement vierge.

— Comment va ta joie si pénible ? lui lança-t-elle en se demandant aussitôt si ses propos n'étaient pas déplacés.

Puis elle vit sa réaction.

— Je crains qu'elle ne soit dorénavant encore plus pénible. Où est-ce qu'on va habiter ? À Göteborg ?

— Je ne sais pas où tu vas habiter, lui sourit-elle. Mais Göteborg est assez surfait, non ?

Sur les murs étaient accrochés des tirages en noir et blanc. Ils faisaient un mètre sur un mètre et étaient encadrés d'un passe-partout.

L'exposition commençait par quatre photos de paysages. Puis quatre autres de maisons en ruine et de jardins abandonnés. Et, pour finir, quelques-unes représentaient des détails de différentes parties d'un corps. Un pied, une main, une joue. Un œil fermé. Une nuque avec quelques mèches de cheveux. Elle avait décidé de ne pas utiliser les portraits qu'elle avait faits des habitants de la tourbière.

Maya vit à travers la grande baie vitrée que de légers flocons avaient commencé à tomber. Dans la salle agréablement chauffée étaient proposés du vin rouge et des biscuits apéritifs.

Mais ce n'était ni un vernissage ni une exposition ordinaires. Elle avait tout fait pour atténuer au maximum le côté festif. Elle aurait même préféré qu'il n'y ait pas de pot. Selon elle, ça n'avait aucun intérêt. Son désir était juste de montrer ses photos, son expérience de la tourbière.

Lorsque les journaux avaient annoncé que la célèbre photographe de la région allait faire une expo dans la galerie de l'école d'art, ça avait suscité une grande curiosité. Et quand le sujet avait été dévoilé – la tourbière, son paysage ainsi que des références à ce qui venait de s'y passer – ça avait provoqué une véritable effervescence. Même dans les médias nationaux. Les réseaux sociaux avaient relayé l'information bien que personne n'ait encore rien vu. Et les opinions divergeaient. Beaucoup de ceux qui s'exprimaient étaient indignés par le fait qu'elle exploite les événements tragiques qui avaient eu lieu dans ce coin.

Maya s'était mise d'accord avec la galerie pour organiser un premier vernissage privé pour les proches et laisser la presse et le public venir le jour suivant, alors qu'elle serait bien loin de Fengerskog.

Il n'y avait qu'elle, une vingtaine d'amis et de connaissances. Nathalie et Johannes compris. Göran aussi était là. Il semblait usé. Cassé.

— Ce n'est sans doute pas le bon moment pour vous donner des explications au sujet de Tina, dit-il d'une voix stressée alors qu'il se trouvait encore sur le seuil de la porte.

— C'est vous qui décidez quand le moment sera bon.

— OK. Alors, on en parlera une prochaine fois.

— Bien sûr.

Au lieu d'insister, Maya le laissa tranquille mais remplit régulièrement son verre pendant la soirée. Et, finalement, les mots sortirent. Ses mots à lui. Adossé à un mur, un verre à la main, il lui fit soudain signe de s'approcher.

— Je tiens quand même à vous raconter, dit-il. Comme ça. Voilà, Tina et moi avions une histoire. Elle avait l'habitude de venir me voir quand elle était en voyage d'affaires à Karlstad. Le jour où elle a disparu, il était prévu qu'elle me retrouve chez moi. Mais elle n'est jamais venue. J'étais choqué. Je n'ai jamais rien dit. D'abord pour elle et pour sa famille. Mais j'ai aussi compris que, si je parlais de notre relation, je serais aussitôt soupçonné.

La culpabilité avait l'air de peser lourd sur ses épaules.

— Que pensiez-vous ? Que c'était l'œuvre des revenants ?

Il haussa les épaules.

— Aujourd'hui, on sait que ce n'étaient pas eux, mais…

Ils restèrent silencieux un moment. Göran leva la tête et la fixa droit dans les yeux.

— … pour les autres, ceux qui n'ont pas été retrouvés, je veux dire, c'est différent. Vous n'avez retrouvé que les victimes de Peder et d'Yvonne. Je commence à croire qu'il est impossible de retrouver ceux qui ont été attirés par les revenants. Ces victimes-là se… dématérialisent. Le petit garçon n'a jamais été retrouvé. Ni Tracy. Et ma femme non plus.

Maya posa sa main sur son bras, qu'elle serra chaleureusement.

— Vous savez, je suis vraiment contente que vous soyez là, Göran.

Lorsque le dernier invité fut parti, Oskar la suivit chez elle. Maya alluma des bougies, fit couler un bain, y ajouta quelques gouttes d'huile de lavande et versa du vin pétillant dans deux verres. Puis elle se déshabilla et se glissa dans l'eau chaude. Oskar se tenait silencieux, debout dans l'entrebâillement de la porte.

— Tu ne viens pas ? l'invita-t-elle dans un sourire.

Il enleva alors lentement ses vêtements, s'avança vers la baignoire et entra dedans.

Nathalie se trouvait dans la cage d'escalier du petit immeuble situé à Åmål. Son cœur cognait fort dans sa poitrine. Elle n'avait qu'une envie, c'était de se reposer après toutes ces émotions fortes, mais ce qu'elle s'apprêtait à faire était nécessaire. Il le fallait. Après ça, elle pourrait quitter le Dalsland pour Göteborg. Elle appuya sur la sonnette.

La personne qui lui ouvrit était une étrangère. Rien ne lui était familier chez cette femme en surpoids qui se tenait devant elle.

Elles restèrent longtemps silencieuses à se regarder. Au bout d'un moment, Nathalie reconnut quelque chose de la Julia de son enfance. Cette fille en face d'elle qui avait été sa meilleure amie. Peut-être cela se situait-il dans ses yeux et dans ses pommettes hautes.

— Nathalie ?

— Julia.

Elle fit un pas en avant, prit son amie dans ses bras et la serra fort. Julia commença par se figer, puis elle sembla se détendre et c'est alors que ses larmes arrivèrent. Des halètements et des sanglots contre son épaule faisant trembler son corps imposant.

— Que dire ? murmura-t-elle.

— Oui, que dire ? soupira Nathalie.

Elles s'installèrent dans le canapé du salon. Nathalie tenait toujours la main de Julia.

— Si j'avais compris ? dit Julia. Pendant tout ce temps. Ce que faisaient papa et maman. Et ce qui s'est passé avec tes parents. Peut-être qu'au fond de moi j'ai toujours su mais que j'étais trop près pour voir.

— Comment aurais-tu même pu imaginer ce qu'ils faisaient ? rétorqua Nathalie en secouant la tête.

— Je ne sais pas. Mais j'aurais peut-être dû me douter de quelque chose.

— C'est difficile de concevoir une chose pareille, Julia. Ils ont dû devenir fous après la mort de Tracy.

Julia soupira.

— Oui, notre famille a éclaté en morceaux. J'ai tellement mauvaise conscience. J'aurais dû m'apercevoir qu'ils n'étaient plus les mêmes. Mais j'étais tellement prise par mes propres problèmes.

Elle regarda Nathalie.

— Tu es la seule personne à qui j'en parle. Je n'ai même pas tout raconté aux enfants. Comment leur expliquer quelque chose de si inconcevable ? Je n'ose plus sortir, je n'ose plus allumer mon ordinateur. Je comprends tout à fait que les gens écrivent des choses horribles sur mes parents, sur notre famille. Mais c'est tellement difficile pour moi.

— Je sais. Il faut que tu tiennes bon. Ça finira bien par se calmer. Les gens finiront par se désintéresser de cette histoire.

— J'espère que tu as raison. Mais je ne suis pas sûre de te croire. J'ai le sentiment que je ne me sortirai jamais de tout ça. Que je serai toujours jugée.

Julia baissa la tête.

— Comment ça va se passer avec tes filles ? demanda Nathalie. Tu vas rester ici ?

— Sans doute, répondit Julia en esquissant un sourire. À partir de maintenant, elles vont habiter chez moi, ce qu'elles auraient dû faire depuis déjà longtemps.

Elles burent un café et mangèrent des biscuits au chocolat, encore à moitié congelés, à même la boîte en plastique. Elles continuèrent à discuter. À se souvenir. Puis Nathalie déclara qu'il était temps pour elle de partir.

— Il faut que je sois à Göteborg avant la tombée de la nuit.

Julia posa aussitôt sa main sur son épaule pour l'arrêter. Puis elle se leva, disparut dans sa chambre et revint avec un carnet.

— Il y a encore quelque chose dont j'aimerais te parler. J'ai besoin que quelqu'un d'autre que moi soit au courant, dit-elle en lui montrant le carnet. C'est le journal intime de Tracy. J'avais l'habitude d'aller dans sa chambre quand elle n'était pas là et de le lire en cachette. Tu te souviens qu'on faisait ce genre de choses, toutes les deux ? On lisait aussi ses poèmes. Mais son journal, je n'en ai jamais parlé à personne. Là aussi, il faut que j'apprenne à vivre avec. Avec ce qui est écrit dedans.

— Pourquoi ? Qu'est-ce qu'elle y a écrit ?

— Tracy sortait avec un homme plus âgé, tu te rappelles ? Ils avaient une relation compliquée… Il ne voulait pas d'elle. Enfin, pas vraiment. Juste de temps en temps. Et puis, il a rencontré une autre femme. Et alors… quand on lit ce qu'elle écrit à ce sujet, c'est assez évident qu'elle n'avait plus envie de vivre. Que sa décision était prise.

— Ah oui ? C'était si grave ?

— Les derniers temps, elle avait beaucoup changé. Elle était si triste. Mais ça non plus, je ne l'ai jamais dit à personne.

— Si. À moi.

— Ah bon ?

— Oui.

Julia ouvrit le carnet.

— C'est ici. La dernière semaine avant sa mort, elle n'a pas beaucoup écrit. Elle avait plutôt des idées noires. Ses derniers mots datent de la veille de sa mort. Écoute ce qu'elle raconte.

Julia lut le petit paragraphe lentement et en faisant une pause après chaque phrase.

C'est comme si je n'existais plus. Comme s'il ne restait plus rien depuis que tu m'as quittée. Je ne mange plus. Je ne bois plus. Je veux juste me dissoudre et disparaître. Lâcher prise et tomber jusqu'à ce que tout ça cesse. Jusqu'à ce que cet enfer cesse. Et que moi, je n'existe plus.

Nathalie sentit les souvenirs de cette nuit-là remonter à la surface. Elle se souvint de la chemise de nuit rayée de Tracy, de son corps couvert de boue, de la fenêtre muette. Elle avait la sensation que la réalité volait en éclats. Que tout tombait en morceaux. Qu'une plaie s'ouvrait pour ne plus se refermer.

— Ce n'étaient donc pas les revenants qui l'avaient attirée vers eux, dit-elle finalement. Elle s'est suicidée.

— Mais le pire, continua Julia, c'est que rien ne serait arrivé si j'avais montré son journal à mes parents, si on en avait discuté ensemble, si on avait… Tout ça est donc aussi ma faute.

— Dans ce cas, c'est aussi la mienne, rétorqua Nathalie. J'ai croisé Tracy à Åmål juste avant sa mort. Elle venait de se disputer avec cet homme. Moi aussi, je savais à quel point elle était triste, à quel point elle était désespérée. Mais je ne savais pas quoi faire.

Elle s'interrompit un moment, regarda Julia puis reprit :

— On était des enfants, Julia. Tu ne mérites pas de porter tout ça sur tes épaules.

Julia hocha la tête, les yeux remplis de larmes.

— On était des enfants, répéta-t-elle.

Épilogue

Depuis quelque temps, la température de l'air était plus élevée. Le week-end avait offert à la région une douce chaleur printanière. Maya avait remarqué que les bourgeons des bouleaux de son jardin commençaient à s'ouvrir.

Elle n'était pas retournée dans la tourbière depuis la fin de l'année. Maintenant, elle se sentait prête. Son père avait été enterré la veille et elle avait besoin d'une promenade, longue et fortifiante. Peut-être en profiterait-elle pour passer chez Göran. Pendant l'hiver, ils s'étaient vus à plusieurs reprises. Ils étaient venus à bout de tous les malentendus et il lui semblait que leur relation commençait à aller dans la bonne direction.

Elle emprunta le sentier qui traversait la tourbière. C'était la première fois qu'elle voyait ce lieu sous la lumière printanière, ce qui le rendait radicalement différent. Elle ne l'avait connu que sous la bruine automnale, au moment où la décomposition sévissait et où les champignons prospéraient.

Maintenant, le ciel était diaphane, les buissons commençaient à se couvrir de feuilles dans des teintes vert tendre, les touffes d'herbes changeaient de couleur. Et partout des oiseaux chantaient.

Elle suivit des yeux quelques grives qui sautillaient de branche en branche pour ensuite prendre leur envol.

Un peu plus tôt, le vent s'était levé mais il était maintenant tombé.

Elle continua à avancer dans la tourbière et ne vit pas qu'une des grives s'était fait dépasser par les autres et qu'elle était à la traîne. L'oiseau se posa par terre derrière elle et poussa un petit cri plaintif. Au même instant, l'eau sombre scintilla et une image apparut sous la surface. Si Maya l'avait vue, elle l'aurait probablement décrite comme une mosaïque étincelante révélant une jeune femme aux yeux bleus intenses portant une chemise de nuit rayée.

L'oiseau sur le sol battit des ailes.

Et, l'instant d'après, il avait disparu.

Merci !

À Helene, Jacob et tous les autres de la maison d'édition, ainsi qu'à Astri, Christine et Kaisa de Ahlander Agency, pour un accompagnement chaleureux dans un nouveau monde.

À vous tous qui avez lu et réfléchi à différents stades : Carina, Pelle, Kerstin, Elin, Cissi B, Jenny, Camilla, Cissi F, Göran, Daniel, Lisa, Annika, Andreas, Pia.

À Ingrid, Gullmar et Susanne pour la garde des enfants et pour ces agréables moments d'écriture dans le fauteuil inclinable devant la cheminée à Romelanda.

Merci aussi à Ingrid pour les réponses à toutes mes questions sur les oiseaux.

À Maria pour tous ces délicieux déjeuners. À mon tour, bientôt ?

Au journaliste culturel Eric Schüldt et à l'historien des idées Per Johansson pour ses programmes radio et podcasts si inspirants et incroyablement bien informés – peut-être avant tout le podcast pionnier *Mythes et Mystères* – qui ont été des compagnons précieux pendant l'écriture du livre. Per Johansson, merci aussi pour votre relecture.

À Adyashanti et Open Gate Sangha, pour la clarté que vous dévoilez.

Aux réponses intelligentes à des questions stupides et pour la vérification patiente des faits, merci aux éminents experts :

Martin Cederwall, professeur en physique théorique à l'université de Göteborg et de Chalmers.

Mats P. Björkman, biogéochimiste au département des sciences de la terre, université de Göteborg.

Christian Fischer, archéologue et ancien directeur du musée Silkeborg, Danemark.

Elisabeth Nordbladh, professeure en archéologie à l'université de Göteborg.

Per Möller, médecin.

Anne Majakari, photographe de police au commissariat d'Örebro.

Louise Larsson, photographe de police au commissariat de Karlstad.

Carl-Erik Steen, inspecteur de police au commissariat de Karlstad.

Viol et David, pour l'emprunt de leur maison de campagne afin d'écrire.

(Les éventuelles erreurs qui seraient restées sont de mon entière responsabilité.)

Et pour finir,

À Edvard et Alma – pour toutes les fois où vous m'avez demandé d'écrire quand je vous mettais au lit, « C'est si agréable ». Et à Anders – pour tout. Nous partageons cette histoire. Aussi.

Composition et mise en pages
FACOMPO, Lisieux

Imprimé en Espagne par:
BLACK PRINT
en février 2020

S29975/01